야우스

마도 시대의 시작
FUSION FANTASTIC STORY

강준현 장편소설

아우스 : 마도 시대의 시작 3

강준현 장편소설

초판 1쇄 찍은 날 § 2017년 6월 15일
초판 1쇄 펴낸 날 § 2017년 6월 22일

지은이 § 강준현
펴낸이 § 서경석

편집책임 § 이지연

펴낸곳 § 도서출판 청어람
등록번호 § 제387-1999-000006호
등록일자 § 1999. 5. 31
어람번호 § 제1-2717호

주소 § 경기도 부천시 부일로 483번길 40 서경B/D 3F (우) 14640
전화 § 032-656-4452   팩스 § 032-656-4453
http://www.chungeoram.com
E-mail § chungeorambook@daum.net

ISBN 979-11-04-91365-5 04810
ISBN 979-11-04-91321-1 (세트)

아우스

마도 시대의 시작

FUSION FANTASTIC STORY

강준현 장편소설

3

Contents

20장
라이스 자작가

"쿨럭! 쿨럭!"

병색이 완연한 아스파 팔린 라이스 자작은 50대 초반이라고는 믿어지지 않게 나이가 들어 보였다.

그는 마른기침을 하며 고개 숙인 남자를 힘없는 눈으로 바라봤다.

"그래서… 여전히 그 아이는 찾지 못했나?"

"송구합니다, 자작님."

"허허… 쿨럭! 6개월이 넘도록 전 기사단과 병사들이 움직였음에도 흔적조차 찾지 못했다니. 아라 님이 우리 라이스 자작가를 버리신 게야."

"그럴 리가 없습니다. 조금만 시간을 더 주신다면 기필코 도런님을 찾겠습니다."

"이제 시간이… 없음을 자네도 알지 않나?"

"그렇다고 300년간 이어온 라이스 자작가가 사라지는 걸 보고만 있을 수 없습니다. 자작님의 외손자가 있지 않습니까?"

고개 숙인 남자는 원통하다는 듯 격앙되고 슬픈 목소리로 외쳤다.

그 모습을 보는 아스파 자작의 눈은 슬프면서도 자애롭게 변했다.

"그 아이에게도 성인이 되지 못했다는 이유로 자작 위를 승계하지 못하게 한 황제가 과연… 그 어린애에게 맡긴다면 어떻게 나올까?"

"하지만……."

"토우 경, 자네의 충심은 잘 아네. 쿨럭! 쿨럭! 자네가 했던 말은 한번 생각해 보기로 하겠네. 우에엑! 나, 나가보게."

"자, 자작님!"

"나, 나가보래도. 자, 자네에게 이런 모습 보이고 싶지 않네. 콜록, 콜록! 쿠엑! 우엑!"

기침을 심하게 하며 피를 토하는 아스파 자작에게 시녀들이 달라붙는 것을 보고 토우는 걱정스러운 표정으로 자작의 침실을 빠져나왔다.

그러나 문이 닫히자 걱정스러운 표정은 온데간데없이 사라지고 그는 한쪽 입꼬리를 올린 채 싸늘하게 웃었다.

"이제 얼마 남지 않았어. 후후!"

10년이 넘게 계획했던 일이 마무리되어 간다는 생각과 마지막에 자신의 의견을 따르겠다는 말을 한 것에 절로 웃음이 나왔다.

"험!"

모든 일은 끝이 중요한 법이었다. 표정을 가다듬고 복도 밖으로 향했다.

자작의 성을 막 빠져나가려는 찰나, 앞에 서 있는 여인을 보고 토우는 인상이 와락 구겼다.

표독한 시선으로 서 있던 여인은 얼음이 떨어질 만큼 싸늘한 목소리로 물었다.

"케인을 찾지 못했다고요?"

"송구합니다, 케롤라인 님."

"송구할 만한 일이긴 하죠. 6개월간 흔적조차도 찾지 못했으니까요. 수많은 돈과 기사단, 병사까지 동원하고도 흔적도 찾지 못한 이유를 듣고 싶군요."

'발칙한 계집!'

토우는 고개를 숙이고 있어 표정을 숨길 수 있었다.

케롤라인은 아스파 자작의 영애로 본래 아스파 자작이 토우와 결혼을 시킬 생각을 하고 있었다.

그러나 케롤라인은 토우를 싫어했다. 그래서 약혼식을 치르기 얼마 전, 기사단의 젊은 마법사와 사고를 쳐 임신을 한 것이다.

아스파 자작은 분노했다.

하지만 아스파 자작은 가족에 대해 애정이 각별했다.

결국 일은 흐지부지되어 넘어갔고 아스파 자작은 미안하다는 말로 토우를 달랬을 뿐이었다.

'내가 자작가를 차지하면 그때 두고 보자! 네년이 그때도 이럴 수 있는지 말이다. 내 앞에서 바닥을 기게 만들어주마.'

비록 자작가를 차지하기 위해 오래전부터 계획을 세우고 이곳에 온 토우였지만 케롤라인을 좋아했었다. 아니, 안고 싶었다.

지난번에는 실패했지만 이번엔 다를 거라고 생각하는 토우였다.

그는 화를 꾹꾹 누르며 말했다.

"입이 열 개라도 할 말이 없습니다."

"왜 말을 못 하죠? 하긴 당신이 그 애를 죽였으니까 말을 못 하는 거겠죠. 그렇죠?"

"휴~ 케인 도련님이 행방불명되어 저 역시 슬픕니다. 그렇게라도 해서 화가 풀린다면 달게 받겠습니다."

"살인자! 케인이 사라지던 그날 그 애가 나에게 찾아왔었어. 당신과 성 밖으로 놀러간다고 좋아하면서 말이야. 한데 그런 당신이 그 애가 어디로 갔는지 모른다는 게 말이 된다고 생각해?"

"그날 일이 있어서 약속을 취소했다고 몇 번이나 말씀드리지 않았습니까?"

"닥쳐요! 당신이 케인을 죽였어!"

케롤라인은 거의 제정신이 아니었다. 눈빛이 광기에 물들며 서서히 토우에게 다가갔다.

"케롤!"

그때 녹색 바탕에 검은색 문양이 그려진 기사단복을 입은 남자가 그녀를 불렀다.

"톰슨?!"

톰슨은 자신의 부인인 케롤라인을 껴안으며 토우에게 사과를 했다.

"죄송합니다, 단장님. 요즘 케롤이 케인 때문에 많이 힘들어하고 있습니다."

"괜찮네. 자네는 기사단에 신경 쓰지 말고 아가씨를 잘 모시게."

"예."

"톰슨, 저자가 케인을 죽였어. 그날 케인이 분명히……."

"케롤, 정신 차려. 그날 단장님은 기사단의 버거슨과 함께 있었어. 버거슨도 그렇게 말했고 목격자도 많아. 그리고 우리… 아들을 생각해야지."

"셰인?"

"그래. 셰인을 생각해서라도 제발 정신 좀 차려, 케롤……"

두 사람의 모습에 인상을 가볍게 찡그린 토우는 톰슨에게 얼른 데려가라는 눈빛을 보낸 후 재빨리 그 자리를 벗어났다.

비록 슬픈 광경이었지만 그에겐 그저 사랑 행각으로밖에 보이지 않았다.

"퉷! 톰슨의 목을 보고도 오늘 했던 말을 할 수 있을지 지켜보지."

거칠게 침을 뱉은 토우는 성 옆에 위치한 자신의 집으로 향했다.

"무사히 다녀오셨습니까, 토우 님."

"덕분에 잘 다녀왔네. 오럴은 어디 있나?"

"위층에……"

케롤라인 때문에 기분이 좋지 않은 상태였다. 그래서일까, 토우는 집사가 말하는 바를 깨닫고는 인상을 와락 찌푸렸다.

그의 집에 일하는 이들이 모두 그의 수하가 아니었고, 모두 정신 마법으로 금제를 가해놓은 것도 아니었다.

토우는 옷도 갈아입지 않은 채 그대로 2층으로 올라갔다. 모든 일이 끝날 때까지 최대한 자숙하라 몇 번이고 일렀음에도 번번이 반복되는 상황이 짜증스럽게 느껴졌다.

"아앙~ 아아아~ 아흑!"

오럴의 문 앞에 이르자 여자의 신음 소리가 흘러나왔다.

토우의 입 주위가 실룩거렸다.

고민을 하고 있을 때 나타나는 그의 습관이었는데 실룩임이 멈추자마자 문을 박차고 들어갔다.

쫘앙!

"허억~ 토, 토우 님."

메이드 복장의 여자는 상의를 허리에 두른 채 침대 위에서 열심히 상하 운동을 하고 있었다. 그러다 토우를 보고 사색이 되어 하던 일을 멈췄다.

"나가거라."

"…네네!"

하녀는 옷을 대충 추스르고 빠져나갔다.

침대 위에 벌거벗은 채 서비스(?)를 받던 15세가량의 오럴이라는 소년은 갑자기 벌어진 상황에 짜증이 난 표정을 지었다.

그 모습에 토우의 이성이 끊어졌다.

오럴은 굳이 자신이 사람을 구하겠다고 했음에도 탑에서 보낸 인물이었다.

자신을 돕는다는 목적이었지만 감시의 목적 또한 있다는 걸 알고 있었다.

그러나 탑의 명령이었기에, 이전에는 한 번도 보지 못했지만 같은 스승을 둔 사제였기에, 낯선 곳에 온 오럴에게 잘 대해주려 했다.

탑에서만 지내던 오럴은 새로운 환경에 영악하게 대처를 했다. 하녀를 건드리고, 하인을 패고, 마치 한 나라의 왕자가 된

듯이 행동했다.

지금까지는 웬만한 잘못은 넘어가고 거슬리는 것은 그저 경고만 했었다.

그런데 오냐오냐 내버려 뒀더니 결국 자신의 머리 위에까지 올라온 것이다.

"오셨어요, 토우 경. 들어오시기 전에 노크라도… 커억!"

토우가 손을 뻗자 멀리 있던 오럴은 마치 유령에게 목을 잡힌 듯 컥컥거렸다.

그리고 아무것도 없는 목에서 뭔가를 풀어내려는 듯 손을 움직여 보지만 헛일이었다.

으득!

"네가 죽고 싶어 환장을 했구나."

"크… 큭!"

"탑에서 보냈기에 존중해 주려 했다. 한데 네깟 놈이 감히 날 능멸하려 들어?"

짝! 짝!

토우는 공중에 매달려 자신 앞으로 온 오럴의 얼굴에 사정없이 뺨을 갈겼다.

그러고도 화가 풀리지 않는지 아직까지 서(?) 있는 작은 그 것을 발로 차버렸다.

"헉!"

"두 번 다시 여자를 안지 못하게 해줄까?"

"으, 으으으! 크~ 윽!"

오럴의 눈빛은 서서히 공포로 물들어갔다.

'이, 이게 아닌데…….'

토우의 행동이 지금까지와는 판이하게 달랐다. 탑에 보고를 하는 자신에게 꼼짝 못 한다고 생각했었는데, 오산이었다.

오럴은 토우가 자신의 남성을 죽이려 한다는 말에 고개를 흔들려고 했지만 목이 꽉 잡혀 있어 몸만 이리저리 발작하듯 흔들 뿐이었다.

그리고 두려움에 자신도 모르게 오줌을 쌌다.

"더러운 새끼!"

퍽! 퍽! 퍽!

꼼짝도 하지 못하는 오럴을 향해 토우는 계속 주먹을 날렸다.

때리다 보니 지금까지 참아왔던 게 생각났다. 화가 더욱 뻗쳐 쉴 새 없이 주먹질을 했다. 그리고 오럴이 피투성이가 되었을 때 동작을 멈췄다.

마법을 풀자 오줌으로 축축해진 바닥에 떨어져 내리는 오럴.

그런 그를 향해 토우는 싸늘하게 외쳤다.

"내 앞에서 건방진 눈을 보이면 눈알을, 고개를 들면 목을 잘라 버리겠다. 알겠나?"

"……."

"똑바로 말하지 않으면 혀를 뽑겠다!"

"…네에."

"이제 곧 일이 마무리된다. 그러니 꼼짝 말고 이곳에 대기하고 있어라. 알겠느냐?"

"아, 알겠… 습니다."

토우는 바닥에서 꿈틀거리는 오럴을 다시 한 번 싸늘하게 쳐다보곤 방을 나왔다.

왠지 케롤라인에게 받은 스트레스가 말끔히 씻기는 것 같았다.

"진즉에 이렇게 할 것을… 쯧!"

스승에게 한 소리 듣겠지만 일만 잘 끝나면 별 탈이 없을 것이다.

자신의 방으로 간 토우는 입고 있던 기사단복을 벗고, 집사가 준비해 준 욕조에 몸을 담갔다. 그리고 목욕을 끝내고 침실에 누웠다.

'며칠 뒤가 기다려지는군.'

모든 것이 자신의 뜻대로 움직이고 있었다. 특별한 일이 없다면 며칠 뒤엔 이 영지는 자신의 영지가 되어 있을 것이다.

행복한 생각에 빠지며 토우는 잠이 들었다.

똑똑! 똑똑!

"토우 님! 토우 님!"

"…무슨 일이냐?"

깊은 잠에 빠져 있던 토우는 문밖에서 집사가 부르는 소리에 잠이 깼다.

자신이 죽인 케인을 찾는다는 시늉을 하느라 거의 잠을 못 잤었다. 그러다 6개월 만에 단잠을 자고 있었기에 짜증이 안 날 수가 없었다.

"기사단에서 토우 님을 찾습니다."

"이 시간에⋯⋯?"

벽에 걸린 시계를 확인하니 새벽 3시.

어지간히 급한 일이 아니고서는 이 시간에 자신을 찾을 일은 없었다.

'자작이 죽은 건가?'

자작은 그가 푼 독에 완전히 중독되어 죽을 날만을 기다리고 있지만 아직까지 죽을 때는 되진 않았다.

어제 얼굴을 봤을 땐 최소 3개월은 더 버틸 수 있는 상태였다.

그래도 모르는 일. 급하게 옷을 입은 토우는 기사단이 있는 거실로 향했다.

두 기사가 보이자마자 용건을 물었다.

"급한 일이 있는 건가?"

"단장님! 반지의 신호가 잡혔습니다."

"응? 뭐라고?"

토우는 자신이 뭔가를 잘못 들었다고 생각했는지 되물었다.

"도련님이 끼고 계시던 후계자의 반지가 신호에 잡혔습니다!"

"…어, 어디서?"

"처음엔 외성에서 한참 떨어진 곳에서 신호가 잡혔답니다. 혹시 잘못된 것이 아닐까 생각해 유심히 살폈는데 1시간이 지나도 계속되어 이렇게 보고를 드리는 겁니다."

"가, 가보지."

토우는 일이 꼬였다는 걸 직감했다.

케인을 묻은 곳은 인적이 드물고, 야생동물들도 거의 없는 곳이었다. 설령 야생동물이 있다고 해도 땅 아래 깊숙이 묻었기에 파헤치기엔 불가능했다.

땅속 5미터만 파묻어도 신호가 잡히지 않았지만 혹시나 하는 마음에 9미터 깊이에 파묻었었다.

'도대체 누가……?'

아무리 생각해도 어떻게 시체가 발견되었는지 의문이었다.

그는 빠르게 성을 향해 걸음을 옮겼다.

*   *   *

나뭇가지를 얼기설기 엇대어 시신을 올리고 그 위에 젠느는 얇은 마나막을 씌웠다.

실드의 변형으로 옮기는 사람을 고려해 냄새를 막고, 오랫동안 유기하기 위함이었다.

"진짜 라이스 자작가로 갈 거예요? 그냥 불태우고 명복만 빌고 가자니까요."

"안 돼!"

내 의견을 젠느는 철저히 무시한다.

귀족을 보필하며 살아서인지 반드시 라이스 자작가에 시신을 인도해야 한다고 말했다.

"스펜, 부르터, 곤란한 일이 생길 수 있다니까요."

난 결국 젠느를 설득하길 포기했다. 동조해 줄 사람은 스펜과 부르터, 두 사람뿐이었다.

"글쎄다, 젠느 경의 말을 거부하기가… 그리고 보상을 줄 수도 있는 일이잖아."

"험! 포상이 문제가 아니라 젠느 말처럼 인간의 기본적인 도리야."

포상을 얘기하는 스펜은 그렇다고 해도 인간의 도리를 말하는 부르터를 보니 그냥 파이어 볼을 귓구멍에 박아버리고 싶어진다.

불과 얼마 전까지 귀족의 밑에서 짐승처럼 취급받던 노예였던 주제에 인간의 도리를 찾고 있으니 답답할 따름이다.

"리브 형은요? 너희들 생각도 마찬가지야?"

"그야 뭐……."

다른 일행들은 그저 젠느와 그녀의 동료들의 눈치를 볼 뿐이었다.

"젠장! 몰라요. 하여간 이제부터 벌어지는 모든 일은 젠느, 스펜, 부르터 탓이에요."

난 확실히 선을 그었다.

이름 모를 야산에 깊이 묻힌 자작가 후계자의 주검, 그리고 심하게 상하긴 했지만 시신의 등 뒤에 남겨진 칼자국.

꼭 집어서 말할 순 없었지만 수상한 냄새가 났다.

"냄새가 나, 냄새가……."

"내, 내가 안 뀌었거든!"

내 중얼거림에 얼굴이 붉어진 채 화를 내는 젠느.

그러고 보니 진짜(?) 냄새가 난다, 젠장!

두두두두두!

멀리서 들리는 말발굽 소리와 피어오르는 먼지가 더 이상 고민할 필요가 없음을 알려주었다.

약간 촌스러워 보이는 녹색 바탕에 검은색 무늬가 그려진 기사단이었다.

"멈춰라!"

적당한 거리가 되자 말들은 멈춰 섰고, 맨 앞에 있는 사내가 우리를 향해 외쳤다.

4서클에서 6서클까지 수십 명의 기사단과 백여 명의 병사 앞에서 우리는 시키는 대로 할 수밖에 없었다.

"우리는 라이스 자작가의 그린 기사단이다! 지금 너희가 들고 있는 것이 무엇이냐?"

6서클로 기사단장으로 보이는 사내는 우리의 복장을 살펴보곤 평민과 용병대라 생각했는지 반말로 물었고, 젠느을 흘끗 쳐다본 스펜은 그녀가 별말 없자 예의를 갖추며 말했다.

"우리는 수도로 향하는 여행자들을 호위하고 있는 용병대입니다. 여행 도중 이곳에서 1시간 거리에 있는 언덕에서 이 시… 분을 발견했고 일행 중 안목이 있는… 젠느 경이 라이스 자작가의 반지임을 알고 자작가로 향하고 있었습니다."

"확인하라."

기사단 중 한 명이 말에서 내려 시신 쪽으로 왔다.

조심스럽게 시신을 확인하던 기사가 비탄에 빠진 목소리로 외쳤다.

"크윽! 케인 도련님과 후계자의 반지가 맞습니다!"

"어떻게 이런 일이……!"

"케인 도련님께서 돌아가셨다니……."

기사단과 병사들은 큰 충격에 빠진 듯 웅성댄다.

"조용! 일단 도련님을 조심히 모셔라. 그리고 거기 있는 사람들은 몇 가지 조사할 것이 있으니 라이스 자작가로 가줘야겠소이다."

스펜이 젠느를 '경'이라고 불러서인지 좀 전과 달리 반말은 하지 않았다.

"물론이에요."

젠느가 처음으로 입을 열었다.

처음부터 입을 열지 않은 것은 반말을 해서가 아닐까 싶었다.

"조심히 모셔라."

말과 달리 분위기는 결코 우호적이지 않았다.

모시라는 말을 압송하라는 말로 해석을 했는지 병사들과 기사단의 태도는 꽤 거칠었다.

그러나 태도가 그렇다는 것만으로는 이렇다 할 반박을 할 수 없었기에 병사들의 호위를 가장한 감시 속에서 자작가로 향했다.

그리고 자작의 성에 도착한 우리는 따뜻한 방이 아니라 지하에 위치한 어둡고 축축한 감옥으로 안내되었다.

수갑과 마나 수갑과 함께.

"이봐요! 우리를 왜 감옥에 가두는 거죠?"

"조용! 조사가 끝나면 풀어줄 것이니 그동안 얌전히 이곳에 있어라!"

기사단장의 태도는 고압적으로 바뀌었다.

"이런 법이 어디 있어요! 우리는 시신을 발견해서 도리를 다한 것뿐이에요. 그리고 난……."

"닥쳐라! 험한 꼴 당하기 싫으면 입을 다물고 있어라."

"우리를 범인 취급……."

"…어디 시골 영지에서 기사 서임을 받은 모양인데, 여기가 어딘 줄 알고!"

기사단장은 예전 광산에서 재판을 받을 때 탐스와 위럴의 눈빛과 같았다.

필요하다면 없는 죄라도 만들어 뒤집어씌울 수 있다는 생각이 읽혀졌기에 얼른 나섰다.

"헤헤! 죄송합니다. 원체 지저분한 곳을 싫어하는 분이라… 이해하십시오."

젠느는 내가 이상한 소리를 한다 싶었는지 아미를 좁히며 뭔가를 말하려는 순간 그녀의 입을 막았다.

그리고 그녀만 들을 정도로 중얼거렸다.

"지금은 참아요."

인권은 공개된 장소에서나 존재하지, 이렇게 잡혀와 입만 살아 있는 상태에선 소용없었다.

"미안해요, 누나. 하지만 우리가 어떤 상황인지는 모르는 것 같아서 나섰어요."

기사단장이 나간 후에야 난 그녀의 입에서 손을 뗐다.

"…괜찮아."

내 말에 젠느는 그녀의 동료들의 팔에 차인 마나 수갑을 보고 상황을 파악한 모양이었다.

"아, 아우스, 우, 우리 어떻게 되는 거야?"

"몰라. 몰린, 부르터에게 물어봐."

마나 수갑을 찬 몰린은 노예 때의 기억이 나는지 두려움에 떨며 말했고, 난 축축한 바닥에 누워 귀찮다는 듯 말했다.

"괜찮을 거야. 그러니 너무 걱정 마, 몰린."

부르터도 위기감을 느꼈는지 무거운 목소리로 몰린을 달랬다.

전체적으로 분위기가 가라앉으며 한숨만 폭폭 쉬고 있는 일행들. 그때 지금까지 조용하던 리브가 입을 열었다.

"다들 눈치챘겠지만 쉽게 볼 문제가 아니에요."

"무슨 소리냐?"

"생각해 봐요. 꽤 오래된 듯한 시신을 찾아준 우리예요. 한데 다짜고짜 감옥에 가둔다? 이상하지 않아요? 간단한 조사라면 방에 가둬도 될 일이에요. 그런데 우리가 지금 있는 곳은 범죄자를 가두는 감옥이라고요."

"그것만으로 판단하기엔 성급하지 않을까?"

"아우스, 너도 느끼고 있는 거지?"

리브는 상황을 긍정적으로 보려는 부르터와 얘기가 되지 않는다고 생각했는지 고개를 저으며 눈을 감고 있는 나에게 말을 걸었다.

"글쎄요……. 잘못되면 목이 잘리거나 노예밖에 더 되겠어요?"

"내 생각도 너랑 같아. 아무리 생각해도 이상하게 되어가는 것 같아."

"그럴 리는 없으니까 걱정 마."

뭔가 생각이 있었을까, 젠느는 단호하게 말한다.

그러나 옆에서 혼잣말로 욕을 하던 살틴이 나섰다.

"젠장! 귀족이라고 해도 범죄자로 만들고자 한다면 못 빠져나가요."

"말이 심하구나, 꼬맹이. 누구에게 감히……."

살틴의 말에 기사단원 중 한 명이 인상을 굳히며 말했다. 그러나 살틴은 보지 못한 건지 상관이 없는 건지 말을 이었다.

"그냥 가자니까 굳이 인간의 도리를 해야 한다고 하더니 잘됐네요. 젠장! 귀족들이 언제부터 그런 걸 따졌다고. 우린 개돼지 취급하면서……."

"살틴, 그만해! 이해하세요. 입은 거칠지만 성격은… 힘! 아무튼 현실을 인정해야 해요. 이런 경우를 당해보지 않아서 모르겠지만 막상 당하면 고위 귀족이라도 어쩔 수 없어요."

"마치 당해본 사람처럼 얘기한다?"

리브는 젠느의 물음에 답하지 않았다.

나도 듣고 싶었지만 말하기 싫어하는 걸 억지로 듣고 싶지는 않았다.

누구에게나 비밀 하나쯤은 있지 않은가.

"아우스, 넌 이곳을 빠져나갈 방법이 있는 거니?"

"모르겠어요. 예상과 달리 무사히 빠져나갈 수도 있잖아요."

"정말 그렇게 생각해?"

잠깐 망설였다. 그러나 결론은 이미 정해져 있었다.

난 이곳에서 죽기 싫었고 누명 따윈 또다시 쓰고 싶지 않았
다.

자세를 바로 하고 입을 열었다.

"…아뇨. 적어도 우리 3분의 2는 죽을 거라 생각해요."

"스펜과 부르터, 그리고……."

리브는 말을 얼버무렸지만 당사자들은 다 느끼고 있는지
말이 없었다.

"어쩌면 몰린도요."

"왜, 나, 나야? 히잉~"

"네 말뜻은 어른이 죽을 가능성이 높다는 말이겠지? 그 정
도 생각했으면 혹시 이 난관을 벗어날 방법도 생각해 봤어?"

"조금 전에 생각났어요. 다만……."

"다만?"

"계획을 실행하면 다른 사람들은 몰라도 제 목숨은 확실히
위험해질 거예요."

"확신하는 말투구나?"

"당연하죠. 다른 사람들은 아무것도 모른다. 나만 다 알고
있다고 할 생각이거든요."

"뭔 소린지 모르겠어. 설명해 봐."

"그러죠."

난 내가 계획한 것을 모두에게 말해줬다.

"말도 안 돼. 네가 무슨 능력으로. 차라리 내가… 아무튼

내가 해결해 볼게. 난 케롤라인 라이스를 알고 있단 말이야."

뭔가를 말하려다 삼키는 그녀를 바라보았다.

사실 그녀가 방금 전 말하려던 바가 무엇인지 알고 있었다.

젠느는 내가 마차 안을 볼 수 없다고 생각하겠지만 난 마보세를 가지고 있었다.

여행 중 그녀는 틈틈이 내가 요리를 할 때면 마차 안에 백작 부인을 포함해 네 명이 있다며 음식을 받아갔는데 세 명뿐이었다. 그리고 난 그 세 명의 얼굴을 다 보았다.

한 명은 눈빛이 날카로운 6서클의 여자 전투 마법사였고, 다른 한 명은 유모로 보이는 뚱뚱한 중년 여자였다.

"왜? 내 말이 못 미더워?"

내가 빤히 보자 젠느가 물었다.

난 상념에서 벗어나 대답했다.

"아뇨. 믿어요. 근데 젠느의 생각은 일단 제 계획을 먼저 실행한 다음 이 감옥에서 벗어난 후에 해요. 확실한 계획이 없다면 일단 내 말을 믿고 그대로 해줬으면 좋겠어요."

"그래요. 아우스 말을 따라보죠."

"나도 아우스 말에 찬성. 하여간 여길 벗어나기만 해봐라. 다들 오크 똥구멍에 대가리를 넣어버린다."

젠느 일행을 빼곤 모두 내 말을 지지했다.

결국 젠느는 미심쩍어 하면서도 내 계획을 따르기로 했다.

그에 각자가 맡을 역할에 대해서도 설명을 해줬다.

"이 새끼야, 난 왜 노예야!"

"살틴 형은 그냥 입 닥치고 있는 게 도와주는 거니까요. 말하다 가장 먼저 목이 달아나는 수가 있어요."

"…하여간 정이 안 가는 놈이야, 넌."

살틴을 마지막으로 설명은 끝이 났다.

난 다시 한 번 강조하며 말했다.

"다들 잘해야 해요."

"좋아! 다 네 말대로 한다고 해. 한데 무슨 수로 네가 고스트 위스퍼(점쟁이) 역할을 한다는 거야?"

젠느는 끝까지 내가 못 미더운가 보다. 아니, 걱정하는 건가.

아무튼 누군가가 나에게 내가 말한 것을 그대로 했다면 나역시 헛소리라고 말했을 터였다.

이들에게 확신을 심어줄 필요가 있었다.

"좋아요, 간단히 보여 드리죠. 제 질문에 답은 하지 않아도 좋아요. 대신 모두 밝혀졌을 때 거짓말은 하면 안 돼요."

"진실만을 말할게."

"그럼, 질문할게요. 젠느의 첫사랑은 언제죠? 스무… 열일… 열네… 열다… 섯에 했군요. 상대는 누구였죠? 같이 수련… 을 받던 마… 기사였군요. 상대 나이는 서… 스물 두… 다… 스물세 살이었네요."

"젠느 경, 아우스가 말한 게 사실이야?"

"으, 웅. 맞아. 한데 어떻게 안 거야?"

스펜의 질문에 젠느는 놀란 얼굴로 고개를 끄덕였다.

"이젠 믿겠어요?"

여행을 하며 마보세를 더욱 이해하게 되었다.

특히 사람의 색깔에 대해 더욱 자세히 알게 되었는데 그것으로 어느 정도 진실과 거짓을 알 수 있었다.

"더 확인하고 싶은 사람?"

"내가 해보지."

기사단 중 한 명이 나섰다.

"자린 경의 첫 경험은 열네… 열여… 열다섯 때였군요. 상대 여자가 동… 집… 의 하… 녀였군요. 그리고……."

난 적나라하게 한 사람의 불타던 과거를 까발렸다. 그리고 더 이상 내 실력을 의심하는 사람은 없었다.

아우스 인생의 두 번째 재판이 이루어졌다.

명목상으로 조사였지만 내가 보기엔 재판이나 다름없었다.

경험의 중요성이 이곳에서도 나타났다.

엔트 할아버지와 함께한 때완 달리 마음은 차분했고, 주변의 모든 것이 보였다.

가운데 자리엔 우리를 가두었던 기사단장이 앉아 있었고, 양옆으로는 기사단들과 여러 사람들이 앉아 있었다.

"케롤라인이야."

"조용히 해요. 지금 밝히면 젠느가 속한 영지와 영지전이 일어날지도 몰라요."

젠느가 가리킨 케롤라인이라는 여자는 꽤나 심각한 표정으로 앉아 있었고, 옆에 앉은 기사 한 명이 연신 그녀의 등을 쓰다듬고 있었다.

"지금부터 조사를 진행하겠습니다. 전 이번 조사를 책임지게 된 토우입니다. 진실한 말이 나오지 않는다면 조사는 길어질 수 있음을 미리 말씀드립니다."

어쩜 이리도 그때와 달라진 것이 없나 모르겠다.

말을 높이곤 있었지만 토우는 명백히 우리에게 협박을 하고 있었다. 다만 그때와 다른 건 주변에 적만 있지 않은 것 같았다.

"자네들이 발견한 시신은 6개월 전 사라진 아스파 팔린 라이스 자작님의 후계자인 케인 라이스 님이었다. 어떻게 발견했는지 소상히 얘기해 보라."

"그, 그건 저희는 모릅니다. 저기 앉아 있는 아우스라는 소년이 잘 알고 있습니다."

스펜은 계획대로 나에게 책임을 넘겼다.

한데 연기가 영 시원찮다.

"아우스가 누구냐?"

"접니다."

"네가 케인 님의 시신을 발견했다고?"

"그렇습니다."

"어떻게 발견했느냐?"

"믿기 어렵겠지만 유령이 제게 가르쳐 줬습니다."

난 일행들은 아무 관계가 없다는 걸 은연중에 언급하며 대답했다.

"뭐라고?"

"전 고스트 위스퍼입니다."

토우의 인상은 와락 구겨졌고, 청중들은 웅성거리기 시작했다.

탕! 탕!

"놈! 여기가 어떤 자리라고 허튼소리를 내뱉느냐!"

토우는 분노한 표정으로 탁자를 때리며 큰 소리로 말했다. 하지만 그런다고 꼬리를 내릴 순 없었다.

오히려 난 이상하다는 듯 물었다.

"왜 허튼소리라고 말하시는 겁니까? 토우 님은 마법사이십니다. 손에 불을 만들고, 하늘을 나는 것 또한 저에겐 인간의 힘으로 보이지 않습니다."

"닥쳐라! 그게 말이라고……."

"증거를 보여 드리면 믿겠습니까?"

"증거? 오냐! 보여라! 그렇지 못할 경우엔……."

"보여 드리죠. 한데 여기가 재판장입니까? 저희는 조사를 받는다고 들었습니다. 케인 님의 시신을 발견한 제가 범인이라고 단정을 짓진 말아주셨으면 합니다."

"이… 이, 이놈이……!"

난 이곳이 재판장이 아닌 조사하는 곳이라고 선을 그었다.

진행하다 보면 자연 조사장인지 재판장인지 헷갈리게 될 터, 틈틈이 환기시킬 필요가 있었다.

토우가 더 소리치기 전에 말을 이으며 눈을 감았다.

"보여 드리겠습니다. 여기 계신 분들 중에 소중한 사람을… 잃은 분이 계시는군요."

슬픔의 색깔은 무엇일까?

마나는 슬픔을 청회색으로 보여줬다.

가장 진한 사람은 케롤라인이었는데 그녀 말고도 내 말에 반응한 사람은 꽤 많았다.

"속삭입니다. 뭐라고요? …잘 들리진 않지만 자신의 죽음은 당신의 탓이 아니라고… 말합니다."

세 사람의 몸이 더욱 짙은 청회색으로 바뀐다.

"당신은 누구죠?"

눈을 감은 채 난 연기에 빠져들었다.

마치 누구에게 들기라도 하는 듯 귀를 기울이는 시늉을 했고 그때마다 다양한 표정을 선보였다.

"알아요, 신께서 이름까지 허락하지는 않으신다는 걸. 그래도 말해봐요. 누구에게 당신의 말을 전하면 되죠? 이 자리에 있다고요? 그 사람이 사랑하는 가… 연… 인이군요. 그에게 날 이끌어주세요. 제가 당신이 못다 한 말을 전하겠어요."

난 격렬하게 반응하는 남자에게로 눈을 감은 채 걸어갔다.

그리고 연기의 마침표를 찍었다.

"이분이군요, 맞나요? 그렇군요. 여기 유령이 당신에게 말합니다. 나의 죽음은 당신의 탓이 아니에요. 나를 잊고 행복하게 살길 바라요. 사랑… 해요."

"크으윽! 슈엔! 슈엔, 내가 보이는 거야? 내 말이 들리는 거야?"

"말하세요."

"흑! 미안해, 정말 미안해. 내가… 조금만 더 빨리 알았다면 그대로 보내지 않았을 거야. 흑흑흑! 지금도 당신이 그리워. 한 번만 더 볼 수 있다면… 내 목숨을……."

"슈엔 님은 당신이 행복해지길 바랍니다. 행복해지십시오. 슈엔 님을 위해… 그분이 신의 품으로 갈 수 있게 도와주세요."

재판장(?)은 정적에 휩싸였다.

난 눈을 뜨고 의식이 끝났음을 알렸다. 그리고 내 자리로 돌아왔다.

"…험! 보긴 했지만 믿어지지 않는다."

"믿을 수 없겠죠. 저 역시 마법을 믿을 수 없으니까요. 전 여기 앉아 계신 귀족분께 의뢰를 받았습니다."

"아! 젠느?"

내 손은 젠느를 가리켰고, 탄성은 케롤라인에게서 나왔다.

"어느 날 갑자기 사라진 첫사랑을 찾는다고 했습니다. 워낙 오래전 일이었고, 토우 님처럼 제가 고스트 위스퍼라는 걸 증명해 보이라 했습니다. 그래서 떠돌다 케인 님의 영혼과 대화를 하게 되었습니다. 케인 님은……."

"넌 조용히 해라!"

토우는 내 말을 끊고 젠느를 바라보며 말을 이었다.

"젠느 님이라면 할트 백작령의 제레미느……."

"그래요! 그게 저예요. 귀족으로서 미신을 믿는다는 것이 부끄러워 끝까지 밝히지 않을 생각이었는데 결국 이름을 밝히게 몰아붙이시는군요, 토우 경."

"그게……."

"하아~ 한동안 사교계에 나가긴 글렀군요. 정체가 밝혀졌으니 이만 이 자리에서 벗어나고 싶군요."

"그건 안 될 말입니다."

"왜죠? 저 소년의 말을 믿었다는 것이 문제가 될 것이 있나요? 설마 나를 케인의 살인범으로 보는 건가요?"

"그건… 아닙니다."

"하면 저 소년의 말을 믿고 케인의 시신을 찾아낸 내가 잘못이 있다는 건가요?"

"아닙니다."

"근데 왜 내가 이곳에 있어야 하는 거죠?"

"그건 조사를……."

"아아~!"

지시한 대로 상황은 흘러갔다.

토우와 젠느의 말싸움이 결론이 나면 안 되었기에 난 갑자기 고통스럽게 머리를 감싸며 바닥에 쓰러졌다.

"…무슨 말을 하고 싶은 겁니까? 케인 님. 다, 당신의 이름은 이곳에서 들었습니다. 하, 하지만 제 몸을 차지하려 하시면 안 됩니다. 아아아!"

갑작스러운 상황에 다시 재판장은 조용해졌다.

바닥을 기며 누군가 내 몸으로 들어오는 걸 막는 것처럼 연기를 펼쳤다.

"제, 제발 제 몸에서 나가주세요! 그, 그냥 말씀을 하면 제가 전하겠습니다. 당신을 죽인 사람의 이름을……."

"토우 경, 당신에게 필요한 사람은 저기 있네요. 난 굳이 이 자리에 있을 이유가 없어졌군요."

젠느는 재판장을 나가려 했고, 나에게 집중된 이목 때문에 신경 쓰는 사람은 없었다.

"너희들도 이만 나와! 정체가 탄로 났는데 언제까지 그곳에 있을 생각이냐!"

"…네? 네네!"

"당신을 죽인 사람이 이곳에… 있나요? 말씀을 하세요! 네? 뭐라고요? 으아아!"

난 비명을 지르며 바닥을 뒹굴었다. 일부러 탁자의 모서리에 부딪혀 머리가 터져 피가 나오게도 만들었다.

'으~ 아파! 별 지랄을 다하네.'

일행이 조사석에서 모두 일어났음에도 그걸 신경 쓰는 사람은 몇 명 되지 않았다.

"하아악~ 하아~ 악……"

거친 숨을 쉬며 일어났다. 진득한 피가 얼굴을 타고 내렸고, 내 눈에는 독기로 가득했다. 그런 상태로 좌중을 훑어봤다.

"나를 죽인 자는……!"

"……."

지금 밝혀서는 안 된다.

숨을 멈추고 부들부들 떨었다.

'숨 쉬고 싶어!'

숨을 참으면 죽을까?

아니다. 인간이라면 반드시 그전에 숨을 쉬게 된다. 하지만 온몸에 힘을 주고 오랫동안 숨을 참고 있다가 뱉는 순간, 아찔함과 함께 정신을 잃게 된다.

따라 하지 말자.

의식을 잃고 쓰러지며 바닥에 머리가 깨질 수도 있었고 그대로 갈 수도 있었다.

"하……"

숨을 뱉는 순간 세상은 어두워졌고, 내 몸은 앞으로 무너졌다.

*   *   *

정신이 들었다. 그리고 계획이 성공했음을 알 수 있었다. 기절해 있었는데 어떻게 계획이 성공했는지 알 수 있냐고?

내가 깬 곳은 감옥이 아니라 푹신한 침대 위였다.

방은 꽤 컸고 잘 꾸며져 있었다.

그러나 내 관심사는 그게 아니었다.

'젠느는 왜 안 간 거야?'

옆방에서 느껴지는 기운은 분명 젠느였다.

계획은 재판장을 벗어나면 이곳을 떠나 아이들과 함께 안전한 곳으로 가 있는 것이었다.

'벗어나지 못한 건가?'

토우가 쉽사리 안 놔줬을 수도 있었다.

그나저나 내가 쓰러진 사이 옷이 바뀌었다. 릴리즈 액은 물론이고 합성 마법을 펼칠 수 있는 금속 패도 없었다.

모든 것이 사라졌다고 넋을 빼고 있을 순 없었다. 이젠 내가 위험해졌으니 최대한 빨리 살 방법을 찾아야 했다.

"깨어났군."

"케롤라인 님을 뵙습니다."

방을 꼼꼼히 살피며 살 방법을 궁리하는데 옆방에 있던 케롤라인이 내 방으로 찾아왔다.

"내 이름은 어떻게 알았지?"

"젠느 님에게 들었습니다."

"케인에게 들은 건 아니고?"

케롤라인은 날 의심하고 있는 듯 보였지만 악의가 없었다. 이 방으로 올 수 있게 한 사람이 그녀인 모양이었다.

"푹 쉬었다면 얘기 좀 할까?"

"그러시죠."

티 테이블에 마주 앉은 그녀는 물끄러미 날 바라보다 입을 뗐다.

"어제 조사를 할 때의 일을 기억해?"

"모두 기억합니다."

"솔직히 난 아직 네가 고스트 위스퍼라는 게 믿어지질 않아. 하지만 억울하게 죽은 케인… 을 생각한다면 내 말이 사실이길 바라."

"모든 사람이 같은 반응입니다. 하지만 믿고 안 믿고는 케롤라인 님이 판단할 문제입니다. 전 그저 들리는 걸 말할 뿐입니다."

"그런가? 그럼 믿는다고 하고, 케인을 죽인 범인을 알고 있어?"

"…네."

난 한 템포를 늦추고 말했다.

조사를 빙자한 재판을 할 때 난 이미 범인을 알아냈다. 마보세는 슬픔뿐만 아니라 수많은 감정을 보여줬다.

범인은 내가 고스트 위스퍼임을 증명할 때부터 마지막에 쓰러지는 연기를 할 때까지 나에 대해 수많은 감정을 표출한 인물, 특히나 마지막엔 강한 살의를 발했던 인물이었다.

토우, 그가 케인을 죽였음에 틀림없었다.

"누구지! 누가 감히 케인을 죽인 거지?"

"범인은⋯ 케롤라인 님도 알고 계시지 않습니까? 그래서 절 이곳으로 데려온 게 아닙니까?"

"역시! 토⋯⋯."

"쉿! 조용히. 언급은 하지 마세요."

큰 소리로 얘기하려는 케롤라인의 입을 막았다. 실례가 될 뿐더러 목까지 날아갈 수 있는 행동이었지만 개의치 않았다.

눈을 좌우로 돌리며 주변을 살폈다.

난 그녀의 입에서 손을 떼면서 말을 이었다.

"이제부터 '그'라고 표현하죠. 설령 범인을 알았다고 해도 증거는 없습니다. 케롤라인 님조차 절 믿지 않는데 어느 누가 제 말을 믿겠습니까?"

"그건⋯⋯."

"그는 혼자가 아닙니다. 진즉부터 그가 범인임을 예상하신 것 같군요. 한데 어쩌지 못한 것을 보면 위세 또한 케롤라인 님보다 더한 것 같은데 지금 상태에서 밝혀봐야 제 목만 날아갈 겁니다. 그리고 케롤라인 님은 미친 사람으로 취급받을 거고요."

케롤라인은 동생을 잃은 슬픔에 정신이 약해진 것 같았지만 내 말을 이해 못 할 만큼 멍청하진 않았다.

말을 아끼며 생각에 빠져 있던 그녀는 조용히 물었다.

"이러지도 저러지도 못한다면 어쩔 생각이지?"

"지금 자작가에서 벌어지고 있는 일들을 상세히 말해주세요."

"난 잘 알지 못해."

"케인 님이 사라지기 전후에 들었던 것이라면 아무리 사소한 것이라고 해도 상관없습니다. 그게 아니라면 그가 나타난 다음부터 얘기를 해주셔도 되고요."

다음 계획을 더욱 탄탄하게 만들기 위해선 자작가에 대해 알아야 했다.

"음… 그가 이곳에 왔을 땐 내가 15살인가, 16살 때였어."

뒷골목에 떠도는 사소한 이야기들이 나중에 보면 큰 사건들로 이어지는 경우는 허다했다.

그래서 난 온 신경을 집중해 케롤라인의 이야기를 듣기 시작했다.

"…몸이 약해지신 아버지는 결국 케인에게 자작 위를 주시기로 마음을 먹었고, 황제께 그 사실을 고했지. 한데 케인은 제국에서 정한 성인이 되지 않는 나이가 문제 되었지."

"그게 왜 문제입니까?"

"제국의 황제께서는 힘이 강해진 평민들의 힘을 등에 업고 귀족들의 힘을 약하게 만들고 있었어. 그중 하나가 성인이 아닌 자는 정식 작위를 받지 못한다는 거야. 그래서 케인은 작위를 받기 위해 성인이 되는 올 겨울을 기다리고 있었어."

"그런데 황제가 케인 님이 돌아가셨다는 걸 알고 있다면 이미 끝난 일 아닌가요?"

"황제의 귀엔 들어가지 않게 하고 있어. 케인을 찾을 수 있다고 생각해서 그대로 두고 있었거든."

"그렇군요. 그래서요?"

제국 황제가 어떤 짓을 하는지 나에겐 아무런 상관이 없었다. 난 그녀의 말을 재촉했다.

"작위를 받기를 기다리던 케인이 어느 날 갑자기 사라졌어. 케인이 사라지는 날, 날 찾아와 그와 좋은 곳에 놀러간다고 했었는데……."

"……."

"그게 마지막이었어. 놈이 분명해! 알리바이가 있지만 그건 조작되었을 가능성이 높아!"

케롤라인은 시종일관 토우에 대해 사적인 감정을 가지고 있는 상태로 얘기했기에 훨씬 가슴에 와닿았다.

'한데 토우의 목적이 자작가의 몰락인가?'

얘기를 들었지만 정작 토우의 목적이 불분명했다.

'다른 목적이 있을 수도 있어. 아우스, 생각해! 넌 나쁜 놈이었어. 네 사악한 머리를 굴려보란 말이야.'

난 토우가 되었다.

10년 전 이곳으로 와 우수한 마법 실력으로 5년 뒤 기사단장이 되었고, 케롤라인과 결혼을 하려고 했다. 그건…….

자작가를 차지하기 위해서?!

어떻게?

결혼도 실패했고, 후계자인 케인도 죽었어. 한데 무슨 수로……?

이제 자작가의 핏줄은 케롤라인과 그녀 아들뿐이야. 케롤라인의 남편을 죽이고 그녀를 차지한다고 해서 작위를 받을 수 있는 건 아냐.

아아! 머리가 썩었어!

착한 척을 너무 오랫동안 하고 살았더니 정말 착하다고 착각하는 거야. 더, 더! 악랄한 방법을 생각해 내란 말이야!

진도가 나가지 않았다. 이번엔 현재의 아스파 자작이 되어 본다.

어떻게 자작가를 유지할 수 있을까?

아들은 죽었고, 손자는 성인이 되려면 아직 3년이나 남았고, 수백 년간 지켜온 자작가가 진정 내 대에서 사라져야 하는 건가?

손자가 좀 더 클 때까지 내가 살 수 있다면…….

아니, 누구라도 손자가 자랄 동안 대신해 줄 수……!

찾았다!

토우가 자작가를 차지할 수 있는 방법을 알아냈다. 죽은 케인을 대신할 사람을 찾으면 되는 것이었다.

아니, 찾을 필요도 없었다. 그저 16세의 남자애만 구하면 되는 것이다.

"혹시 자작님께 무슨 말씀 들은 것은 없습니까? 아드님에게 자작 위를 승계하시겠다는 그런 말이요?"

"없어. 내가 톰슨과 결혼을 한 이후에 용서는 하셨지만 얘기는 거의 안 하셨거든."

"자작님을 뵐 수 있겠습니까?"

"힘들 거야. 많이 안 좋으셔."

"무조건 만나야 합니다. 그를 동요시키고, 그가 범인임을 밝히려면 반드시!"

"그게 가능할까?"

"먼저 자작님을 뵙는 것이 우선입니다."

"일단 말씀을 드려볼게."

"그렇게 말씀하시면 안 됩니다."

"…알았어!"

내가 강력하게 말하자 잠깐 고민을 하던 케롤라인은 고개를 끄덕이며 말했다.

"만나게만 해주면 되지?"

"네, 가능하면 빨리요! 그리고 그 이후 일은 다시 말씀드리겠습니다."

"그래."

케롤라인은 나와 자작의 만남을 주선하기 위해 자리에서 일어났다.

"참! 그전에 제 옷과 제가 가지고 있던 물건들은 어디에 있죠?"

"기사단이 보관하고 있을 거야."

"갖다 주세요. 정 안 되면 파란색 병과 금속판만이라도 부탁드립니다."

"그럴게."

케롤라인이 나간 후 릴리즈 액과 금속 패를 가지고 온 이는 젠느였다.

"몸은 괜찮아?"

"연기라는 걸 다 알면서 왜 그래요."

"그게 정말 연기였다고? 이야! 이참에 배우를 해보는 게 어때? 분명 대성할 거야."

전에 배우였다고 하면 어떤 표정을 지을까.

"그건 천천히 생각하기로 하고, 왜 안 갔어요? 토우가 못 가게 하던가요?"

"아니, 다른 이들은 모두 자작가 근처 마을에 데려다 놨어."

"근데 누나는 왜 다시 왔어요?"

"네가 걱정이 돼서 왔어. 걱정 마, 준비 단단히 하고 왔으니까. 최소한 불공정한 일은 당하지 않을 거야."

"고마워요. …누나."

백작 부인이라고 말하려다 재판장에서 토우가 그녀의 신분을 밝히려 하자 말을 끊었던 것이 생각나 그냥 누나라고 불렀다.

밝히고 싶어 하지 않는 것 같은데 굳이 밝혀 어색하게 만들고 싶진 않았다.

"한데 아우스, 케롤라인에게 듣자하니 '그'를 범인으로 지목했다며? 확실해?"

믿지 못하겠다는 말투.

"그에 대한 평판이 좋은가 보죠?"

"좋아. 주변의 영지에서 싫어하는 사람이 없을 정도니까. 실제 라이스 자작가를 끌고 나가는 사람이기도 하고. 곧 남작 위를 받을 사람이 왜 그런 짓을 했겠어?"

"명예직인 남작 위보단 자작가를 통째로 먹는 게 낫지 않겠어요?

"확신하나 보구나?"

"백 퍼센트 확신은 아니에요. 그래서 확인하려고 자작님을 뵙게 해달라고 했어요."

"내가 도울 일은?"

"저랑은 무관한 척해주세요. 그래야 움직이기 편하거든요.

대신 케롤라인 님이 많이 힘든 것 같으니 그분을 도와주세요."

"그럴게. 근데 한 가지만 더 물어봐도 돼?"

"몇 가지라도 물어봐요."

"그동안 어떻게 살았기에 이리 영악해? 상인의 아들이라고 들었는데, 애들이 하는 얘길 들어보니 그건 아닌 것 같고. 어떤 때 보면 나보다 훨씬 더 어른스러운 것 같아."

"누나의 정신연령이 낮아서……."

"확! 이게!"

"헤헤! 농담이고 그냥 머리가 좋아서라고 해두죠."

얘기해 봐야 믿지도 않을 것이기에 대충 얼버무렸다.

젠느는 '말하기 싫다는 거지?'라며 입을 삐죽였지만 다행히 더 묻지는 않았다.

*　　　*　　　*

자작과의 만남은 쉽게 이루어지지 않았다.

처음엔 밤이 늦었다는 이유였지만 이튿날엔 심하게 아프다는 것이 이유였다.

대신 별로 보고 싶지 않은 얼굴이 방으로 찾아왔다.

토우였다.

침대에 앉아 자작을 만나면 어떻게 할지 생각을 하고 있던 난 벌떡 일어나 공손히 인사를 했다.

그가 케인을 죽인 범인이라고 해도 아직까지 나에게 누명을 씌워 죽이거나 당장 감옥으로 보낼 수 있는 위치에 있음은 변함이 없었다.

"토우 님, 오셨습니까."

"…많이 아프다고 들었는데 멀쩡해 보이는군."

"다 토우 님이 배려해 주신 덕분입니다."

난 토우가 다른 사람 위에 군림하는 것을 좋아하지 않을까 생각했다. 그래서 납작 조아렸는데 예상대로인지 처음 들어올 때보다 표정이 풀렸다.

"이쪽으로 앉으십시오."

"그러지."

"혹시 조사 때문에 오신 거라면 하루 이틀만 기다려 주시면 안 되겠습니까?"

"…내가 왜 그래야 하지? 겉으로 보기엔 당장 지금부터 시작해도 될 것 같은데."

"빌어먹을 유령이… 아! 죄송합니다. 유령이 제 몸을 차지하려고 들어서 그걸 저지한다고 무리했더니 속은 엉망입니다."

"시간을 벌려는 건 아니고?"

짧은 순간 어떻게 대응할지 고민했다.

고스트 위스퍼로 계속 나가느냐, 아님 위기를 모면하기 위해 거짓말을 한 양치기 소년처럼 행동해야 할지에 대한 고민이었다.

난 후자로 하기로 마음을 먹었다.

"…아, 아닙니다. 정말입니다. 한동안 위스퍼로서의 능력을 전혀 발휘할 수 없는 상태입니다."

"흥! 그딴 건 한 번이면 족해. 한데 재판장에서 유령이 범인을 말하려고 하다가 못한 것 같은데 네가 정말 고스트 위스퍼라면 알고 있겠지?"

"그건……."

"왜 말을 하다가 말지? 못 할 사정이 있는 건가? 아님 모르는 건가?"

"그럴 리가요. 다만……."

"유령이 몸을 차지해서 기억이 나지 않는다고 말한다면 당장 네놈을 다시 신문하겠다!"

"……!"

본래 기억이 나지 않는다고 말할 참이었기에 이번엔 정말 당황했다.

"기, 기억을 못 한다니 말이 안 되죠."

"그럼 지금 당장 범인이 누구인지 말하라."

"범인은… 돈, 돈을 노린 부랑자… 컥!"

돈을 노린 부랑자라고 말하려는 찰나 마나가 뭉치며 내 목을 졸라왔다.

"크… 컥! 왜… 왜?"

"쓰레기 같은 놈! 네놈이 나를 경멸하려 들어?"

"…저, 전 유령이 마, 말하는 대로… 크큭!"

"어리다고 하지만 3서클 마법사였던 케인 님이 고작 부랑자에게 당했을까? 그리고 부랑자라면 반지를 내버려 뒀겠느냐?"

"부, 부랑자 차림의 수상한 사, 사람이라고 말하려고 했습니다만……."

"헛바닥이 매끄러운 놈이군."

목을 움켜잡고 있던 무형의 힘이 사라졌다. 난 바닥에 주저앉아 숨을 골랐다.

"크으으흐으흡! 하악하악!"

"위기를 모면하기 위해 거짓말을 한 모양인데, 혹시나 헛소리로 분란을 만든다면 그땐 당장에 목을 비틀어 버릴 테다. 알겠느냐!"

"무, 물론입니다. 콜록콜록! 너, 너무 무서워서 살기 위해 한 짓이니 부디 용서를! 살려만 주신다면 지금부터 입을 꼭 다물고 있겠습니다."

난 바닥에 머리를 박고 손에서 닭똥 냄새가 날 때까지 빌었다.

"케롤라인 님이 어제 이곳을 들렀다고 하던데 무슨 말을 했었지?"

"토우 님과 같은 범인이 누구냐는 질문을 했습니다."

"뭐라고 대답했지?"

"유령이 몸을 차지했을 땐 기억을 하지 못한다고 했습니다.

그리고 시간이… 필요하다고……."

"기회다 싶어 돈을 뜯어낼 생각이었군. 영악한 놈, 지금처럼 닥치고 있으면 떠날 때 여비 정도는 챙겨줄 테니 함구하고 있다가 떠나거라."

"감사합니다! 절대 입을 다물겠습니다."

"쯧!"

혀를 차고 떠나는 모습을 마보세로 보고 난 후에야 고개를 들었다.

'동조자가 꽤 많은 모양이네. 빌어먹을! 어떻게 쉬운 일이 하나도 없냐.'

난 머리를 벅벅 긁곤 침대에 누웠다.

이렇게 복잡하게 얽혀 있었다는 걸 알았다면 절대 나서지 않았을 것이다.

앞으로 절대 나서지 말아야겠다는 생각을 하며 잠시 눈을 붙였다.

토우의 자작가 장악이 생각했던 것보다 강한지 라이스 자작의 만남은 쉽게 이루어지지 않았다. 그래서 결국 시녀와 기사단의 눈을 피해 잠입하는 수밖에 없었다.

문 앞을 지키는 기사단이 가장 문제였는데 젠느와 케롤이 나서 해결해 주었다.

"아버님이 자작님을 뵙고 말씀을 전하라고 했어요!"

"당연히 비켜 드려야 마땅하다는 건 알고 있습니다. 한데 자작님이 지금 누군가를 만날 상황이 아니십니다. 백작님께는 추후 저희가 사죄를 청하겠습니다."

"경들의 말은 잘 알겠어요. 하지만 이 약은 꼭 전해 드려야 한단 말이에요."

"저희가 시녀를 통해 전해 드리겠습니다."

"휴우~ 이렇게 완강하다니……. 자신의 임무에 충실한 두 분께 더 이상 고집을 피우는 건 예의가 아니겠죠. 이건 두 분 께 맡기죠."

젠느는 들고 있던 상자를 두 기사에게 건네고 돌아섰다. 그 때 그녀의 연기가 시작되었다.

가벼운 신음 소리와 함께 바닥에 쓰러졌다.

"아~!"

"젠느!"

"미안해, 케롤. 감옥에 있었던 것 때문일까? 몸이 좋지 않 네. 좀 부축해 주겠어?"

케롤은 젠느를 부축하려 했다. 하지만 쓰러진 젠느를 부축 하기엔 버거웠다.

"두 분 뭐 해요! 빨리 백작 부인을 방으로 모셔요!"

"네?"

"이대로 두실 건가요? 케인의 시신을 찾아주고도 감옥에 갇 혀 있었던 백작 부인이에요. 친정인 할트 백작가와 밀튼 백작가에서 우리 자작가를 어떻게 생각하겠어요!"

"아, 알겠습니다."

두 기사는 케롤의 말에 잠깐 서로의 얼굴을 보다 재빨리 젠느를 부축했다. 그리고 조심히 일으켜 그녀의 방으로 데리고 갔다.

'여배우를 했어도 성공했을 여자야.'

젠느의 연기에 감탄하며 난 손쉽게 자작의 방문 앞에 설 수 있었다.

"슬립! 슬립!"

털썩! 털썩!

마보세로 두 명의 시녀가 있음을 느끼곤 마법을 사용했다.

안으로 들어가자 두 시녀는 테이블에 고개를 박고 잠들어 있었다.

"으~ 으~~"

침대에 누워 있는 아스파 자작은 꿈에서조차 아픈지 코 고는 소리 대신 신음 소리를 내며 자고 있었다.

마보세로 바라보니 아스파 자작의 몸은 검은색으로 가득했다.

"이거 비싼 거예요."

거의 남지 않은 릴리즈 액 한 방울을 입에 떨어뜨렸다

입에서 시작된 하얀빛이 빠르게 몸 전체로 퍼져 나갔다. 하지만 빛이 사라지고 나자 아스파 자작의 몸은 변화가 거의 없었다.

"치～ 잉크에 물 한 방울 떨어뜨린 격인가?"

다시 한 방울, 또다시 한 방울…….

너덜너덜해진 손을 순식간에 복원시키던 릴리즈 액이 만능은 아니었다.

다만 어느 정도 들어가자 고통이 사라졌는지 신음 소리를 내지 않았고 검은색이던 몸이 아주 약간이지만 회색빛을 띠었다.

"으음… 누구냐?"

"깨셨습니까? 자작님. 놀라지 마시고 조용히 제 말을 들어주십시오. 전 케롤라인 님이 보낸 사람입니다."

"케롤라인이 무슨 일로?"

자작은 아직 그리 많은 나이가 아님에도 약해질 대로 약해지고 망가질 대로 망가져 있었다. 그래서 얘기를 꺼내기가 조금은 미안했다.

하지만 그를 일을 진행하기 위해서는 반드시 그가 알아야 했다.

"아드님인 케인 님의 시신이 발견된 걸 들으셨습니까?"

"허어……! 그, 그 아이가… 결국엔……."

이미 어느 정도 예상했을 텐데도 어떤 말로도 표현하지 못할 표정이 아스파 자작의 얼굴에 그려졌다.

보는 사람도 짠한 마음이 들 정도인데 당사자야 오죽하랴.

난 최대한 담담히 말을 이었다.

"실종된 당시 죽은 걸로 생각됩니다. 이름 모를 야산에 묻힐 걸 제가 발견하고 모셔왔습니다."

"…어, 언제 발견했나?"

한참 슬픔에 빠져 있던 아스파 자작은 천천히 입을 열었다.

"나흘 전에 발견되었습니다."

"한데 왜 나에겐 알리지 않은 거지?"

"모르겠습니다."

"토, 토우 경을 데리고 와라!"

"죄송합니다만 지금은 안 됩니다. 저는 사실 몰래 들어왔습니다."

"왜? 무슨 연유로 몰래 들어온 건가?"

"전할 말씀이 있어 케롤라인 님을 통해 뵈려고 했지만 케롤라인 님도, 저도 못 뵌다는 말을 들었습니다. 그래서 숨어서 들어온 겁니다."

"케롤라인이 오는 것까지 막았단 말인가?"

"그렇다고 들었습니다."

"허허, 도대체 무슨 일이 벌어지고 있는 거지? 콜록! 콜록!"

슬픔 때문인지, 과도하게 말을 해서인지 아스파 자작의 몸은 아까와 마찬가지로 다시 새까맣게 변했다.

"이걸 한 방울 드시지요."

"그… 게 뭔가? 콜록!"

"잠시에 불과하지만 몸을 편안하게 해줄 겁니다."

힘이 없는 그는 내가 주는 릴리즈 액을 거부하지 못하고 받아들였다.

"아까도 이 약을 준 모양이군. 평소와 달리 한결 나아졌어."

"엄청 비싼 거니까요."

"백약이 무효했는데 즉각적으로 반응이 오는 걸 보니 그런 것 같으이. 한데 나에게 전할 말이 있다고 했는데 그게 뭔가?"

"그 전에 먼저 저에 대한 소개부터 해야 합니다. 믿기 어려우시겠지만 전 죽은 자의 이야기를 들을 수 있는 고스트 위스퍼입니다."

"…그런가?"

한결같은 반응. 무시하고 말을 이었다.

"케인 님의 시신을 발견할 수 있었던 것도 억울하게 죽은 그분이 저에게 위치를 알려줬기 때문입니다. 이 말을 믿으십니까?"

"6개월 간 성의 모든 인원이 동원되어도 찾지 못했던 아이였어. 못 믿을 것도 없지."

의외로 아스파 자작은 담담히 내 말을 받아들였다.

"그래서?"

"케인 님은 자신을 죽인 자를 저에게 알려줬습니다."

"그… 그게 누군가?"

분노를 하는 듯했지만 아픈 자의 분노는 안타까울 뿐, 힘이 없었다.

"지금은 알려 드릴 수 없습니다."

"이유는?"

"피해를 최대한 줄이기 위해서입니다."

"피해를 줄이다니……? 케인을 죽인 자가 혼자가 아니란 말이냐?"

"네. 상당히 많은 동조자도 있는 듯합니다."

"도대체 그들이 누구냐! 감히……! 콜록! 콜록! 우에엑! 우엑!"

"진정하십시오!"

"흐으… 흐으……."

아들을 잃은 슬픔과 범인들에 대한 분노가 합쳐지자 그는 피를 토했다. 그러나 마냥 그가 좋아지길 기다릴 순 없었다.

"시간이 없습니다. 듣고 고개만 끄덕이십시오. 혹시 케인 님을 대신해 누군가에게 자작 위를 승계하게 하여 손자인 셰인 님이 물려받을 때까지 기다릴 생각을 하고 계십니까?"

끄덕!

내 예상이 맞았다.

토우는 자작가를 집어삼키려 하고 있었다.

"정해진 사람이 있습니까?"

끄덕끄덕!

"누굽니까? 혹시 토우 경이 추천했습니까?"

"…그가 구해오기로 했네. 그리고 그를 배다른 아들로 하기로 했어."

"그 사람을 후계자로 지목하시면 절대 안 됩니다."

"왜지? 서, 설마 토우가 범인이라고 말하려는 건 아니겠지?"

어쩌 아들이 죽었다고 소식보다 더 놀라는 것 같다.

케인이 죽었다는 건 예상을 했어도 토우의 배신은 생각조차 못 했나 보다.

"말도 안 돼. 그는 위기에 처했던 자작가를 나와 함께 구하고 지금에 이르게 했어. 그런 그가 왜……?"

"이곳이 탐이 났나 보죠. 자작님은 지금 아픈 게 아니라 독에 중독되었습니다. 누가 지속적으로 중독을 시켰을까요? 잘 생각해 보십시오."

"독? 불치병이 아니라 독이라고?"

"모르셨습니까?"

"……."

육체가 병들면 정신까지 병드는 모양이었다.

그는 아주 초보적인 의심조차 하지 않고 죽어가고 있었다.

"시간이 많지 않습니다. 생각해 보시고 혹시 제 말이 맞는다고 생각되면 내일이라도 사람들을 모아두고 저를 승계자로 지목하십시오."

"…널 어떻게 믿지?"

당연한 반응이다.

난 빠르게 말을 이었다.

"안 믿는다고 해도 제가 손해 볼 것은 없습니다. 전 그저 조용히 있다가 떠나면 되니까요. 아무튼 제가 나간 뒤에 하녀들이 깨면 따님인 케롤라인 님을 부르십시오. 혹 뜻대로 되지 않으면 후계자 문제를 상의하려고 한다고 말하십시오. 그럼 아마 가능할 겁니다."

시간이 없었다. 젠느와 케롤에게 잡혀 있던 두 기사가 내려오는 것이 느껴졌다.

"제 말 명심하십시오. 기사단 모두와 케롤라인이 있는 자리에서 절 승계자로 지목하셔야 합니다. 그리고 발표하기 전까진 누구에게도 비밀입니다. 이건 몸이 아플 때 한 방울씩 드세요. 비용은 나중에 받겠습니다."

서둘러 말하고 몇 방울 남지 않은 릴리즈 액을 그의 손에 쥐어줬다.

더 이상 머물 수 없었기에 대답을 듣지 않고 두 하녀에게 걸린 마법을 풀며 밖으로 나왔다.

아슬아슬하게 두 기사의 눈을 피해 자작의 침실에서 벗어날 수 있었다.

21장
자작가의 후계자

　"아버지가 후계자를 지목한다고 모두 모이라고 했어. 만나서 무슨 말을 한 거야?"

　자작을 만나고 온 케롤라인이 방으로 왔다.

　"후계자로 저를 지목해 달라고 했습니다."

　"뭐? 뭐라고 했다고?"

　놀라 소리치는 그녀에게 자작을 만났을 때 했던 말을 들려주었다.

　"도대체 무슨 의도로 그런 말을 한 거지?"

　"진심으로 후계자가 될 마음은 없습니다. 그저 살기 위한 발악이죠."

"…정말?"

늑대를 쫓으려다 여우를 불러들이는 격이 되지 않을까 그녀 입장에서 불안해하는 건 당연했다.

"후계자로 지목된다고 해도 그 자리에서 바로 셰인 님이 자격이 될 때까지라고 단서를 붙일 겁니다. 절 믿지 마시고 젠느 님을 믿으십시오. 전 그저 제 목숨을 지키고자 하는 일일 뿐이니까요."

만일 토우가 날 살려줄 거라는 확신이 있었다면 자작가가 어떻게 되든 상관하지 않았을 것이다.

말로는 얌전히 있으면 살려주고 돈까지 준다고 했지만 그런 약속을 믿을 만큼 순진하지 않았다.

"그리고 내일 자작님이 후계자로 절 아닌 '그'가 추천하는 이를 후계자로 삼는다면 그땐 바로 도망가는 편이 좋습니다. 저도 케롤라인 님도요."

"아버지가 그럴 리가 없어!"

"저도 그렇게 믿고 싶습니다."

이건 말싸움을 한다고 될 일이 아니었다. 아무튼 난 내가 할 일은 다했다.

"내일 회의 전까지 케롤라인 님이 한 가지 해주셨으면 하는 게 있습니다. 물론 케롤라인 님의 저에 대한 의심도 어느 정도 해소될 겁니다."

"뭔데?"

"제가 하는 말을 젠느 님께 전해주십시오."

후계자로 지목받았을 경우를 대비해야 했다.

"알았어. 그렇게 전할게."

전하라는 말을 듣고 의심이 어느 정도 풀렸는지 표정을 풀고 일어났다.

"참, 케롤라인 님 나갈 때 저에게 욕과 저주를 퍼부어줬으면 좋겠습니다."

"왜? 그가 보낸 감시자가 있을까 봐? 걱정 마. 들어올 때 아무도 없었으니까."

"부탁드려요. 스트레스도 해소하시고요."

그녀는 못 봤겠지만 마보세에 서너 명의 기운이 정기적으로 복도를 오가며 감시를 하고 있었다.

"그리 원한다면……."

"이왕이면 문을 살짝 열고 해주세요."

케롤라인은 어깨를 으쓱하며 문을 엶과 동시에 포문을 열었다.

"빌어먹을 꼬맹이! 감히 나를 경멸하다니! 혹시나 범인에 대해 들을까 잘 대해줬는데 이따위로 나오다니. 차가운 감방에서 실토할 때까지 맞아봐야 정신을 차리겠구나. 오냐! 살이 찢기고 뼈가 부러지는 고통을 당하면서도 모른다는 소리가 나오나 보자. 멍청한 놈!"

적당히 욕을 먹고 그만하고 가라는 신호를 줬다.

한데 쌓인 스트레스가 많은지 그녀의 욕은 한참 동안 계속됐다.

"몸에 그 흉측한 문신은 뭐니?"

젠느가 가져온 귀족 옷을 입고 있는데 그녀가 물었다.

"…문신이 아니라 점이거든요. 근데 안 나갔어요?"

"픕! 볼 것도 없거든."

"제법 실하거……! 쳇!"

욱해서 뱉다가 급히 입을 닫았다.

음담패설이야 누구 못지않게 할 수 있지만 상대가 누구인지를 깨달았다.

"잘 어울린다. 피부가 좋아서 그런가? 누가 보더라도 귀족가의 자식 같아."

"평민에겐 별로 좋은 칭찬은 아니네요. 아무튼 남들의 눈엔 그렇게 보일 필요가 있으니 지금으로서는 고맙다고 해야겠네요."

평민이나 노예가 얼굴이 반반해 봐야 귀족들의 노리개가 되는 게 제일 잘 풀리는 거였다.

물론 세상이 바뀌었다고 하니 조금 다른 길이 있겠지만 그래봐야 선택지는 많지 않았다.

"참! 어제 케롤라인 님께 말 들었죠?"

"응. 네 말대로 부탁드려 놨어. 한데 언제부터 나에 대해 안 거야?"

여행할 때라고 하면 변명이 길어질 것 같았다.

"백작 부인이라는 거요? 재판장에서요."

"역시. 가급적 숨기고 싶었는데."

"왜요?"

"내 정체를 알고 나면 모두 어려워하더라고."

"옛이야기에 나오는 드래곤의 유희도 정체가 발각되면 끝났듯이 당연히 그래야죠, 백작 부인."

말이 나오기 전이었다면 모른 척하며 누나라고 불렀겠지만 이젠 그래선 안 됐다.

귀족과 평민은 같지만 다른 세계의 사람이었다.

"어째 헤어지자는 연인처럼 꽤 냉정하게 말한다?"

"감히 백작 부인께 그럴 리가요."

"에휴~ 마음에 드는 동생이 생겼다 했더니."

젠느가 가볍게 탄식을 하며 아쉬워했지만 난 더 이상 말하지 않았다.

괜찮은 귀족을 만났다는 정도로 만족했다.

"이제 갈까요?"

허름한 코트를 걸쳐 귀족 차림을 완전히 가린 후 밖으로 나갔다.

케롤라인과 그녀의 남편인 톰슨, 아들인 셰인도 때를 같이 해 복도로 나왔다.

고개를 숙여 인사를 한 후 조용히 그들을 뒤따라 대회의장
으로 향했다.

"오셨습니까, 케롤라인 님."

대회의장 입구에서 토우와 마주쳤다.

그는 훤칠해 보이는 청년과 함께였다.

"한데 자칭 고스트 위스퍼라는 소년과 함께 오셨군요. 무엇
때문에 오늘 같은 날 이 소년을 데려왔는지 궁금하군요."

"신경 꺼요!"

"그러고 싶지만 자작님의 안전을 책임지는 입장에서 낯선
자가 들어가는 걸 간과할 수가 없군요."

"그래서 절 막겠다는 소린가요?"

케롤라인의 날카로운 고음은 사람들의 시선을 모으기에 충
분했다.

충직한 기사단장 연기를 하는 토우로서는 괜한 소란을 일
으켜 봐야 좋을 것이 없었다.

그는 옆으로 비켜서며 말했다.

"제가 어찌 감히 케롤라인 님이 하는 일을 막겠습니까. 들
어가십시오."

"흥! 연기력이 갈수록 느는군요, 토우 경. 넌 조용히 뒤따라
오너라."

"예, 케롤라인 님."

날 빤히 바라보고 있는 토우에게 살짝 고개를 숙인 후 케

롤라인을 따라 들어갈 때였다.

[내가 했던 말 명심해라.]

위스퍼 마법이었다.

잠시 주춤하긴 했지만 그대로 안으로 들어갔다.

자작이 내 말대로 한다면 어차피 지금 한 말은 아무런 의미가 없었다.

제1기사단과 제2기사단, 사무관들 등 대회의실 안은 이미 자작가를 이끌고 있는 많은 사람으로 북적이고 있었다.

"긴장하지 않아도 돼. 자작님은 한때 누구나 인정할 만큼 영민한 분이셨어. 아프다고 그 영민함마저 사라지지 않으셨을 거야."

내가 두리번거리자 긴장하고 있다고 생각하는지 젠느가 위로했다.

하지만 그녀의 착각이었다.

내가 긴장할 이유는 없었다.

두리번거리는 이유는 긴장해서가 아니라 토우에게 동조하는 인물들을 찾는 것이었다.

독약을 먹이고 그 사실을 자작도 모르게 할 정도라면 동조자가 없인 불가능했다.

"케롤라인 님, 저기 서 있는 사람이 혹시 자작가의 집사장입니까?"

집사복을 말끔하게 차려입은 중년의 사내가 연신 하인과

하녀들에게 지시를 내리며 회의 준비를 하고 있었다.

"맞아. 아버지를 어릴 때부터 모신 분이야. 우리 가문이 위기에 처했을 때도 끝까지 남아 함께했던 공적을 인정받아 몇 해 전에 정식으로 준남작 지위를 받으셨어."

"하면 지금도 저분이 자작님을 돌보고 계시는 겁니까?"

그렇다고 하면 그가 가장 유력한 동조자였다.

"아니, 저기 있는 부집사가 맡고 있어. 케인을 찾는다고 계속 밖으로 다니셨어. 어제야 케인의 죽었다는 소식을 돌아오셨어."

"…그래요?"

냉정해 보이는 첫인상 때문에 의심했는데 듣고 보니 아닌 것 같았다.

'그렇다면 저 둥글둥글하게 생긴 부집사가 동조자인 건가?'

뚫어지게 쳐다봤다. 그러나 외모와 첫인상으로 동조자라고 단정 짓는 건 불가능했다.

'젠장 눈알만 아프네.'

눈을 감았다. 시각이 사라지자 마보세가 눈을 떴다.

형형색색으로 이루어진 독특한 세상.

마법사인지 아닌지, 어느 정도의 서클을 가진 마법사인지 기분이 어떤지, 건강 상태는 어떤지 따위를 알 수 있었다.

'알 수 있을까?'

난 부집사를 비슷한 덩치의 몇 사람과 비교하며 집중적으로 살폈다.

건강도와 몸 상태에 따라 색깔이 차이가 났지만 감안을 하면서 찬찬히 살피다 보니 갑자기 한 사람에게 보이는 색깔들이 훨씬 많은 색으로 분화됐다.

'큭! 머리가 깨질 것 같아. 그, 그만.'

예전 마보세가 확장되었을 때와 같은 증상이었다.

확장되거나 세밀해질 때 너무 많은 정보가 들어오면서 뇌가 온전히 감당을 못 해 일어나는 증상인 것 같았다.

이럴 땐 마보세를 포기하고 눈을 떠야 했다. 그러나 난 고통을 참으며 계속 처다보았다.

'아! 부집사 머리에 희미하지만 검은색이 있어!'

검은색의 의미는 몰랐다.

그가 가진 병일 수도 있었기에 비교군을 더욱 넓혔고 여러 명의 머리 비슷한 위치에서 같은 검은색을 발견할 수 있었다.

머리에 검은색을 가진 사람들의 면면을 살폈다.

제2기사단 부단장, 제1기사단의 6명, 사무장과 보좌관 등 10여 명이었다.

'정신계 마법일 가능성이 높아. 한데 왜 자작이나 주요 인물들을 세뇌하지 않고… 아! 4서클 이하.'

마법책에 정신 마법은 2서클 아래로만 가능하다고 나와 있었다. 토우의 중단전 밝기가 자크 남작과 비슷한 걸 보면 대략 6서클이니 맞아떨어졌다.

'잘 만하면……'

토우에게 세뇌된 사람까지 알고 나니 후계자로 지목되면 보다 쉽게 일을 해결하고 떠날 방도가 생각났다.

"아우스! 아우스!"

낮은 목소리로 급박하게 부르는 젠느의 목소리에 상념에서 깨어났다.

"왜 그러십니까?"

"왜긴 안 느껴져? 너 지금 코에서 코피가……."

젠느는 손수건을 꺼내 내 코를 닦아주었다. 그제야 코피가 줄줄 흐르고 있음을 알게 됐다.

너무 무리했나 보다

"제가 하겠습니다. 손 더러워지십니다."

"내가 해줄게."

스스로 할 수 있다고 막으려다가 그렇게 하려면 젠느의 손을 잡아야 했기에 하는 대로 지켜볼 수밖에 없었다.

'기분 참 묘하네.'

이 순간만큼은 젠느가 여자가 아닌 머릿속에 그리던 엄마처럼 느껴졌다.

"다됐다. 너무 무리하지 마. 일이 잘못되더라도 너 하나 이곳에서 데리고 나갈 정도의 힘은 있어. 근데 내 얼굴에 뭐 묻었어? 뭘 그리 빤히 바라보니?"

"아! 죄, 죄송합니다. 감사합니다, 백작 부인."

실수했음을 깨닫고 얼른 시선을 돌렸다.

다행히 대회의장을 쩌렁쩌렁 울리는 집사장의 목소리에 쑥스러운 상황에서 벗어날 수 있었다.

"아스파 팔린 라이스 자작님께서 나오십니다."

사람들이 일제히 일어났다.

그와 동시에 맞은편 큰 문이 열리며 시종들이 아스파 자작이 타고 있는 가마를 들고 들어왔다.

"…다들 오랜만에 보는군."

아스파 자작은 최대한 건강하게 보이려는 듯 짙은 화장을 한 채였다.

"예! 마이 로드!"

"허허… 기운찬 경들의 목소리를 들으니 힘이 나는 것 같구려."

"곧 훌훌 털고 일어나실 겁니다."

"그러고 싶은데 아무래도 아라 님의 부름이 멀지 않은 것 같소."

"어찌 그런 말씀을……."

"자자! 그 얘긴 그만들 하게. 버티려고 애쓰고 있지만 언제까지 버틸 수 있을지 알 수 없으니 본론으로 바로 들어가도록 하지."

아스파 자작이 본론으로 꺼내려 할 때 옆에 있던 젠느가 손을 들었다.

"자작님, 드릴 말씀이 있습니다."

"오! 벤즌 백작님의 영애 젠느 아니냐? 아니, 백작 부인이라고 불러야 하나?"

"젠느라고 불러주세요. 그게 편합니다."

"어릴 때부터 보아오던 너를 백작 부인이라고 부르기 어색했는데 잘됐구나. 한데 할 말이 무어냐?"

"케롤라인이 저에게 부탁한 것이 있어서요."

"케롤라인이?"

"네. 오늘 일을 증명해 줄 외부 인사가 필요하다고 했어요."

"외부 인사라? 최근 황제 폐하의 행동을 생각한다면 좋은 생각이구나. 하면 네가 증인이 되어줄 테냐?"

"어찌 제가 할 수 있겠어요. 잠시 수정구를 이용해도 괜찮을까요?"

"그러려무나."

젠느는 자리를 빠져나가 대회의실 입구 쪽에 섰다. 그리고 수정구를 적당한 위치에 놓고 주문을 외웠다.

수정구에서 일어난 빛이 대회의실 중앙으로 뻗어가며 큰 화면을 만들어냈다.

화면엔 강직해 보이면서도 인자하게 웃는 중늙은이가 보였다.

"벤즌 백작님을 뵙습니다!"

대회의실에 있던 사람들은 일제히 일어나 벤즌 백작에게 인사를 했다.

─다들 병든 주군을 보좌하느라 고생들 하네. 한데 죽을병에 걸렸다더니 어째 신색이 나보다 좋은 것 같으이, 아스파 자작.

"신색은 좋은데 다리가 좋지 못해 일어서지 못하는 점 죄송합니다, 백작님."

─허허허! 다 죽어가면서도 입은 여전하군. 중요한 회의를 하는데 길게 얘기하는 것은 예의가 아니니 사담은 잠시 후로 미루고 본론을 말하지. 증인이 필요하다지?

"해주신다면 더할 나위 없이 영광이죠. 생각해 보니 황제 폐하께서 나중에 딴말씀을 하실까 두렵습니다."

─쯧! 그분을 너무 미워 말게. 변화하는 세상에 그저 뒤처지지 않으려 하는 것뿐이라네. 아무튼 오늘 자네의 후계자에 대해선 내 각별히 신경 쓰겠네.

내가 젠느에게 부탁한 것이 바로 이것이었다.

후계자가 되었을 때 백작의 지금 한마디가 큰 도움은 되지 않더라도 토우가 섣불리 움직이지 못하게 만들어줄 것이다.

벤즌 백작과 아스파 자작의 짧은 한담이 끝나고 드디어 본론으로 들어갔다.

"케인이… 주검이 되어 돌아왔다는 얘긴 들었소. 범인 찾는 것이 우선이 되어야겠지만 그건 다음 라이스 자작가의 주인이 해야 할 것 같소."

"자작님, 어찌 그리 약한 소리를……."

"끝까지 들어주게, 토우 경. 아무튼 더 이상 가주로서 역할을 하지 못해 자리를 물려주려 한다. 한데 케롤라인의 아들 셰인은 아직 어려 황제 폐하의 재가를 얻지 못해 가문이 사라질까 두렵… 네. 쿨럭! 괘, 괜찮네."

약간의 피를 토한 아스파 자작은 손수건으로 입을 닦고 앞에 놓인 물을 마신 후 말을 이었다.

"그래서 셰인이 클 때까지 내 양아들이 가문을 이끌게 될 것이니 부디 그를 도와 라이스가가 이어지길 경들이 도와주게."

자작의 폭탄선언에 대회의실은 잠시 웅성거렸다. 그러나 자작가의 충신들은 가문을 지킨다는 생각에, 토우 일당에겐 바라던 일이었기에 반대할 이유가 없었다.

"갑작스러운 일이긴 하지만 명이시라면 당연히 따르겠습니다."

"모두들 베드린 준남작과 같은 생각인가?"

"예! 마이 로드!"

"그럼 내 양자를 소개하겠네."

모두가 고개를 숙이며 대답을 하는 동안 토우는 고개를 숙인 채 웃고 있었다. 그리고 그가 데리고 왔던 청년은 자리에서 일어나려고 엉덩이를 들썩였다.

그러나 자작의 입이 떨어지자 그의 미소는 썩소로 바뀌었고 청년의 엉덩이는 자리에 붙어버렸다.

"아우스, 내 아들. 이리 나오너라."

난 놀람과 분노의 감정이 뒤죽박죽인 토우를 일견한 후 낡은 코트를 벗고 자작이 있는 단상으로 향했다.

'이번 삶은 참 다이나믹하네.'

얼마 전까지 광산 노예였던 내가 자작가의 양아들이 되었으니 이 얼마나 역동적인가.

그동안 살아온 아홉 번의 삶을 다 합친 것 같았다. 단, 생명의 위협 또한 그만큼 많이 받았지만 말이다.

'아무렴 어때. 5년도 남지 않은 인생, 이렇게 살다가는 것도 나쁘지 않겠지.'

어느새 단상 앞, 상념에서 깰 시간이었다.

"자작님을 뵈옵니다."

예의를 갖추며 인사를 했다. 시동으로 한 삶을 살았던 내게 귀족의 예의는 익숙한 일이었다.

아스파 자작이 흠잡을 데 없는 내 동작에 꽤 놀란 눈빛이었다.

"거리감이 느껴지는 말이구나. 쿨럭! …아들아."

"그럼 편하게 말하겠습니다, 아버지."

낯선 사람에게 친근한 호칭을 부르는 것 또한 매우 익숙했다.

"한결 낫구나. 오늘부터 나 대신 가문을 맡아야 하니 가신들에게 인사를 하려무나. …할 수 있겠느냐?"

"갑자기 무거운 짐을 주시니 어찌할 바를 모르겠습니다. 그러나 아버지의 짐을 나누어 들 수 있다면 무엇인들 못 하겠습니까."

"그럼 올라오너라."

단상에 오르는 것은 후계자가 됨과 동시에 자작의 권한을 갖는다는 뜻이리라.

성큼 단상에 올랐다.

뒤돌아섰다. 그리고 먼저 화면을 통해 날 보고 있는 벤즌 백작에게 인사를 했다.

"백작님께 라이스 자작가의 아우스 인사드립니다."

―축하하네. 부디 아스파 자작이 바라는 대로 셰인이 자작위를 물려받을 때까지 잘 이끌어주길 바라겠네.

백작은 뼈 있는 말로 축하(?)를 해주었다.

그러겠노라 답하고 시선을 돌려 대회의실에 모인 사람들을 둘러보았다.

위에서 다른 사람을 내려다보는 기분, 나쁘지 않았다.

예의는 지키되 권위를 잃지 않을 정도로 살짝 허리를 숙이며 인사를 한 후 입을 열었다.

"아우스 팔린 라이스입니다."

"아! 고스트 위스퍼! 아… 죄송합니다."

연인을 잃었던 기사가 내 얼굴을 알아보고 소리쳤고 회의실은 약간 소란스러워졌다.

"맞습니다. 그때 꽤 인상이 깊었었죠?"

"…그땐 연기였습니까?"

"그럴 리가요. 다만 아버지의 부름을 받고 오던 중 공교롭게 일이 그렇게 되었을 뿐입니다."

자세한 언급은 피하고 두루뭉술하게 말했다. 끼워 맞추는 건 듣는 사람들의 몫이었다.

조금 전의 법도에 맞는 행동과 이번 얘기로 오래전부터 아스파 자작이 준비하고 있던 후계자라고 생각할 것이다.

물론 예외도 몇 명 있겠지만 말이다.

어금니를 악다물고 있어 교근이 유독 도드라져 보이는 토우를 흘낏 바라본 후 말을 이었다.

"아무튼 그 얘기는 차후에 시간이 되면 하기로 하고 일단 하던 얘기를 계속하겠습니다. 아버지의 명으로 오늘부터 자작가의 일을 맡게 되었지만 부족한 것이 많습니다. 그러나 걱정하지 않습니다. 지금까지 라이스 자작가를 이끌고 온 여러분들이 있으니까요."

"…온전히 저희에게 기댄다고 들리는 건 저희의 착각입니까?"

토우가 입을 열었다.

듣기에 따라 다르겠지만 능력이 없다는 것을 강조하는 듯한 말투였다. 특히 '저희'라는 단어로 모두가 같은 생각인 것처럼 말했다.

'내가 어린애로 보이겠지만 속은 꽤 살았거든.'

난 빙긋 웃으며 말했다.

"착각입니다, 토우 경."

"그럼……?"

"기대는 것이 아니라 함께 가겠다는 겁니다. 물론 제가 부족해서 여러분과 보조를 맞춰 걷는 것이 처음엔 힘들 겁니다. 도와주세요. 그럼 부족한 부분을 채워 같이 걸을 수 있게 스스로를 다그치겠습니다."

함께 가겠다는 말은 꽤 좋은 반응을 이끌어냈다.

갑자기 하늘에서 뚝 떨어진 듯 나타난 나이 어린 주군을 모시게 된 가신들의 얼굴에 가득했던 불안감이 조금은 옅어져 보였다.

'좀 더 점수를 따볼까.'

난 위스퍼 마법을 자작에게 사용했다.

[자작님, 저를 향해 가까이 오라는 손짓을 보내주시겠습니까?]

느닷없는 위스퍼 마법에 자작의 반응은 약간의 시간이 흐른 후 나타났다.

"하실 말씀이 있으십니까?"

일부러 큰 소리로 말한 후 자작에게 다가갔다.

그는 나만 들릴 정도로 낮은 목소리로 물었다.

"무슨 할 말이 있느냐?"

"묻고 싶은 게 있습니다. 혹시 토우 경에게 남작 위를 주려고 했습니까?"

"그랬었지."

"명예직입니까? 아님 봉토가 주어지는 겁니까?"

"자작은 두 개의 남작 위와 네 개의 준남작 위를 줄 수가 있다. 그리고 봉토를 주는 건 영주의 재량이지. 우리 라이스 자작가는 그리 크지 않아 두 명의 남작에게 모두 줄 수는 없는 없지만 한 명에게 줄 봉토는 있다. 원래 토우에게 그곳을 줄 생각이었는데 그가 미루고 있었다. 한데 왜 묻느냐?"

"그에게 남작 위를 주고 봉토를 제수하려 합니다."

"…케롤라인에게 사정을 들어 후계자로 널 지명했지만 난 그가 날 배신했다는 게 아직 믿기지 않는다."

"상관없습니다. 아니라고 해도 그에게 좋은 일이고 사실이라면 그를 멀리 보내놓고 천천히 처리하면 되는 일이니까요. 그리고 상을 줌으로써 정체된 인사도 어느 정도 해소할 수 있고요."

"넌 대체… 누구냐?"

"살고자 몸부림치는 평범한 소년이죠."

아스파 자작의 의도를 모르진 않았지만 딱히 설명할 길이 없었다.

"예! 예! 알겠습니다, 아버지."

회의실의 사람들이 모두 들을 수 있을 정도로 큰 소리로 말하곤 다시 가신들을 향해 돌아섰다.

"아버지께서 그동안 라이스 자작가를 위해 헌신한 이들에 대한 포상을 하지 못한 것이 못내 마음에 걸린다고 하셨습니다. 그에 오늘 모인 김에 처리하고자 합니다."

포상을 싫어하는 사람이 있을까 싶었는데 한 사람이 있었다.

토우는 내가 무슨 말을 하려는지 눈치를 챘는지 얼굴이 휴지처럼 구겨졌다.

"가장 먼저 토우 경."

…으득!

"토우 경!"

"…말씀하십시오."

"토우 경은 현 시간부로 거룩한 아스파 팔린 라이스 자작님의 마지막 명으로 남작에 임명합니다. 그리고 그에 따른 봉토 또한 제수합니다."

와아!

토우와 몇몇을 제외하곤 환호를 터뜨렸다.

'끝이 아냐, 토우.'

"축하합니다, 토우 남작. 한데 혼자 보내는 것은 예의가 아니니 사무관과 몇 명의 기사들, 그리고 저택을 관리하게 될 사람들도 함께 보내주겠습니다."

"……!"

세뇌된 사람들도 한꺼번에 처리해 버릴 생각이었다.

"토우 경이 남작이 되면서 공석이 된 제1기사단장에는 제2기사단장님이 맡아주면 고맙겠습니다."

"신명을 다하겠습니다!"

"제2기사단장은 제1기사단 부단장이, 제2기사단 부단장은 제1기사단 부단장으로 각각 자리 이동하겠습니다. 그리고 업무를 파악하는 즉시 공에 따라 자리 이동이 있을 것이며 자리 이동이 없는 사람들에겐 금일봉을 내리도록 하겠습니다."

"감사합니다! 아스파 영주님! 신명을 다하겠습니다! 아우스님!"

"라이스 자작가여, 영원하라!"

대회의실의 분위기는 아스파 자작의 건강 때문에 웃고 떠들지는 못했지만 한결 활기가 넘쳤다.

난 그런 그들의 모습을 보며 흐뭇하게 웃다가 갑자기 떠오르는 것이 있어 아스파 자작에게 물었다.

"참! 금일봉 줄 돈은 있⋯ 겠죠?"

"⋯없는데."

"예? 정말입니까?"

"농담이다. 근데 재산을 너에게 맡겼다간 셰인에게 갈 것이 하나도 없겠구나. 재무는 케롤라인에게⋯ 쿨럭쿨럭! ⋯맡기마."

"아뇨. 케롤라인 님이 다해야 할 겁니다."

"무슨 말이냐?"

"전 명의만 빌려준 것으로 만족한다는 말입니다. 정리되는 대로 떠날 생각입니다."

정말 내 것이 된다면 모를까, 3년 한정인 자작가 따윈 미련이 없었다.

*   *   *

라이스가의 가주가 된 이상 형식적으로나마 자작의 집무실에 앉아 있어야 했다.

다만 일은 내가 아닌 케롤라인이 하고 있었다.

"도대체 뭔 일이 이렇게 많아? 게다가 이 수많은 숫자는 도무지 적응이 안 돼. 으~"

후계자가 아닌 양갓집 규수로서 자란 그녀에게 자작가의 일은 버거운 모양이었다.

회의가 끝난 그날부터 본격적인 업무를 시작해 벌써 사흘째 서류와 씨름 중이니 짜증이 날 만했다.

"케롤 언니! 말할 시간 있으면 서류 한 장이라도 더 봐요. 언니 때문에 나까지 이게 뭐예요? 그리고 여기 틀렸어요. 황실 아카데미에서 도대체 뭘 배운 거예요."

케롤라인을 돕고 있던 젠느 역시 목소리에 짜증이 가득했다.

"너도 애 낳아봐. 어제 기억도 가물가물해."

"그게 열심히 돕고 있는 미망인에게 할 소리예요?"

"아! 미안. 내가 정신이 나갔나 보다. 근데 도대체 저 많은 서류를 언제 끝내."

자작의 집무실 책장에 꽂혀 있던 마법책을 보고 있던 나는 두 여자의 히스테릭으로 가득한 공간에서 나가고 싶었다.

그러나 외부에서 볼 땐 내가 일을 하고 있는 것으로 되어 있었기에 앉아 있어야 했다.

난 두 여자의 목소리를 조금이라도 줄여볼 요량으로 고개를 돌리며 책에 집중하려 노력했다. 하지만 히스테릭의 파편은 나에게도 튀었다.

"너도 좀 돕지?"

"그래, 동생아. 이 누나가 이렇게 힘들어하는데 넌 책이 눈에 들어오니?"

"백작 부인, 케롤라인 님, 전 평민에 불과합니다. 그런 장부를 본다고 알겠습니까."

"마법책을 볼 정도면 충분해."

"사양하겠습니다. 몇 번이고 말씀드렸지만 전 연극하는 것만으로도 벅찹니다. 그리고 어차피 케롤라인 님이 앞으로 하셔야 할 일이잖습니까? 지금 힘들면 나중에 편해지실 겁니다."

더 이상 귀찮은 일은 사절이었기에 딱 잘라 거절했다.

"흥! 치사한 녀석!"

"누나라고 부르지 마!"

"원래 제가 좀 치사합니다. 그리고 어찌 감히 케롤라인 님을 누나라고 부를 수 있겠습니까. 부르라고 해도 제가 사양하죠."

사실 후계자 연극만으로도 피곤했다.

아침 일찍 일어나 격식을 차려 밥을 먹고, 아침 회의를 주관하며 케롤라인과 젠느가 정리해 둔 것으로 주요 가신들과 의논했다.

그리고 잠시 집무실에 와서 휴식을 취한 후 점심. 그 후 대회의실에서 보지 못한 가신들에게도 얼굴을 보여줘야 한다는 집사장의 말에 자작가 이곳저곳은 물론 외성까지 돌다 보면 오후도 훌쩍 가버렸다.

저녁이라도 편하면 좋겠지만 내일 아침 있을 회의 준비를 위해 두 사람이 정리해 둔 서류를 이해할 때까지 읽어야 했다.

각자의 일에 전문가들인 가신들과 의논을 하려면 어설프게 이해해선 망신만 당할 뿐이었다.

이런 상황에서 사흘 만에 얻게 된 두 시간의 휴식을 낭비하기 싫었다.

똑똑!

두 사람을 침묵시키고 느긋하게 책을 읽는데 노크 소리가 들렸다.

'젠장! 편하게 책 읽을 팔자는 아닌가 보네.'

후다닥!

마법책을 한쪽에 던지고 얼른 책상 쪽으로 달려갔다. 그리고 케롤라인이 양보한 자리에 앉았다.

"들어오세요."

"업무 중이신데 실례합니다, 아우스 님."

집사장이었다.

"무슨 일이죠?"

"두 가지 전해 드릴 것이 있어 왔습니다. 물론 일 얘기는 아닙니다."

내 기분이 얼굴에 드러났는지 집사장은 얼른 일이 아니라고 덧붙였다.

"다행이네요. 말하세요."

"하나는 승계에 관한 일입니다."

"황제 폐하의 재가가 떨어졌습니까?"

"예. 한데 그게 가승인되었답니다."

"네? 가승인이요?"

승인이면 승인이지 가승인은 또 뭔가.

"사흘 뒤 황제 폐하께서 승계단을 보내겠답니다."

승계단이라는 이름과 제국의 현 상황을 대입해 보니 해답이 나왔다. 승계가 제대로 되었는지 확인하고 이상이 있으면 승계를 허하지 않겠다는 의도인 것이다.

나랑은 상관없는 일이지만.

"그 양반 어지간하네."

"아우스 님!"

"뭐 어때요. 없는 데서 황제도 욕한다잖아요. 다른 한 가지는 뭐죠?"

"…토우 남작 일행의 출발 준비가 되었습니다. 영주님이 병환 중이시라 환송 파티는 못 했지만 환송은 하시는 게 좋지 않겠습니까."

"그 일이라면 당연히 그래야죠."

누군가가 환송 파티를 열자고 했어도 허락했을 것이다.

기다리던 두 가지 소식을 한꺼번에 듣게 되다니 사흘간 쌓였던 피곤은 단숨에 풀리는 듯했다.

토우의 털끝도 보기 싫다는 케롤라인은 집무실에 놔두고 떠날 준비를 마치고 기다리는 토우 남작에게로 갔다.

어제 사무관과 시종들로 이루어진 선발대가 떠나서인지 꽤 단출했다.

"떠난다고 해서 나왔습니다, 토우 남작."

"……."

토우는 대답 대신 매섭게 노려볼 뿐이었다.

"환송 파티가 없어서 서운하셨던 모양이군요. 남작령에 가면 환영 파티를 크게 열면 되지 그까짓 일로… 이곳이 정리되는 대로 파티를 준비할 테니 얼굴 펴고 기분 좋게 가세요."

"큭큭큭! 그까짓 일이라……. 그렇게 생각할 수도 있겠군…

요. 일단은 승리자가 아우스… 님이니 말씀대로 웃으며 가겠습니다."

그는 마음이 여린 사람이 본다면 숨이 막힐 만큼 비릿한 웃음을 지었다.

그러나 협박성 말에 가슴을 졸일 만큼 여리지 않았다.

피식!

"마지막이라 길게 얘기하고 싶은데 그래봐야 얼굴만 붉힐 것 같군요. 저도 할 일이 많고 남작님도 갈 길이 머니 이만하죠."

"마지막이라 생각하는군… 요. 그러나 곧 다시 보게 될 겁니다."

"글쎄요. 이 넓은 제국에서 어떻게 절 찾을지 궁금하네요. 아무튼 인연이 있으면 봐요."

"과연 그럴지 두고 보죠. 출발한다!"

토우는 말 머리를 돌렸다.

그가 자작가를 떠날 때까지 지켜보다가 집사장에게 말했다.

"저자가 성문을 통과하면 언제든 저와 케롤라인 누님에게 보고를 하도록 경비대장에게 전달해 두세요."

"그렇게 조치하겠습니다."

"아! 그리고 혹시 실력 좋은 염탐꾼이 있으면 남작 근처에 붙여두세요."

"아우스 님도 케롤라인 님처럼 그가 케인 도련님을 죽였다고 의심하시는군요."

"아뇨. 의심하지 않습니다."

"그럼 왜?"

"확신하고 있습니다."

"…그렇다면 남작 위는 왜 내리셨습니까?"

"다짜고짜 범인이라고 말한다면 과연 그를 단두대에 매달 수 있었을까요?"

"불가능했다고 생각하십니까?"

"그건 직접 알아보세요. 전 내일 있을 회의를 준비해야 해서."

한발 물러섰다.

나머지는 떠날 내가 아니라 남아 있는 자작가의 사람들이 해결할 일이었다.

"어라? 케롤라인 님은 어디 갔습니까?"

집무실엔 젠느만 앉아 서류를 보고 있었다.

"셰인이 찾는다고 해서 갔어."

"열셋이면 어린 나이도 아닌데……. 젠느 님도 가서 좀 쉬십시오."

"끝나려면 아직 멀었어."

"내일 백작님 뵈러 가야 한다면서요. 그런 얼굴로 가면 딸이 아니라 친구가 찾아왔다고 생각할 겁니다. 나머진 제가 알아서하겠습니다."

"이게 틈만 나면 놀리네. 아함~ 사양해야 하는데 도저히 안 되겠다. 조금 자다가 일어나서 도와줄게."

"그냥 편히 쉬세요. 내일은 회의 내용을 조금 줄이면 됩니다."

"그러든지. 그럼 수고해."

젠느가 스켈레톤처럼 흐느적거리며 떠난 후 자리에 앉아 서류를 훑어봤다.

아스파 자작이 아플 동안 어떻게 운영되어 왔는지 그저 읽어보는 수준이었다.

"오랜만에 장부를 보니 새롭네."

상인의 아들이 되었을 때 나를 가장 괴롭힌 것은 뭐니 뭐니 해도 회계였다.

그전까지 조든 할아버지에게 글을 배운 것이 다였던 내게 수입, 지출, 매입, 매출 등 익숙하지 않은 단어들과 숫자들은 마법책보다 더 어려웠었다.

그러나 반복 앞엔 장사 없다고 아버지의 끝없는 교육에 결국 친숙하게 되었다.

"가만, 여기 좀 이상한데."

어지럽게 적혀 있는 숫자들 중 일부에서 왠지 모르게 위화감이 느껴졌다.

집중해서 다시 보기 시작했다.

"작년 게 어디 있지?"

한 해 것만 봐서는 알 수 없었기에 전년도와 전전년도의 장부도 확인했다. 그리고 마침내 찾아냈다.

"숫자가 바뀌었어!"

23이 32로, 56이 65로 교묘하게 바뀌어 있었다. 얼핏 보기엔 기재시의 실수인 듯 보였지만 여러 군데서 발견되고 금액이 큰 것으로 보아 계획적인 게 분명했다.

그리고 그렇게 횡령된 금액은 특정 단체에 더 배정되거나 사라져 버렸다.

"이 장부의 작성자가 분명 그 사람이었는데. 맙소사! 내가 너무 안이했어. 세뇌된 사람만 토우의 편이라고 생각하다니."

자발적인 배신자가 있을 수 있다는 것을 간과했다.

분명히 만나게 될 거라고 확신하며 떠나던 토우의 얼굴이 머릿속을 맴돌았다.

*   *   *

"쯧쯧쯧! 무리하더니 꼴좋다."

백작 부인이라는 이름에 걸맞게 아름다운 드레스를 입은 젠느는 방에 들어오며 혀를 찼다.

"…약 올리려면 얼른 가세요. 콜록! 콜록!"

젠느는 정말 아름다웠다.

머리를 틀어 올려 긴 목이 여성성을 강조했고 드러난 어깨는 손으로 만지면 분이 묻어날 만큼 뽀얗다. 거기에 적당한 크기의 검은색 보석이 박힌 목걸이를 착용했는데 백옥처럼 매끈한 피부와 너무 잘 어울렸다.

"싫은데. 약 올리고 갈 건데."

"지금 겉으로 보이는 우아함과 전혀 안 어울리는 거 알아요?"

한 가지 흠이라면 입을 열면 환상이 깨진다는 것이다.

"잘 알아. 항상 듣던 소리거든. 그나저나 이런 화려한 방에 누워 있으니 꽤 병약해 보이는 소년 같다."

어젯밤 승계단이 올 때를 대비해 케인이 쓰던 방으로 옮겼다.

자작이 머무는 저택의 옆에 위치한 건물로 후계자가 쓰던 곳답게 꽤 화려하고 넓었다.

"남자도 때론 아픕니다. 그러니 어서 가세요."

"푸호호호! 니가 남자라고? 엄마 젖이나 더 먹고 오렴, 꼬마 도련님."

"알았어요. 부인이 없는 동안 어떤 여자의 젖이라도 빨고 있을 테니 얼른 가세요. 콜록! 콜록! 콜록!"

"어머! 애 좀 봐라. 제법 남자 같은 소리하네. 한데 너 같은 도련님에게 젖을 물릴 여자가 있을지 모르겠다."

"으~ 제발……."

젠느에겐 죽을 것 같은 내 표정이 보이지 않나 보다. 가기는 커녕 침대 옆에 바싹 다가와 얼굴을 불쑥 들이밀었다.

"뭐, 뭐 하시는 거예요!"

화들짝 놀라 고개를 돌리려 했지만 그녀의 양손이 볼을 잡아 꼼짝할 수 없었다.

"갔다 올 동안 말썽 피우지 말고 있으렴. 연기는 작작 좀 하고. 어라? 연기가 아닌가? 얼굴이 뜨끈뜨끈하네. 진짜면 얼른 낫고. 난 간다."

"……."

폭풍처럼 왔다가 사라지는 젠느.

그녀가 나간 곳을 한참 보다가 침대에서 일어났다.

"연기라는 걸 눈치챘나? …하여간 정상적인 귀족은 아니라니까."

젠느의 말처럼 아프다는 건 연기였다.

다리뼈가 부러져도 잠깐 자고 일어나면 멀쩡해지는 내가 감기에 걸렸을 리가 없다.

그저 시간을 벌기 위해 아픈 척을 한 것이다.

내 예상이 맞는다면 토우가 오늘 내일 나를 방문할 것이 분명했다.

볼에 남아 있는 젠느의 향기에 신경을 끄고 새벽부터 일어나서 하던 작업을 다시 시작했다.

집사장에게 부탁한 나무판으로 벽에 마법 트랩을 만들었다.

젠느를 따라가거나 도망갈까도 생각해 봤다. 그러나 오히려 그녀마저 위험에 빠뜨릴 가능성이 높았고 무작정 도망가다가 맞닥뜨리느니 함정 속으로 걸어오게 하는 편이 나았다.

케롤라인이 병문안차 왔을 때와 집사장이 점심과 저녁, 약을 가져왔을 때를 제외하곤 오로지 방을 함정으로 만드는 데 집중했다. 그리고 8시경 마침내 성공했다.

"휴우~ 힘들다. 이러다 진짜 병나겠다."

침대에 누웠다.

숨 몇 번 몰아쉬는 것이 휴식의 다였지만 약간의 기운이 돌아왔다.

눈을 감았다. 그리고 마보세를 활성화했다.

'저들도 한편이겠지?'

건물의 입구와 주변을 지키고 있는 기사들이 잡혔다. 오후까지 지키던 이들과 색깔이 조금씩 다른 것이 아무래도 교대를 한 모양이었다.

물론 아닐 수도 있었다. 그러나 최악의 경우로 생각하는 것이 뒤통수를 맞는 것보다 나았다.

마보세를 두통이 일어나지 않는 선에서 확장했다.

1시간, 2시간, 3시간.

'내일인가?'

슬슬 딴생각이 날 때였다. 마보세의 영역으로 한 사람이 들어왔다. 그리고 십여 명의 사람이 약간 떨어져서 뒤따랐다.

그중 중간쯤에서 걷는 사람의 중단전이 유난히 눈부시게 밝았다.

'6서클! 토우다!'

＊　　　＊　　　＊

자작의 저택에서 나온 토우는 내성을 지나 외성 밖으로 나가야 함에도 그러지 않았다. 말을 몰아 그가 머물던 저택으로 향했다.

"저쪽 건물의 적당한 방에서 쉬도록. 혹시 모르니 함부로 돌아다니지는 말도록."

토우의 명령에 뒤따르던 세뇌된 기사들은 아무 대답 없이 말을 매어두고 건물로 들어갔다.

쫘악!

토우는 신경질적으로 입고 있던 귀족 옷을 찢어버렸다. 그러곤 저택 문을 열었다.

"…아! 토, 토우 경."

가방을 싸서 막 계단을 내려오는 오럴이 보였다.

"…뭐 하는 거냐?"

"그, 그게… 제가 이곳에서 더 이상 할 일이 없으니 탑으로… 컥!"

오럴은 목 앞의 빈 공간에 팔이라도 있는 듯 잡아떼려 노력했다. 그러나 그가 할 수 있는 건 무형의 힘에 매달려 버둥거리는 것뿐이었다.

"아직 일이 끝나지 않았는데 탑으로 돌아가겠다고?"

"크… 크윽! 끄, 끄, 끝나지 아, 않았습니까!"

"착각하는구나. 내가 10년 동안 이곳에 고작 꼭두각시 몇명 만든 게 다라고 생각하느냐?"

"…그, 그럼?"

"계획대로 곧 자작이 될 테니 얌전히 네 방에서 기다려. 수선을 떨면 자꾸 손에 힘이 들어가거든. 알겠나?"

"아, 알겠습니다. 크어헙! 콜록콜록!"

무형의 힘이 사라졌는지 바닥에 떨어진 오럴은 숨을 고르곤 후다닥 일어나 위층으로 사라졌다.

"쯧! 저딴 놈을 마나 친화력이 좋다는 이유만으로 제자로 삼다니 스승님도 늙었군."

오럴에 대해 신경을 쓰는 건 여기까지였다. 현재 그의 머릿속엔 온통 아우스뿐이었다.

"저녁은 어떻게 하시겠습니까?"

옷을 갈아입고 의자에 앉아 분노를 삭이고 있는데 하녀가 물었다.

"저녁은 됐고 술과 안주거리나 가져 오거라."

저녁을 먹어도 소화가 되지 않을 게 빤했다.

"크으~ 빌어먹을 새끼! 잘난 척하는 꼴이라니……"

독한 술이 목으로 넘어가면서 이성은 약하게 감성은 강하게 만들었다.

10년간 계획했던 것이 손에 잡히려는 순간 놓치게 되었으니 어쩌면 당연했다.

눈앞에 있었으면 심장을 꺼내 씹어 먹었을 것이다.

지금까지 계획을 완수하기 위해 술도 이성을 잃을 때까지 마셔본 적이 없고 남들이 볼 때 눈살을 찌푸릴 만한 일도 한 적이 없었다. 한데 오늘은 예외였다.

그렇지 않으면 뒷일 따윈 생각하지 않고 당장 자작가로 뛰어갔을지도 몰랐다.

"밖에 누구 있느냐?"

술이 떨어져 사람을 불렀다.

"…더 필요하신 건 없으십니까?"

쉴 새 없이 술과 안주를 갖다 주던 하녀는 졸고 있었는지 눈을 비비며 들어왔다.

살짝 흐트러진 옷 사이로 보이는 하얀 젖가슴에 눈이 꽂혔다.

하녀는 말 대신 자신의 가슴 부근을 뚫어지게 보고 있는 그를 보곤 얼른 옷을 바로 했다. 그리고 서둘러 벗어나려는 듯 말을 이었다.

"수, 술과 안주를 준비하겠습니다."

"술은 됐고 이리 와라."

"토, 토우 경, 전······."

"왜? 오럴 놈같이 어린놈을 좋아하느냐?"

"네?! 그, 그것이 아니라··· 전 다만······."

"놈과 구멍 동서가 될 생각은 없다. 그저 놈의 이름처럼만 해주면 된다."

귀족들의 성은 자유롭다 못해 문란한 시대였다.

얼굴 반반한 하인, 하녀치고 주인과 잠자리를 하지 않는 경우가 더 드물었다. 그리고 딱히 흠도 아니었다.

특히 평민이 아닌 노예 하녀라면 동정에 한두 번쯤 호소해볼 수 있으나 거부할 수 없었다.

체념한 하녀는 토우에게 다가갔다. 그리고 그의 바지를 벗겼다.

"으~ 흠!"

토우는 손으로 그녀의 머리를 쥐어 잡고 허리를 조금씩 놀리며 내재된 불만을 신음 소리로 토해냈다.

느지막이 일어난 토우는 고개를 절레절레 흔들며 숙취를 털어내려 했다. 그러나 간만에 워낙 많이 마셔서인지 쉽게 가시지 않았다.

"아무도 없느냐?"

부르자마자 어제의 그 하녀가 들어왔다.

"···깨셨습니까."

"속을 풀 만한 것이 필요하다."

"토마토 스프를 준비했는데 가져오겠습니다. 그리고 이건 아침에 웬 하인이 경께 전해 드리라고 했습니다."

하녀는 씰링된 편지 봉투를 내밀었다.

"이걸로 옷이나 한 벌 사 입어라."

십 은화짜리 몇 개를 집어주고 편지를 열었다.

이틀 후 승계단 방문 예정. 내일까지. 결정되면 연락 바람. 측문 11시.

짤막짤막한 글로 이루어진 내용이었지만 편지를 보낸 이가 말하고자 한 바는 다 알 수 있었다.

승계단이 오기 전에 아우스를 처리해야 하고 오늘과 내일 양일 중 하나를 선택하라는 뜻이었다.

'뒤처리를 하자면 오늘이 좋겠지.'

케롤라인이야 힘이 없으니 내버려 둬도 되지만 이번 기회에 아예 자작까지 처리할 작정이었다.

'오늘'이라는 한 단어를 쓰고 편지를 봉인했다.

"그 하인은 갔느냐?"

토마토 스프를 가지고 온 하녀에게 물었다.

"답장을 받아가야 한다며 기다리고 있습니다."

"이걸 전해주거라. 그리고 이 시간 이후로 내가 부르기 전까지 아무도 들어오지 못하도록 해라."

오늘 밤을 위해 몸을 최상의 상태로 만들어둘 필요가 있었다.

식사 때를 제외하곤 하루 종일 방에서 마나 수련을 하던 토우는 9시 30분이 되자 자리에서 일어나 기사단 복장을 입고 그 위에 온몸을 덮는 커다란 망토를 걸쳤다.

밖으로 나가자 세뇌된 기사들이 그와 비슷한 복장을 하고 기다리고 있었다.

"출발한다."

짧게 명하고 앞장서서 대문을 나섰다.

자작 저택의 측문은 내성의 조용한 곳에 위치해 있어 인적이 드물었다. 다만 사람의 눈에 띄지 않기엔 용의해도 입구 있는 곳이 넓게 트여 있어 보초병의 눈을 피해 접근하기는 불가능했다.

그러나 보초병이 같은 편이라면 얘기가 달랐다.

"보초병이 문을 엽니다."

11시가 될 때까지 골목에서 상황을 지켜보고 있는데 약속대로 보초병들이 대문을 열고 들어오라는 신호를 보냈다.

"별관 쪽으로 가시면 기사들이 기다리고 있을 겁니다."

대문을 통과할 때 병사 한 명이 보고를 했다.

별관은 후계자가 머무는 곳으로 기사들이 그곳에 있다는 건 아우스도 그곳에 있다는 얘기였다.

'출세했군, 꼬맹이. 하지만 그곳이 네놈의 무덤이 될 것이다.'

어떻게 죽여야 지난 며칠 동안 가졌던 패배감을 씻을 수 있을까 생각하며 별관 방향으로 걸어갔다.

"오셨습니까, 토우 경."

그에게 편지를 보내고 오늘 일을 준비한 사내가 기사들과 기다리고 있었다.

"고생하셨소이다. 얘기는 일단 일을 끝낸 후에 하기로 합시다. 한데 고작 꼬맹이와 병든 늙은이를 처치하는 데 사람들을 모을 필요까지야."

"만사불여튼튼이니까요. 가시죠."

자작까지 처리하기로 마음먹은 이상 틀린 말이 아니었기에 앞장서서 걷는 그의 뒤를 따라갔다.

아우스가 머물고 있는 별관 방엔 여전히 불이 켜져 있었다.

"제가 먼저 들어가 동태를 살피겠습니다."

토우는 너무 신중하게 구는 사내의 모습에 살짝 인상을 찌푸렸지만 자작가를 완전히 손에 넣기까지는 꼭 필요한 인물이었기에 하는 양을 지켜봤다.

똑똑!

사내는 아우스의 방문을 노크했다.

*　　　　*　　　　*

문 앞에 이른 토우 일행이 들이닥칠 것을 대비해 잔뜩 긴장하고 있는데 예의 바른 노크 소리가 들렸다.

"…누구시죠?"

어이가 없었지만 어떻게 나오나 싶어 한 박자 늦게 물었다.

"접니다, 아우스 님. 감기약을 가지고 왔습니다."

'무슨 개수작이지? 내가 준비한 것을 눈치챘나?'

그들이 볼 땐 난 마법도 모르는 그저 조금 똑똑한 꼬맹이 정도에 불과할 텐데 왜 이따위 쓸데없는 짓을 하는지 궁금했다.

"들어오세요."

일단 장단을 맞췄다.

"옷을 입고 계시다니, 아직 안 주무시고 계셨습니까?"

"늦었는데 주변에 돌아다니는 쥐새끼들이 많아서요, 집사장님."

문을 들고 온 사람은 집사장이었다. 그는 안으로 한 걸음만 들어온 채 더 이상 다가오지 않았다.

"…쥐새끼라니요?"

"문 뒤에서 당신의 신호를 기다리는 쥐들 말입니다."

"쩝! 눈치챘나? 언제 안 거지?"

내 눈치를 살피던 집사장은 들켰다는 걸 알았는지 본색을 드러냈다.

"장부에 더러운 흔적이 여간 많아야지."

"그걸 찾아낸 건가? 근데 입이 좀 거칠군. 네 녀석이 정말 자작가의 후계자가 되었다고 생각하느냐?"

"웃기네. 죽이려는 주제에 예의는 받고 싶은 거야?"

난 비웃으며 이죽거렸다.

"이놈이……."

"됐고. 궁금해서 그러는데 당신은 왜 준남작 위까지 내린 자작을 배신한 거야?"

장부를 보고 그의 배신을 알았지만 쉽게 믿기지 않았다. 노예에 불과한 시동에서 준남작이 된 그가 뭐가 부족해서 자작을 배신했는지 궁금했다.

"흥! 배신을 먼저 한 건 자작이 먼저였어! 50년간 헌신한 나에게 남작 위를 주기로 약속했다가 고작 한 번의 위기를 같이 극복했다고 토우 경에게 남작 위를 주고 나에겐 준남작 위를 줬어."

"오호! 그러니까 토우에게 남작 위를 약속받고 배신을 했다는 말이네."

"원래 내 자리를 찾는 것뿐이야."

"욕심에 눈 먼 늙은이. 토우가 과연 당신에게 남작 위를 줄까? 그리고 설령 그가 준다고 해도 날 죽이려 했던 자가 눈앞에 있는데 내가 살려줄까?"

"네놈이 무슨 힘이……."

난 침대 옆에 있는 종이를 들고 찢으며 말했다.

"파이어 볼!"

"아, 안……!"

퍼엉!

집사장은 빠르게 날아간 파이어 볼을 피하지 못하고 화염에 휩싸이며 문을 부수고 복도에 쓰러졌다.

"마법 스크롤?"

집사가 쓰러지자 나타난 토우는 내가 손에 든 종이를 보며 중얼거렸다.

"곧 자작이 될 몸인데 몸을 지킬 한두 가지 무기쯤은 가지고 다녀야 하지 않겠습니까, 토우 경."

으득!

"네놈이 끝까지!"

"워워~ 진정하세요. 밖에서 쥐새끼처럼 들었을 테니 제가 아무 준비 없이 기다리고 있었을 거라고 생각하는 건 아니겠죠?"

난 종이를 들어 올려 금방 찢을 것처럼 행동했다.

"…텔레포트 스크롤까지 준비한 것이냐?"

"역시 치밀한 분이라 눈치도 빠르네요. 그럼 다음에 뵙도록 하죠."

사실 내가 집사장을 죽일 때 찢었던 종이도, 들고 있는 것도 그냥 평범한 종이에 불과했다.

순간적으로 토우를 자극할 방법이 생각나 이렇게 행동하고 있었다.

'멍청아! 얼른 네놈의 어둠 마법으로 종이를 뺏어!'

종이를 찢을 생각이 없었다. 오히려 뺏길 생각으로 일부러 머뭇거렸다.

예상대로 마나의 힘이 순간적으로 느껴지며 종이를 낚아채 간다.

"이크! 한 장 더 준비해 두길 잘했군."

난 침대 뒤쪽으로 몸을 숨기며 그가 들릴 정도의 목소리로 중얼거렸다.

"놈이 스크롤을 쓰지 못하게 붙잡아!"

내가 바라던 명령이 그의 입에서 내려졌다.

그의 뒤에 있던 기사단들이 앞을 다투며 문 안으로 들어왔다.

지이잉!

기사들이 바닥의 윈드 커터 마법진을 밟는 순간 활성화되며 윈드 커터를 만들어냈다.

쉬쉬쉬쉭! 쉬쉬쉬쉭!

"으아아악! 다, 다리가… 컥!"

"악! 쉴……."

"크윽! 컥!"

내가 마법을 사용하지 못한다는 생각과 텔레포트 마법을 사용할지도 모른다는 조급함은 피비린내 가득한 지옥을 만들어냈다.

쉴드를 펼치려다가 목이 잘려 죽은 기사가 그나마 반응이 가장 빠른 편이었으니 마법진을 밟은 사람 중 살아남은 기사는 없었다.

"웁스! 미안하게도 함정이 있다는 경고를 해주는 걸 잊어버렸네요. 그리고 텔레포트 스크롤은 구라였어요."

"이, 이……!"

토우는 종이를 확인하더니 부들부들 떨었다. 그리고 곧바로 어둠 마법을 본격적으로 사용하기 시작했다.

토우의 무형의 힘은 마보세로 보니 확실히 보였는데 마치 커다란 손처럼 생겼다.

그 커다란 손은 침대를 공중으로 쳐올렸다.

몰랐다면 당했을까. 손동작을 빤히 보고 있었기에 침대와 같이 몸을 띄웠다.

하지만 내가 간과한 것이 있었다.

어둠 마법은 마나를 응집시켜 사용한다는 점에서 윈드 계열의 마법과 비슷했다.

커다란 손은 순간적으로 여러 개의 칼날로 변하더니 침대를 잘라왔다.

"큭!"

공중에 뜬 상태여서 완전히 피하지 못하고 어깨를 베였다.

바닥에 착지하자마자 다시 날아오는 칼날들.

얼른 기둥 뒤로 숨었다.

스각! 스각! 스각!

다행히 칼날은 돌기둥은 어쩌지 못했다.

"거기서 그러지 말고 들어와서 끝장을 내죠."

다시 도발을 했다.

"이놈! 내 뜻대로 될 듯싶으냐. 모두 쉴드를 쓰고 놈을 공격해서 잡아!"

토우와 기사들은 쉴드를 두르고 마법을 난사하며 방 안으로 들어왔다.

부서지지 않을 것 같던 기둥도 차츰 부서져서 몸을 최대한 좁혀야 했다.

'조금만 더 들어와.'

그들은 혹시나 하는 마음에 조심스럽게 다가왔다. 그리고 막 침대가 있던 곳 가까이에 왔을 때 또 하나의 마법진이 활성화됐다.

"조심해!"

그들은 윈드 커터가 생성될 거라 생각했는지 잔뜩 긴장해 쉴드에 마나를 더욱 주입했다.

그러나 활성화된 마법진은 그저 1서클 마법인 파이어에 불과했다.

"겨우 파이어로 우릴 농락하다니! 근데 파이어 위에 있는 선은 뭐지?"

한 기사가 중얼거리는 사이 파이어가 팽팽하게 당겨진 선을 태워 끊었다. 그리고 그 순간 그들의 머리 위, 천장에서 금속 패가 합쳐져 합성 마법을 만들어냈다.

꽈아앙! 꽈아앙!

건물이 흔들릴 정도의 폭발이 연이어 일어났다.

귀를 막고 몸을 잔뜩 웅크린 채로 기둥 뒤에 숨어 있었음에도 천장에 설치된 두 개의 합성 마법이 폭발하자 몸이 흔들리고 뜨거운 열기에 피부가 화끈거렸다.

'좁은 공간에서 두 개가 터지니 정말 강하네.'

숨어 있던 내가 이럴진대 아무리 4서클 쉴드를 쳤다고 토우와 기사단이 버틸 수 있을까.

혹시 몰라 창가 쪽으로 이동한 후 폭발에 일렁거리던 마나가 안정을 찾자마자 마보세로 움직이는 살아 있는 이들이 있는지 탐색했다.

"으~ 웬만해선 좁은 공간에서 사용하진 말아야겠다."

제대로 사람의 형태를 갖추고 있는 시체가 없었다.

살아 있는 사람이 없다는 것을 확인하고 눈을 떴다.

고풍스럽게 꾸며져 있던 내 방은 악마의 숭배자들이 악마를 소환하기 위해 피의 의식을 한 공간처럼 그로테스크하게 변해 있었다.

"욱!"

욕지기가 올라왔다.

90 평생 이렇게 끔찍한 장면은 처음이었다. 게다가 내가 만들지 않았던가.

"…하지 않았으면 내가 저렇게 되었을 거야."

내가 당했을 것이라 생각하니 조금 편해졌다.

"헐~ 바닥에 구멍이 날 정도로 강했다니."

여기저기 옮겨붙은 불을 끄며 사람들이 오길 기다리던 중 바닥에 구멍이 뚫려 있다는 걸 발견했다. 마보세로 꼼꼼히 살폈지만 딱히 인기척이 느껴지지 않아 다가가 구멍을 보았다.

"비밀 통로인가?"

라이트로 비춰볼까 하다가 돌아섰다. 마치 괴물의 아가리처럼 느껴졌기 때문이었다.

한데 막 돌아선 순간, 마나의 기운이 느껴졌다.

피하려 했지만 늦었다. 무형의 기운이 내 목을 움켜잡았다.

'설마……? 토우!'

발버둥 칠 새도 없이 구멍으로 끌려 들어갔다. 그리고 거칠게 바닥에 내동댕이쳐졌다.

철퍽!

물이 찰방찰방할 정도로 고여 있어 고통이 조금 줄었지만 온몸이 부서질 것 같은 고통이 밀려왔다.

비명이라도 지르면 고통을 줄일 수 있을 것 같은데 무형의 손이 여전히 내 목을 잡고 있어 신음 소리조차 내지 못했다.

"빌어먹을 새끼! 죽어!"

분노에 가득 찬 토우의 목소리. 그와 함께 몸이 제멋대로 다시 바닥으로 향했다.

철픽! 철퍼덕! 철픽! 부득!

연속된 패대기에 결국 왼쪽 다리가 부러지며 비정상적으로 뒤틀렸다.

기절을 하고 싶은데 뜻대로 되지 않았고 공격을 하려 해도 어디가 하늘이고 어디가 땅인지도 헷갈리는 상황이라 그저 그가 하는 대로 당할 수밖에 없었다.

몸이 완전히 축 처졌을 때 드디어 공격이 멈췄다.

"도대체 방금 전에 무슨 수를 쓴 거지? 내가 어떻게 6서클의 마법을 쓸 수 있었던 거야! 네놈은 대체 뭐냐!"

어느새 라이트 마법이 토우와 나 사이에 띄워져 있었다. 그는 화상을 입은 얼굴을 악귀처럼 일그러뜨리며 고함을 쳤다.

대답을 원했을까 목이 살짝 느슨해졌다.

"크윽… 콜록콜록! 그, 그건 6서클 마법이 아닌……."

"닥쳐! 누가 너 따위에게 대답을 듣기 위해 물을 줄 아나!"

무형의 힘으로 인해 몸은 다시 바닥으로 향했다. 그러나 난 서둘러 말을 이었다.

"3서클 합성 마법입니다!"

우뚝! 바닥에 처박히기 바로 전 멈췄다.

"…합성 마법?"

"제가 붙인 이름입니다. 상극이라고 할 수 있는 파이어와 윈드 마법을 함께 써서 폭발력을 극대화시키는 마법이죠."

"흥! 설령 그렇다고 해도 마나가 없는 네놈이 무슨 수로 그럴 수 있단 말이야. 시간을 끌어 탈출을 할 생각인가 본데 어림없다!"

"저, 정말입니다. 그건 마법진을… 아아악!"

놈의 생각대로 잠시 정신을 가다듬을 시간을 벌기 위해 비밀을 말한 것이었다. 한데 토우는 더 이상 속지 않겠다는 듯 내 아킬레스건을 잘랐다.

"마법진? 마법진을 그리는 순간 폭발해 버리는데 어떻게 한다는 거지? 계속 얘기해 봐라. 이번에도 허튼소리를 하면 네 사지 중 하나를 자르겠다."

'믿지도 않으면서……'

토우는 날 어떻게 죽여야 기분이 풀릴까 하는 눈빛을 하고 있었다.

아마 무슨 말을 한다고 해도 다리를 자를 것이다.

'가공할 복원력이 떨어진 다리도 붙이려나?'

말도 안 되는 생각을 하며 일단 입을 열었다.

아까 패대기쳐질 때 뇌가 심하게 흔들려 바들바들 떨리는 손이 제대로 돌아올 때까진 시간을 벌어야 했다.

"마법진을 둘로 나누면 됩니다. 하나는 흡입부와 저장부로, 다른 하나는 발현부로요. 그래서 합쳐지는 순간 마법진이 작동하게 만들면 아까 전처럼 되죠. 줄이 끊어지면서 마법진이 합쳐져 그와 같은 폭발이 일어난 겁니다. 특히 파이어 마법과 윈드 마법이 폭발하기 직전에 순간적으로 목표물로 이동시켜야 하는 마법도 필요하고요."

가급적 길게, 그렇지만 궁금증이 계속되도록 말을 이어갔다.

"…두 개의 마법을 이동시킨다? 텔레포트는 아닐 테고……. 디그인가?"

탐스가 내 마법에 관심이 보였듯이 토우도 무형의 칼날을 날리는 대신 관심을 보였다. 그는 내가 말한 바를 머릿속에 그려보고 답을 도출해 냈다.

물론 그렇다고 살기가 줄어든 건 아니었다. 아마 얘기를 다 듣고 갈가리 찢어버릴 것이다.

말을 멈추지 않았다.

"맞습니다! 디그가 어떤 역할을 하는지 모르겠지만 폭발력을 몇 배나 증폭시켜 주는 역할을 하더군요."

"좁은 공간을 터뜨리면서 그런 증상이 일어날 수도 있겠지. 한데 마법진을 어떤 식으로 분리한 거지?"

"제 방의 천장에 보면 금속 패가 있을 겁니다. 폭발에 괜찮을지 모르겠지만요."

"저건가?"

토우는 구멍을 통해 내 방 천장을 보더니 중얼거렸고 곧 금속 패가 그의 손에 쥐어졌다.

"신기하군. 한쪽엔 파이어, 다른 한쪽엔 매직 미사일, 가운데 분리된 부분이 디그군. 한데 감춰진 부분이 너무 많아."

"그렇다면 이걸 보면 될 겁니다."

그가 잠시 한눈을 파는 사이 완전하지는 않지만 손의 떨림이 멈췄다.

그에 손을 허리춤에 뻗어 금속 패를 꺼냈다.

워낙 자연스러워 그도 다 꺼내 거의 붙이기 직전까지 아무런 행동도 취하지 않았다.

"이걸 붙이면 어떻게 될까요? 작동할까요? 아님 그냥 협박일까요?"

"…영악한 놈!"

토우는 '아차!' 싶은 모양이었다. 그는 곧 전투태세를 취했다.

잠시 둘 사이에 침묵이 흘렀다.

그가 마나를 보내 내 목을 꺾는 것이 빠를지 아님 내가 금속 패를 붙이는 게 빠를지 대결하는 모양새였다.

그러나 사실 나는 그가 먼저 움직여 주길 기다리고 있었다. 왜냐하면 최대한 공중에 매달려 있는 상태로 있어야지 내가 한 공격에 내가 당하지 않을 수 있었기 때문이었다.

"여기서 아까와 같은 마법을 사용한다면 네 녀석도 무사하지 못해."

빈틈을 만들려는지 말을 걸어왔다.

난 미끼를 물었다.

"어차피 죽일 거면서 새삼스레. 이왕 간다면 같이 가는 것
도 나쁘지 않을 것 같은……."

말을 하면서 눈을 길게 감았고 그 순간을 놓치지 않고 토
우는 마나를 보내 악력을 높였다.

부드드…….

목뼈가 부서질 듯이 옆으로 기울었다.

'버텨줘라, 제발!'

난 하단전의 힘이 목으로 가도록 의지를 발한 후 중단전의
마나를 양손으로 보내며 금속 패를 붙였다.

토우는 내가 들고 있는 금속 패가 파이어 계열의 합성 마법
으로 알았을 것이다. 그래서 붙이는 순간 빠르게 물러나며 더
러운 물에 몸을 엎드렸다.

"쉴드! 쉴드! 쉴드!"

그는 여러 겹의 쉴드를 쳐 몸을 덮었다.

만일 그가 온몸을 뒤덮는 쉴드를 쳤다면 내 목뼈가 먼저
부러졌을 것이다. 그러나 애석하게도―나에게 기쁨이었지만―등
만 신경을 썼고 나에겐 기회가 되었다.

지지지지지직!

지하 통로에 번개 비가 내렸다.

토우에게 직격하진 않았지만 바닥의 물을 따라 고스란히
그에게 전달됐다.

"크아아악!"

토우는 육지에 나온 물고기처럼 파닥거렸다.

목을 부러뜨리려던 힘이 약해졌다.

그가 6서클임을 잊지 않았다. 3서클인 나도 강한데 그는 오죽하랴.

난 다시 한 번 금속 패를 뗐다가 붙였다.

다시 내리는 번개 비.

한데 더 이상 비명은 없었다. 그저 간헐적으로 꿈틀거릴 뿐이었다.

목을 조르던 힘이 사라졌고 난 바닥에 떨어졌다.

지직! 지직!

"으으으~ 으윽!"

남아 있던 전기가 고스란히 나에게 덤벼들었다.

그가 먼저 공격하길 기다렸던 이유가 이 때문이었는데 완전히 피할 순 없었다.

"…하하! 하하하! 푸하하하하하!"

전기가 사라지고 눈을 부릅뜬 채 날 보고 있는 토우를 보고 있자니 웃음이 나왔다.

승리의 기쁨이 아니었다. 그저 살았다는 데서 오는 안도의 웃음이었다.

"하하… 아이스 미사일!"

퍽!

난 웃음을 멈추고 아이스 미사일을 토우에 얼굴에 쏴서 그의 두개골을 부숴 버렸다.

죽은 줄 알았던 오우거가 살아서 날뛰던 게 생각났기 때문이다.

그대로 누웠다. 지저분한 냄새와 더러운 물이 있었지만 상관없었다.

"지긋지긋해. 이젠 남의 일에 간섭하면 아우스가 아니라 개우스다, 개우스. 그나저나 이 몸 완전 괴물이네."

잘렸던 아킬레스건이 붙는 걸 느끼며 눈을 감았다.

잠깐이라도 쉬고 싶었다.

*   *   *

"무슨 일 있었어? 다리는 왜 그래?"

왼쪽 다리에 붕대를 감고 있는 모습을 본 젠느가 의아한 듯 물었다.

"그런 일이 있었습니다."

"넘어진 거야? 그런 거야? 칠칠치 못하게. 치료는 제대로 받은 거야?"

괴물 같은 치유력 때문에 이미 다 나았다. 다만 사건이 있었던 그날 치료를 받았기에 그대로 둔 것이었다.

"여기는 빈민촌이 아닌 자작가입니다. 설마 치료도 안 받았겠습니까? 그나저나 가셨던 일은 잘 마치셨습니까?"

"일이라고 할 것도 없어. 잠깐 얘기를 하고 온 것뿐인데 뭘."

"애들은요?"

"내성 여관에 데려다놨어."

"고맙습니다. 그런데… 좀 떨어져 계세요. 승계단 사람들이 오해하겠습니다."

승계단이 내성 텔레포트 마법진에 도착했다고 해서 현관 앞에서 기다리고 있는데 젠느가 도착한 것이다.

"무슨 오해? 풉! 설마 그들이 날 네 부인으로 생각할까 봐 그런 거야? 호호호! 내가 좀 어려 보이긴 하니 그럴 수도 있겠지. 하지만 걱정 마. 승계단 사람들이 설마 내 얼굴을 모를까 봐."

"제 어머니로 생각할까 봐 그런 겁니다만."

"뭐?! 이게 정말!"

젠느는 내 머리에 알밤을 때렸다. 그러나 나는 아무 반응을 하지 않고 그녀를 보았다.

"뭐? 왜? 또 무슨 말을 하려고?"

"…저기 승계단이 오고 있다고요."

사실 나에게 왜 잘해주느냐고 묻고 싶었다. 그러나 그냥 삼켜야 했다.

묻게 되면 얼마 남지 않은 시간마저 어색하게 될 것 같았다.

"저기 맨 앞에 있는 사람이 승계단의 단장인 베오른 자작이야. 미망인이 나에게 재산을 노리고 남편을 죽이지 않았냐고 아무렇지 않게 물을 정도로 사람 신경을 긁는 재주를 가 있으니 조심해. 너무 긴장 말고 잘해."

젠느는 귓속말로 소곤대곤 한쪽으로 물러섰다.

'홋! 긴장을 하지 말라는 거야, 하라는 거야? 그나저나 생긴 건 푸근한 옆집 아저씨처럼 생겨서는 아스파 자작에게 들은 것보다 더 독한 모양이네.'

어제 아스파 자작은 라이스 자작가의 역사와 제국의 상황, 승계단의 베오른 자작의 얘기 등 혹시 있을 신문에 대비해 간단히 설명을 해줬었다.

'아니면 말지, 뭐.'

사실 전혀 긴장하지 않고 있었다.

막말로 승인이 되지 않는다고 해도 내가 아쉬울 것은 딱히 없었다.

승인을 받으면 수도에 정착할 자금을 두둑이 주기로 한 것이 마음에 걸렸지만 돈 때문에 무리할 생각은 추호도 없었다.

"어서 오십시오, 베오른 자작님."

어느새 가까이 다가온 베오른 자작에게 정중하게 인사를 했다.

"반갑네. 시간이 촉박했을 텐데…… 예의범절은 꽤 가르쳤나 보군. 자작님은 어떠신가?"

"최근 조금 좋아지긴 했지만 길게 얘기할 정도는 아닙니다.

자작님께서 원하시면…….”

“아니네. 아픈 분을 귀찮게 할 수는 없지.”

베오른 자작은 의미심장한 눈빛으로 말하며 나와 마중 나와 있던 사람들을 훑어보았다. 그러다 젠느를 발견했는지 살짝 고개를 숙이며 인사했다.

“다르트 백작 부인께서 여기 계신 줄은 몰랐습니다. 오랜만입니다.”

젠느의 죽은 남편의 성이 다르트였나 보다.

“재작년 겨울이었으니 그리 오래되진 않았죠. 베오른 자작님.”

“그때의 일은 잊어주십시오. 전 그저 황제 폐하께서 제게 명한 일을 한 것뿐입니다.”

“황제 폐하께서 그런 말을 하라고 명하진 않은 걸로 알고 있는데요, 호호호!”

“…흠흠! 일단 일을 해야 해서 나중에 그 일에 대해선 다시 말씀드리도록 하겠습니다.”

“네네, 전 신경 쓰지 말고 일 보세요. 다만 한 가지 충고를 드리자면 상대의 상처를 너무 후벼 파진 마시라는 거예요. 언젠가 비수가 되어 돌아올 수도 있잖아요.”

“부인의 충고 마음 깊이 새기겠습니다. 험! 내, 내가 자네 일을 처리하고 또 갈 때가 있으니 지금 바로 시작하기로 하지.”

“식사 시간이라 조그마한 만찬을 준비했습니다만?”

“됐네. 텔레포트 마법진을 타고 와서인지 속이 불편하니 간단한 다과로 대신하지."

"편하신 대로 하십시오. 들어가시죠."

베오른 자작은 서두르는 기색이 역력했다.

들어가면서 젠느를 흘낏 보니 빙긋 웃으며 윙크를 했다. 아마 나를 위해 자작을 협박을 한 모양이었다.

난 피식 웃으며 엄지를 치켜주곤 안으로 들어갔다.

22장
크라운 시티

후룩!

"자네는 아스파 자작님을 닮지 않았군."

집사장이 다과를 테이블 위에 차려놓고 나가자 차를 한 모금 마신 베오른 자작이 말했다.

"외탁입니다."

"그런가? 난 또 원래 후계자였던 케인이 실종되었다고 거짓말을 하고 그동안 적당히 말 잘 듣는 아이를 구해 교육을 시켰다고 생각했지. 아! 기분 나쁘게 생각 말게, 자네를 두고 한 말은 아니니까."

젠느의 협박이 안 통했는지 아님 타고난 성정이 직설적인 건지 다짜고짜 훅 치고 들어왔다.

"저에 대해 한 말이 아닌데 기분 나쁠 이유가 없지요."

"…다행이군. 한데 자네 어머니께선 뭐 하시던 분인가?"

"하녀였습니다."

내 신분은 아스파 자작과 하녀의 사이에서 아들이었다. 죽은 토우는 후계자를 내세우기 위해 철저하게 계획을 세워뒀었다.

그의 품에서 발견한 마법책과 이 점에 대해선 그에게 감사하고 있었다.

"귀족가에선 흔한 일이지. 하지만 실제 상속을 받는 경우는 드물긴 하지만 말이야."

"제가 운이 좀 좋은 편이죠."

"운이라……. 상속을 받기 위해 형제간에 서로 죽이는 일이 비일비재한데 그건 아니고?"

웃으면서 독설을 뱉는 데 상관없다고 생각하는 나조차도 기분이 더러운데 젠느가 마음속에 응어리를 가질 만했다.

계속 폐부를 찌르는데 멍청이처럼 허허거리며 웃고만 있을 순 없었다.

"글쎄요. 그렇게 생각할 수도 있겠군요. 한데 제 생각엔 세습 귀족이 없어지길 바라서 후계자를 죽이는 이들이 있는 것 같습니다. 케인이 죽은 것도 그렇고, 제가 후계자가 되고 나흘 만에 공격을 받아 겨우 살아난 것도 그렇고… 아! 물론 추측입니다. 겨우 목숨을 건져서인지 머리가 좀 복잡합니다."

"…지금 황제 폐하를 모독하는 건가?"

"제 목숨이 몇 개라고 감히 황제 폐하를. 천부당만부당합니다. 그저 요즘 한참 기세등등한 신흥 귀족들이 그런 생각을 하지 않을까 해서 하는 말입니다."

뮤트 제국엔 최근 돈이 많거나 마법 실력이 좋아 황제에게 작위를 받은 신흥 귀족들이 늘어나고 있었다.

그들은 점차 줄어들고 있는 귀족파 세습 귀족과 대립각을 세우고 있었는데 황제를 등에 업은 그들에게 차츰 밀리고 있었다.

참고로 라이스 자작가는 중도파였다.

"조심하게. 세 치의 혀 때문에 죽을 수도……. 험! 아무튼 황제 폐하를 욕되게 한다면 내가 용서할 수 없네."

베오른 자작은 나에게 경고를 하다가 젠느가 그에게 했던 경고가 생각났는지 얼른 말을 바꾸었다.

"그런 의도가 아니었는데 그렇게 느끼셨다면 사과드리겠습니다."

내 잘못이 아님을 재차 강조했다.

"말솜씨가 제법이군."

"자작님에 비하면 많이 부족합니다."

"하하하, 꽤 재미난 친구군."

입으로만 웃었지 표정은 전혀 재미있어 하지 않았다.

"아무튼 얘기를 계속하지. 다르트 백작 부인과는 어떻게 아는 사이인가?"

"우연히 알게 되어 누나, 동생 하는 사이입니다."

"든든한 배경의 누나를 둬서 좋겠군. 한데 다르트 부인의 집안이 충직한 황제파라는 건 아나?"

"그렇습니까? 한데 그게 승계에 문제가 됩니까?"

"아니, 승계와는 전혀 상관없어. 다만 궁금해서 묻는 거라네."

"중도파인 라이스가의 제가 황제파인 백작 부인과 친한 것이 이상하다는 말씀이군요?"

"말인즉 그렇지."

"자세히 알아보고 결정하겠지만 아버지가 중도파였다고 저까지 중도파를 고집할 생각은 없습니다."

"귀족파가 될 수도 있다?"

"너무 부정적으로 생각하시는군요. 아마 현재 상황에서 황제파가 될 것 같습니다."

"이유는?"

"많은 평민이 황제 폐하를 지지하고 있으니까요."

"돈과 실력을 갖춘 신흥 귀족이 폐하를 지지해서가 아니라 평민들이 지지를 해서이다?"

"정확하게는 신흥 귀족도 평민이었다는 것과 평민도 노력하면 귀족이 될 수 있다는 사회적 분위기를 만들어 평민들을 끌어안은 황제 폐하의 혜안 때문입니다."

광산을 벗어나 사회상과 사회의 변화를 보고 나름 생각한 것을 말했다.

평민의 힘이 커진 것은 발칸 제국이나 뮤트 제국이나 비슷한 시기였다. 한데 발칸 제국은 여전히 귀족파가 우세한 반면 뮤트 제국은 황제파가 우세해졌다.

즉, 뮤트 제국 황제나 황제 측근 중 시대의 흐름을 정확하게 보는 자가 있다는 뜻으로 해석할 수 있었다.

'물론 시간이 더 지난 다음에야 정확한 평가가 나오겠지만 일단은 황제파가 유리한 건 사실이니까.'

"혀가 뱀의 피부처럼 매끄럽군. 승계를 위한 거짓이라면 후회할 거라고 말해주고 싶네. 일단 황제파로 인식되면 자네가 라이스가를 이끄는 동안엔 절대 다른 곳으로 갈 수 없을 거야. 설령 갈 수 있다고 해도 어느 쪽에도 믿음을 주지 못하는 박쥐가 될 테고 말이야."

"결정한 이상 변심할 생각은 없습니다. 그리고 상황에 따라 설령 좀 바뀌면 어떻습니까."

"뭐라?"

베오른 자작의 눈빛이 처음으로 날카롭게 바뀌었다. 그러나 난 무시하고 계속했다.

"자작님은 영지가 없는 단승 귀족이라 모르겠지만 세습 귀족에겐 지켜야 할 것이 많습니다."

"흥! 알량한 가문의 이름과 재산 말인가?"

"아뇨. 영지민입니다. 지금은 제 생각이 옳다고 생각하지만 만약 영지민에게 위험이 될 것 같다면 생각 따윈 얼마든지 바꿀 수 있습니다."

"……."

"물론 제 목숨이 가장 소중하죠. 하하하!"

"행동은 영락없이 귀족인데 말은 마치 평민 같군. 어쨌든 파벌에 대한 자네 생각은 잘 들었네. 좋게 말하자면 유연한 것이고 나쁘게 말하자면 박쥐 같은 생각이네."

"쓸데없이 말이 길었습니다. 그냥 아직 철없는 어린애의 말이라고 생각해 주십시오."

"자네를 평가하는 건 내가 아니라 황제 폐하시네. 난 오늘 있었던 일을 그대로 전하는 사신일 뿐이고. 다음 질문으로 넘어가지."

이후로 30분이 넘게 이런저런 질문을 했고 아스파 자작이 정해준 범위 내에서 내 생각을 얘기했다.

"긴 시간 동안 난처한 질문에도 성실히 대답해 줘서 고맙소."

품 안에 손을 넣는 베오른 자작의 말투가 바뀌었다.

그의 품 안에 두 가지의 서류가 있고 그중 승계 승인서를 꺼내고 있음을 확신했다.

서류를 꺼내 든 그는 자리에서 일어서며 외쳤다.

"아우스 팔린 라이스는 황제 폐하의 명을 받으라!"

"신 아우스 팔린 라이스, 명을 받듭니다!"

"나 샤를 혼 바인드 폰 뮤트는 뮤트 대제국의 황제의 권한으로 그대를 라이스 지역의 자작으로 임명하노라."

"샤를 혼 바인드 폰 뮤트 황제 폐하 만세! 뮤트 대제국 만세!"

조금은 낯 뜨거운 짓이었지만 한 번만 하면 되는 일이었기에 눈감고 화끈하게 했다.

"축하하오, 아우스 자작."

"감사합니다, 베오른 자작님."

승인서를 받으면서 끝난 줄 알았는데 베오른 자작은 품속에 다른 서류를 꺼내 건넸다.

"이건 뭡니까?"

"황립 아카데미 입학 통지서요. 이번에 법이 바뀌어 16세 이상의 귀족 자제는 무조건 아카데미를 졸업해야 하오. 설령 영지를 물려받은 귀족이라고 해도 말이오."

'아직 열다섯인데.'

역할은 열여섯이니 어쩔 수 없었다.

"그럼 영지는……?"

"설마 몇 년 자리를 비웠다고 영지가 망하겠소? 그리고 수정구와 텔레포트 마법진이 있어 귀족들 중 상당수가 수도인 크라운 시티에 머물면서 지시를 내린다오."

처음엔 달갑지 않았는데 곰곰이 생각해 보니 어차피 수도로 간다면 귀족의 신분으로 가는 것도 나쁘지 않을 것 같았다.

"아카데미에선 뭘 배울 수 있습니까?"

"영지를 위해 행정학을 배워도 되고, 중앙 귀족에 욕심이 있으면 정치학을, 개인의 실력 향상을 위해 마법을 배워도 되고, 원하는 대로 배워도 되오."

"예외는……."

"없소."

냉정하게 말을 끊는 베오른 자작.

"그럼 어쩔 수 없죠."

'가보면 다른 방법이 생기겠지.'

엔트 할아버지를 구할 방법이 생길 때까지만 다녀볼 생각이었다.

*　　　*　　　*

"고맙다. 셰인이 성인이 될 때까지만 사고 없이 지내준다면 큰 보상을 줄게."

지키지 못할 수 있는 약속은 하기 싫었기에 케롤라인의 말을 듣기만 했다.

"자! 이건 아버지께 준 약값과 애써준 것에 대한 보답. 얼마나 줘야 할지 몰라서 나름 넣었어."

"감사합니다."

그녀가 건넨 주머니는 상당한 무게였다.

그동안 고생했던 것이 봄날 눈 녹듯이 사라졌다.

"수도 저택엔 연락해 뒀으니 편하게 써. 생활비는 넉넉하게 보내줄 테니 현재 네가 우리 라이스가를 대표한다는 것은 잊지 말고."

"해야 할 일이니 기꺼이 받을게요."

나 좋자고 하는 일이 아니니 사양할 이유가 없었다.

"그리고… 곤란한 일 있으면 바로 연락해. 일단은 여기가 네 집이니까."

내가 자작가의 존속을 위해 필요한 존재라서 하는 말임을 알고 있었지만 순간 가슴이 뭉클해졌다.

"…그만 가볼게요. 케롤라인 님께 아라 님의 축복이 있기를 바랍니다."

더 이상 말이 길어지면 나중에 쉽게 이들을 저버리지 못할 것 같아 발걸음을 뗐다.

"아우스! 방학 땐 놀러와! 누나가 맛있는 거 준비해 놓고 기다릴게."

저택에서 어느 정도 거리가 떨어졌을 때 케롤라인이 외쳤다.

걸음이 절로 멈췄다. 마음이 복잡했다.

나도 모르게 돌아서려는 발걸음을 애써 잡았다. 그리고 다시 앞으로 발을 내디뎠다.

발에 너무 신경을 써서일까, 손은 어느새 그녀의 말에 호응하듯 흔들고 있었다.

내성을 벗어나 외성의 텔레포트 탑으로 향했다.

텔레포트 탑은 말 그대로 여러 도시로 장거리 이동할 수 있는 곳으로 중요한 군사시설이었다. 그래서 탑과 주변 지역은 철저하게 통제됨은 물론이고 상당수의 군사들과 마법사들이 상주하고 있었다.

라이스 자작가에 있는 텔레포트 탑은 총 5층으로 1층은 대기실이었고 2층은 물건 운송을 위한, 3층은 평민들을 위한, 4층은 귀족들을 위한 텔레포트 마법진이 있었다.

텔레포트 탑의 출입을 담당하는 검문소에 이르자 그 앞에 스펜과 부르트, 리브와 몰린 등이 젠느와 함께 기다리고 있었다.

"아, 아우스! 무, 무사했구나."

날 본 몰린은 오랫동안 못 본 연인을 만난 사람처럼 달려왔다. 그러나 그는 5미터쯤에서 걸음을 멈춰야 했다.

여러 개의 마법이 그의 급소를 노리고 떠 있었기 때문이었다.

"평민인 듯 보이는데 감히 자작님께 무례를 보이다니 죽고 싶은 거냐!"

뒤따르던 기사들 중 책임 기사가 내 앞을 막아서며 소리쳤다.

"그, 그, 그게 아니라……."

겁에 잔뜩 질린 몰린은 구원의 눈빛을 보냈다.

"페린 경, 마법을 거두세요. 민가에 있을 때 알고 지낸 친구입니다."

"그러시군요."

페린이 물러서며 손을 들자 마법은 눈 녹듯이 사라졌고 그제야 몰린은 안도의 한숨을 내쉬었다.

"보는 사람들이 있을 땐 조심하는 게 좋아, 몰린."

"아, 알았… 습니다."

"훗! 그렇다고 너무 긴장하진 말고. 가자."

"네, 네!"

한번 호되게 당해서인지 그의 행동은 상당히 조심스러웠다.

"멍청한 놈! 젠느 님이 조심하라고 몇 번이고 강조했는데 그걸 잊고 쪼르르 달려가냐?"

역시나 살틴은 몰린의 실수를 그냥 넘기지 못했다.

"히잉! 바, 반가운 걸 어떻게 해."

"몰린, 제발 그 귀여운 짓 하지 않으면 안 되겠냐? 누가 보더라도 넌 우리랑 비슷한 나이로 보여."

스펜이 몰린의 가슴에 비수를 꽂았다.

일행의 아웅다웅하는 모습을 보니 이제야 내 자리로 돌아온 기분이었다.

"돌봐주셔서 고맙습니다. 백… 젠느 님."

우리 일행에게 백작 부인임을 밝히지 않은 것 같았기에 얼른 호칭을 바꿨다.

"고맙다는 말은 그만해. 덕분에 꽤 흥미진진했으니까."

"그러고 보니 일의 발단은 젠느 님 때문이었네요. 그럼 퉁칠까요?"

"풉! 그러자."

"이젠 복귀하실 건가요?"

"그래야지. 큰일을 겪고 나니 여행을 계속할 마음이 사라져 버렸어."

우리는 얘기를 나누며 검문소로 들어갔다.

기다릴 이유 없이 반대편 출구로 나와 바로 검문소에서 백미터 정도 떨어진 텔레포트 탑으로 향했다.

삼엄한 경비를 지나 4층으로 올라가자 마법사들과 병사들이 고개를 숙였다.

"오셨습니까. 목적지를 어디로 세팅할까요?"

자작이 되고 영지를 순찰할 때 봤던 마법사가 물었고 난 젠느를 돌아봤다.

"먼저 가. 집으로 갈지 친정으로 갈지 아직 고민 중이거든."

"그래요, 그럼. 좋은 일만 있길 바랄게요. 인연이 있으면 또

봬요."

"응! 인연이 있다면 또 보자."

수도까지 따라올 거라 우길 줄 알았는데 의외로 순순히 헤어지겠다는 젠느를 보니 아주 약간 서운한 마음이 들었다. 그러나 다시 한 번 더 헤어질 준비를 하지 않게 된 것이 더 기뻤다.

이젠 각자의 길을 갈 때였다.

일행 모두 젠느에게 작별 인사를 한 후 마법진 위에 올라갔다.

"목적지 크라운 시티. 마법진을 작동합니다. 삼, 이, 일. 작동!"

스피커 마법으로 카운터를 알린 마법사는 텔레포트 마법진의 응용부에 손을 올리고 마법진을 작동시켰다.

마법진에서 일어난 새하얀 빛 속에서 룬 문자가 아름답게 춤을 추었다. 그리고 빛의 폭발이 일어났다.

*　　　　*　　　　*

폭발하는 새하얀 빛에 눈을 감았던 젠느는 텔레포트 후에 느껴지는 묘한 느낌에 눈을 떴다.

휘청!

텔레포트 후에 느껴지는 가벼운 어지럼증에 순간 중심을

잃었지만 쓰러질 정도는 아니었다.

그녀처럼 금세 안정을 되찾는 경우도 있었지만 그렇지 못한 이들도 있었다.

"시, 실례하겠… 우욱! 우웩!"

기사 중 한 명이 마법진 주변에 마련된 통으로 달려가 구토를 했다.

"쯧! 저 친구는 텔레포트만 하면 저 모양이군. 뒤따라올 테니 먼저 움직이죠, 제르미느 님."

"그래요."

탑을 나가자 집사가 마차를 대기시켜 놓고 기다리고 있었다.

"어서 오십시오, 아가씨."

"아버지는요?"

"내성 저택에서 기다리고 계십니다."

"또요? 이제 일은 완전히 오빠에게 맡겼나 보네요."

"연세가 연세지 않습니까."

"일을 하기 싫으신 거겠죠. 아무튼 출발하죠."

마법이 7서클에 이르러 겉모습과 달리 웬만한 청년은 비교도 안 될 만큼 더 강한 힘과 근력을 가지고 있는 벤즌 백작이었다.

저택에 도착하자 벤즌 백작은 홀로 정원에서 차를 마시고 있었다.

"며칠 전에 보고를 하고 갔으면서 또 무슨 보고를 한다고 온 거냐? 그럴 시간이 있으면 아빠가 소개하는 남자나 만나보는 게 어떠냐?"

"…또 그 소리세요? 아빠 지겹지도 않아요?"

"나도 지겹다. 한데 네 엄마가 매일같이 네 걱정을 하며 한숨을 쉬는데 못 지켜보겠더라. 그러니 나라도 나서야 하지 않겠냐."

엄마가 자신을 걱정한다는 데 뭐라 하겠는가. 이럴 땐 화제를 바꾸는 수밖에 없었다.

"엄만요?"

"티 파티에 갔다. 원래 나도 갈 생각이었는데 누구 덕분에 쓸쓸히 이곳에서 차를 마시고 있구나."

"전혀 쓸쓸해 보이지 않아요. 그리고 일을 시킨 사람이 아빠라는 걸 잊지 마세요."

"그랬었나? 요즘 나이가 들어서 그런지 기억이 영……."

"아빠!"

"귀는 아직 멀쩡하다. 앉으렴. 그래, 며칠 사이에 무슨 일이 있었기에 조르르 달려왔는지 말해보려무나."

벤즌 백작은 차를 따르며 말했다.

그를 모르는 사람이라면 발끈할 만한 말투였지만 젠느에겐 익숙했다.

그녀는 차를 한 모금 마신 후 입을 열었다.

"제가 보고를 하러 온 사이에 라이스 자작가에서 전투가 벌어졌어요."

"전투? 도적 떼라도 들이닥친 게냐?"

"아뇨. 토우가 아우스를 죽이려 했습니다."

"토우라면 케인을 죽였다고 의심된다던 기사단장 말이냐?"

"네. 봉지로 떠난다던 그가 떠나지 않고 습격을 했어요."

"으흠… 그 아이가 죽었다는 걸 보고하러 온 거냐?"

"그 아인 무사해요. 지금쯤 수도에 도착해서 한참 어리둥절해하고 있을 거예요."

"운 좋게 기사단이 막은 건가?"

"아뇨. 자작가에서 쉬쉬했지만 알아보니 기사단의 상당수가 토우에게 매수되었대요. 그리고 무엇보다도 중요한 건 십여 명의 기사들과 토우를 누구의 도움 없이 그 애 혼자 처리했대요."

"그 애가 3서클이라고 들은 것 같은데?"

"맞아요. 그 애가 저에게 그렇게 말했어요."

"3서클이 6서클 기사단장과 최소 4서클인 기사들 십여 명을 혼자 죽였다고? 둘 중에 한 명은 거짓말을 한 것이 분명해."

"저도 믿기지 않았어요. 그래서 더 알아봤죠. 한데 자작의 저택에 있던 기사들이 침대가 흔들릴 정도로 큰 폭발을 감지하고 달려갔을 땐 이미 시체들뿐이었다고 일관성 있게 대답했어요. 물론 몇 가지 이상한 점은 있지만요."

"이상한 점이라니?"

"사건 현장을 직접 확인해 봤는데 사람이 산산조각 나고 대리석 바닥이 무너질 정도로 큰 폭발이 있었어요. 아빠가 6서클이라면 가능하겠어요?"

"어떤 계열의 마법인데?"

"방 안 구석구석 불탄 흔적이 보이는 걸로 봐선 화염계인 것 같아요."

말을 하던 젠느는 사건 현장을 봤을 때가 기억나서 자신도 모르게 인상을 썼다.

하녀들이 청소를 어느 정도 한 상태라고 했음에도 살펴보는 동안 몇 번 구토를 할 정도로 현장은 참혹했었다.

"폭발력까지 갖춘 화염 계열은 파이어 볼 정도인데… 7서클이라면 3중첩 파이어 볼로 충분히 가능해. 한데 6서클이라면 솔직히 자신 없다. 2중첩 파이어 볼을 난사한다면 모를까. 다른 의문은?"

"토우의 사인이에요. 그는 내부 장기가 탈 정도로 강력한 전격 계열의 마법에 당했어요."

"오호! 마법사의 경우 하위 마법에 어느 정도 내성을 가지고 있으니 6서클 마법에 당했다는 말이구나."

"네."

"답은 의외로 간단한데 뭘 그리 고민하고 있냐."

"아빠 아시겠어요?"

"아우스라는 애가 최소한 6서클 마법사인가 보지."

"피이~ 6서클이 되려면 최소한 18살은 넘어야 한다는 것을 모르진 않으시죠? 그리고 실제로 18살에 6서클이 된 사람은 피트 혼 앤티시아밖에 없었고요."

어떤 대답이 나올까 잔뜩 기대하던 젠느는 그럴 줄 알았다며 입을 삐죽였다.

"나이에 비해 어려 보이는 종족일 수도 있다고는 생각 안 해봤냐?"

"절대 아니에요!"

"그럼 어떻게 설명할 건데?"

"그건……."

'그러고 보니 감옥에 갇혔을 때 마나 디텍팅에도 걸리지 않았지.'

아우스가 자신에게 거짓말을 했다고 믿고 싶지 않아서 아니라고 소리쳤지만 모든 정황은 벤즌 백작의 말이 맞다고 가리키고 있었다.

생각에 빠진 젠느를 물끄러미 바라보던 벤즌 백작은 빙긋 웃으며 그녀를 생각의 늪에서 구해주었다.

"네 말대로 3서클의 소년 마법사일 가능성도 충분해. 마법 스크롤을 이용했을 수도 있고 다른 방법을 사용했을 수도 있으니까."

"그런가요?"

"그럼! 그리고 어차피 계속 그를 지켜봐야 하니 의문되는 건 천천히 알아보면 돼."

옳은 말이었다. 의문을 가지고 살펴보다 보면 언젠간 알 수 있을 것이다.

"가볼게요."

젠느는 차를 비우고 일어났다.

"저녁 먹고 내일 천천히 가지 그러냐?"

"정말이요?"

"예의상 한 말이다. 네 엄마랑 오붓한 시간 보낼 생각이니 얼른 가거라."

"하여간 아빤 엄마밖에 모른다니까요."

젠느는 자신을 내려주고 그 자리에서 대기 중인 마차로 향했다.

장난기 가득했던 벤즌 백작의 눈빛은 그녀가 돌아서 멀어지자 안쓰러운 눈빛으로 바뀌었다.

"불쌍한 것. 한창 행복할 나이에 홀로 되다니. 그나저나 조금 전에 예전 성년 무도회에서 사위를 처음 봤을 때와 같은 눈빛을 한 것 같은데……."

하나에 꽂히면 주위에서 어떤 반대를 해도 하고픈 대로 하는 젠느였다. 결혼도 양가가 모두 반대했음에도 결국하지 않았던가.

"에이~ 아닐 거야. 이젠 사춘기 소녀도 아닌데 두 번이나 비슷한 실수를 할 리가 없지."

젠느의 눈빛을 애써 머릿속에서 지우고 자리에서 일어난 벤즌 백작은 티 파티 중인 부인에게 가기 위해 서둘러 준비했다.

*   *   *

"크라운 시티다!"

길고 긴 상단 행렬 앞쪽에서 탄성에 가까운 외침이 들려왔다.

"에고, 드디어 목적지인가 보군."

짐이 가득한 수레를 끌던 폴락은 여정 중 친해진 봇짐 장수 스미스에게 말했다.

"설레발이야. 보인다 뿐이지 실제로 도착하려면 족히 2시간은 더 걸어야 해."

"수도라서 꽤 크긴 큰가 보네. 2시간 거리에서도 보인다니 말이야."

폴락은 수도인 크라운 시티에서 걸어서 이십 일 정도 걸리는 탄광촌에서 살았는데 지금까지 수도에 와본 적이 없었다.

"크다는 말로는 부족해. 황성과 내성만 하더라도 웬만한 영지보다 커. 외성은 한 바퀴 도는 데 만 꼬박 이틀이 걸릴 정도

지. 무엇보다도 외성 밖에 형성된 각종 시장과 마을은 한 달
동안 돌아다녀도 구경을 다 못 해."

"그래?"

폴락은 수긍하는 듯 대답했지만 스미스의 허풍이 심하다고
생각했다.

그러나 언덕에 올라서며 보이는 수도의 모습을 보고 그가
말한 것이 오히려 부족하다고 느껴졌다.

끊임없이 펼쳐진 건물들과 아득히 멀리 솟은 황성의 첨탑.
눈에 펼쳐진 광경이 수도의 한 면에 불과하다는 생각이 들자
기가 질릴 정도였다.

목표가 보이자 행렬의 발걸음은 한결 가벼워졌다.

"우와! 뭔 사람들이 이렇게 많아?!"

손톱만 하던 상자들이 2, 3층의 건물들이었음을 알았을 때
야 대로에 들어설 수 있었다. 그리고 그 대로 위에는 소로에
서 모인 수많은 사람이 오가고 있었다.

"앞 사람을 잘 봐. 두리번거리다가 매번 다른 행렬을 따라
가는 사람이 꼭 있다니까. 저기 용병대가 들고 있는 깃발 보이
지? 저 깃발을 꼭 기억해. 혹 길을 잃었을 때 깃발만 설명해도
안내해 주는 사람이 있을 테니까."

"아, 알았네."

폴락은 대도시의 번잡함에 정신이 없었다. 그래서 행여나
일행을 놓칠까 앞 사람과 용병대의 깃발만 보며 걸었다.

대로를 걷자 그가 사는 마을보다 큰 광장이 나왔다. 한데 광장의 크기만큼 많은 사람이 있어 오히려 좁게 느껴졌다.

"자자, 이쪽으로 모이십시오. 이곳은 외성 밖 동쪽 광장입니다. 기억하세요. 동쪽 광장! 그리고 저희는 돌풍와이번 용병단 1중대입니다. 일주일 뒤 왔던 그대로 돌아갈 예정이니 같이 가실 분들은 이곳으로 와주십시오."

용병단도 시대에 맞게 변화하고 있었다.

정기적으로 한곳을 왔다 갔다 하면서 중간중간 합류하는 상인들에게 거리만큼 돈을 받는 역마차형과 고객이 원하는 곳을 가는 일반형이 있었는데 돌풍와이번 용병단은 역마차형이었다.

"…크라운 시티에서 즐거운 시간 보내시기 바랍니다. 그럼 해산!"

혹시 합류 못 했을 땐 어떻게 해야 하는지 등의 몇 가지 주의 사항을 설명하고 용병대 대장은 해산을 선포했다.

그 말에 상인들이 일제히 흩어지고, 폴락은 어찌할 바를 몰라 멍하니 서 있었다.

그런 그를 놔두고 가기 불안했는지 스미스가 물었다.

"자네, 묵을 곳은 알아뒀나?"

"아, 아니. 일단 물건 고칠 데를 알아보고 난 뒤에 찾아보려고."

"그 큰 수레를 끌고? 웬만한 길은 수레를 끌고 가기 힘들어.

그리고 아차 하면 나쁜 놈들에게 다 빼앗기는 수도 있어."

"그럼 어쩌지?"

그의 수레에 실린 것은 마을 전체의 물건이었다.

"쯧쯧! 내가 가르쳐 줄 테니 따라오게. 저녁에 술 한잔 사는
거 잊지 말고."

"물론이지! 내일도 사겠네."

폴락은 시원하게 대답을 하며 스미스의 뒤를 따랐다. 물론
그는 스미스를 완전히 믿고 있지 않았다. 으쓱한 곳으로 간다
면 핑계를 대고 홀로 움직일 생각이었다.

한데 스미스는 광장을 벗어나 1분도 되지 않는 큰길 옆의
여관으로 그를 안내했다.

"여긴가?"

"그래. 광장을 중심으로 멀어질수록 여관비가 싸지긴 하지
만 돈 몇 푼 아끼려다 좆 되는 수가 있어. 웬만큼 수도에 익숙
하지 않으면 가급적 가까운 곳을 구해. 그리고 여관에 따라
물건을 책임지고 맡아주는 곳이 있는데 이곳이 바로 그런 곳
이야."

다소 좁게 느껴지는 입구와 달리 여관은 상당히 컸다. 물건
을 보관해 주는 창고에, 마구간, 음식점도 함께 운영하고 있었
다.

"한마디 덧붙이자면 시장에서 직접 팔 물건이 아니라 도매
로 넘길 물건이라면 샘플로 한두 개만 들고 다녀. 그리고 살

사람이 있으면 꼭 여관에서 팔아넘기는 걸로 하고."

"고쳐야 할 물건은 어떻게 하지?"

"똑같이 해. 샘플을 보여주고 고칠 수량을 말해주면 그들이 알아서 가지러 올 거야. 참! 가게 위치와 영수증, 등록 번호는 꼭 확인하고."

"꼭 그렇게 하지. 고맙네, 스미스. 자네가 아니었으면 큰 곤욕을 치렀을지도 모르겠군."

"사기를 당하면서 배운 거야. 그놈들에게 또 당하는 사람이 없도록 경고를 해주는 게 놈들에 대한 나의 작은 복수지. 난 좀 쉬었다가 나가봐야 하니 자네는 내 말 명심하고 일보게."

폴락은 스미스를 의심했던 것이 미안했다.

'코가 삐뚤어질 때까지 술을 사줘야겠군.'

그는 방으로 들어가는 스미스에게 고맙다는 인사를 한 후 창고로 가 고쳐야 할 물건과 팔 물건 몇 개를 챙겨서 광장으로 나갔다.

"…근데 형제 마법 용품 수리점을 어떻게 찾지?"

마을에 오는 상인에게 채광 기계를 잘 고치는 곳이 수도에 있다는 얘기를 듣고 무작정 이곳에 왔다.

한데 어디로 갈지 갈피를 잡을 수 없었다.

몇 명에게 용기를 내 물어봤지만 모두 고개를 저을 뿐이었다.

가만히 있으면 안 되겠다 싶어 아무 곳으로나 움직여 볼까

했는데 누군가가 그의 허벅지를 쿡쿡 찔렀다.

"아저씨, 어디 찾아요?"

꾀죄죄한 옷을 입은, 허리춤에도 오지 않는 꼬마였다.

"에이~ 그런 눈으로 보지 마세요. 이래봬도 외성 밖의 지리에 대해선 누구보다 잘 아니까요."

"형제 마법 용품 수리점이라고 아냐?"

속는 셈치고 물었다.

"아저씨 운 좋네요. 잘 알아요. 거리가 제법 되지만 20쿠퍼면 돼요."

당돌하게 손을 내미는 모습에 집에 있는 아이들이 생각나 동전을 쥐어줬다.

"따라오세요."

꼬마는 돈을 손에 쥐자마자 날랜 걸음으로 걷기 시작했다. 꼬마가 세 걸음 걸을 동안 한 걸음만 걸으면 되는데도 쫓아가기 바빴다.

'이런! 꼬마라고 너무 방심했나?'

한참 쫓다 보니 사람들의 왕래가 거의 없는 골목에 서 있었다. 자연 걸음이 늦어졌다.

한데 꼬마는 뒤를 돌아보며 그가 무슨 생각을 하는지 안다는 듯 말을 했다.

"지름길이에요. 바로 저기 골목만 돌면 마법 용품 수리점이니까 직접 확인해 보세요."

어차피 자신이 어디에 있는지도 몰랐기에· 최대한 조심하며 골목을 돌았다.

'수리점 골목'이라는 간판과 함께 수많은 가게가 좌우로 늘어서 있었다.

폴락은 머리를 긁적이며 사과했다.

"미안하다. 아저씨가 이곳이 처음이라 조심할 수밖에 없었다."

"이해해요. 어떤 소문이 돌고 있는지 알고 있으니까요. 근데 너무 걱정할 필요 없어요. 요즘 열심히만 하면 먹고살 수 있으니 목숨을 걸고 강도 짓 하려는 사람은 드물어요. 자, 따라오세요."

수리점 골목은 많은 사람으로 북적이고 있었다. 그를 안내하는 것처럼 다른 사람들을 안내하는 꼬마들이 꽤 많이 오가고 있었다.

마법 물품들이 여기저기 쌓여 있는 것이 신기해 주변을 두리번거리며 따라가던 중 형제 수리점이라는 곳이 보였다.

"꼬마야, 여기 있다."

"아저씨가 찾는 곳은 아마 거기가 아닐 거예요. 간판들을 자세히 보세요."

"그게 무슨 말이냐? 분명 형제 수리점이라고… 아! 저기도, 저기도."

형제 수리점은 상당히 많았다. 꼬마의 말처럼 자세히 보니

'원조', '진짜', '보들과 보밀의' 등 따위의 수식어가 작게 써져 있었다.

무슨 영문인가 싶었지만 일단 꼬마가 안내한 곳까지 갔다. 수리점 거리 끝에 이르러서야 꼬마는 멈췄다.

"여기예요. 들어오세요."

수식어가 없는 '형제 마법 용품 수리점'이라는 간판이 보였다.

"지온 형! 손님 모셔왔어!"

꽤 넓은 가게엔 두 명의 청년이 수리를 하고 있었다. 꼬마의 말에 한 명이 폴락을 흘낏 보곤 그에게 10쿠퍼짜리 동전을 몇 개 집어주는 모습이 보였다.

'아! 꼬마가 삐끼였구나.'

비로소 상당수의 꼬마들이 손님을 데리고 오가는 모습이 이해가 됐다. 그리고 왠지 모르게 속은 듯한 느낌이 들었다.

"무엇을 도와 드릴까요?"

꼬마가 사라지자 지온이라 불린 청년이 물었다.

폴락이 보기에 지온은 실력이 좋다하기엔 어려 보였고 눈이 빠르게 움직이는 것이 사기꾼처럼 느껴졌다.

그냥 나갈까 하다가 이왕 온 거 물어나 보자는 생각에 등에 메고 있던 채광 기계를 꺼냈다.

'내가 어수룩하게 보인다고 사기를 칠 생각이라면 어림도 없다, 이놈들!'

마을에서 장사로 통하는 그였다. 그 무거운 수레를 이끌고 홀로 20일 동안 끌고 오지 않았던가.

혹시 문제가 생긴다면 힘으로 뚫고 갈 생각이었다.

"음, 큰 공장 제품이 아닌 소규모 공장에서 카피를 한 채굴기네요. 제련이 제대로 되지 않은 쇠를 사용해서 조금만 사용해도 잡아주는 축이 깨져 버리죠."

"고치는 데 얼마나… 할까요?"

"새로 사는 게 좋을 것 같긴 한데, 이 정도면 수리비가 1금 20은 정도는 될 것 같은데요."

"네에?! 새 제품이 2금 90은인데 수리비가 1금 20은이라니!"

"이건 사실 새로 만드는 거나 다름없어요. 이 제품에서 쓸모 있는 것이라곤 손잡이랑 정밖에 없어요. 나머진 고철이에요."

상인의 말로 수리비가 비싸다고 했었다. 그러나 비싸봐야 1금 정도라고 생각했다.

깎아볼까 하다가 일단 다른 곳에 들러 가격을 알아보기로 했다. 자신이 들었었던 형제 수리점이 이 집이라는 확신이 없었다.

"돌아보고 다시 들를게요."

물건을 들고 나가려는 순간, 문 앞을 막아서는 남자가 있었다.

'이놈들 드디어 마수를……!!'

꿀꺽!

각오를 하고 있었기에 왜 막냐고 소리를 지르려고 했다. 한데 남자를 자세히 본 순간 말을 삼키듯 침을 삼켰다.

눈앞의 사내는 190센티미터가 훌쩍 넘는 키에 광산 일로 다져진 폴락이 왜소해 보일 정도로 덩치가 좋았다.

덩치가 좋다고 반드시 힘이 좋으란 법은 없었다. 그러나 허리에 찬 대검이 유독 눈에 띄었다.

이대로 당하고 마는 건가 싶었을 때 가게를 기웃거리는 사람들이 제법 보였다.

그에 약간의 용기를 얻었다.

"다른 데 둘러보고 오겠다는데 문을 막아서다니 이게 무슨 짓입니까!"

그는 많은 사람이 들으라는 듯 큰 소리로 외쳤다.

*   *   *

"…제국의 3대 마탑 중 프롯텐 마탑의 3대 마탑주였던 카란 대마법사는 마나가 순수하게 하나의 물질로 이루어진 것이 아니라 중심 입자와 그 주변을 도는 몇 개의 입자로 이루어졌다는 마나 입자론을 주장했다. 그의 이론에 따르면 그 입자 중 하나가 가까워지면 열기를 발생시키고, 멀어지면 냉기를 발생시킨다고 했다. 즉, 마법이란 그 입자를 움직이는 명령어라는 뜻이다. 빛과 어둠, 시간, 공간, 바람 등에 대해서도 같은 이론으로……."

노교수의 자장가 같은 목소리에 강의실에서 멀쩡한 사람은 나밖에 없었다.

물론 이런 대단한 기적을 만드는 데는 수강생들이 없다는 것도 한몫했다.

나를 포함해 다섯 명.

눈이 나쁜 건지 아님 나이가 들어 옅어져 가는 기억을 되살리기 위해 자신이 읽었던 이론서를 곱씹는 건지 모르지만 그는 개의치 않고 계속 강의하고 있었다.

뎅~ 뎅~ 뎅~

수업이 끝났음을 알리는 종소리가 들렸다.

학생들은 잠에서 깼고 노교수는 두 시간 내내 쉬지 않고 내뱉던 강의를 멈췄다.

"다음 시간엔 본 제국의 이론을 끝내고 발칸 제국 마탑에서 나온 이론들을 공부하기로 하지. 도서관에 찾아보면 자료가 있을 테니 한 번씩 읽어볼 수 있도록."

도대체 누구한테 얘기하는 건지 모르겠다.

나를 제외하곤 이미 학생들은 없었다. 즉, 예의상이라도 대답할 사람은 나뿐이라는 얘기.

"네! 다르트 교수님!"

난 다섯 명분의 목소리로 대답했다.

그의 강의에 대단한 감명을 받았다거나 한 건 아니었다. 그러나 한두 가지 건질 것은 있었다.

주섬주섬 책을 챙기던 교수는 기대하지 않았던 대답이 나와서인지 눈을 찌푸리며 물끄러미 바라보았다.

그 탓에 번개처럼 뛰어나가려던 계획은 잠시 미뤄야 했다.

"…네가 아우스라는 아이인가 보구나."

성년이 된 지도 2년이 지났고 키도 훌쩍 커 내려다보는 일이 많아진 내가 아이라니…….

역시 눈이 나쁜 게 틀림없다.

"교수님이 어떻게 제 이름을 아십니까? 정식 수강생도 아닌데요."

"웬 녀석이 아카데미의 마법 수업이란 수업은 다 듣고 다닌다는 얘기를 우연히 들었거든."

"하하! 제가 청강 성애자라서… 불편하셨다면 다음부턴 몰래 듣고 조용히 사라지겠습니다."

"아무도 관심을 가지지 않은 내 강의에 건질 게 있었나 보구나."

"건지다니요. 아주 좋은 강의였습니다."

아카데미 생활 3년은 날 아주 예의 바른 청년으로 만들어 주었다.

"클클클! 듣기 싫은 말은 아니구나. 뭘 얻으려고 그리 헤매는지 모르겠지만 내 방에 많은 책과 연구서들이 있으니 필요하다면 보러 오려무나."

다르트 교수는 마치 내가 왜 마법 강의란 강의는 다 듣고 다니는 걸 아는 듯 그렇게 중얼거린 후 천천히 강의실을 나갔다.

"저 나이가 되면 뭔가 보이는 건가?"

내가 산 날을 따져보면 다르트 교수보다 더 오래 살았을 것이다. 그러나 경험이나 지식은 어떨지 모르지만 스무 살까지 몇 번을 살았든 내 생각은 스무 살에 고정되어 있었다.

"이크~ 이러다 늦겠다. 서둘러야겠네."

가야 할 곳이 있었다.

"아우스! 어디 가?"

건물을 빠져나와 아카데미 입구 쪽으로 가고 있는데 부르는 소리가 들렸다.

"누구… 였지?"

돌아보니 낯이 무척 익은 여자였다. 한데 확실하게 누구인지 떠오르지 않았다.

뮤트 제국의 현 황제는 내가 입학을 하던 해부터 어떤 이유에서인지 황립 아카데미의 입학을 강제하고, 능력만 된다면 귀족이 아니어도 입학이 가능하다는 제한을 없앴다.

그래서일까, 제국에서 돈이 좀 있다 하는 이들의 자제들과 능력이 뛰어나다고 생각하는 이들이 일제히 수도로 몰려들었다.

황제는 분명 황립 아카데미의 명성—나 역시 입학하고 알았지만—을 간과했음에 틀림없었다.

제국을 이끄는 이들 중 90퍼센트가 황립 아카데미 출신들이고 극히 일부를 제외하고는 대부분의 귀족 자제들 또한 황실 아카데미 출신들이었으니 말해 무엇 하겠는가.

황립 아카데미뿐만 아니라 수도 외성의 기능이 마비되는 기적을 경험하고 나서야 입학 인원을 몇 년 동안 분산시키겠다는 칙령이 내려졌다.

많은 이가 입학 번호표를 받고 돌아감으로써 다행히 외성의 기능이 돌아왔다. 그러나 아카데미는 평년에 비해 수용 가능한 인원까지 학생을 받아야 했다.

내가 입학한 마법학부의 경우만 하더라도 그 해 입학한 학생이 2,000명이 넘었으니 얼굴을 기억한다는 것만으로도 기적이었다.

"…기억 안 나? 2학년 화염 마법 실습에서 같은 조로 프로젝트를 수행했었잖아."

"그리 말하니 기억난다. 근데 이름은… 미안, 작년에 너무 많은 수업을 들어서인지 이름은 생각이 안 난다."

2학년 때 하루 종일 수업만 들었다.

개인적인 마법에 대한 갈망 때문이기도 했지만 2학년 때 월반이 있음을 알고 하루라도 빨리 아카데미를 조기 졸업하고자 그리했다.

그 덕에 난 현재 4학년이었고 올 여름에 졸업이었다.

"조금 서운하긴 하지만 이해해. 내 이름은 자넷이야."

"아! 자넷 나하트! 신흥 귀족인 한슨 남작의 영애."

확실히 기억났다.

공부는 뒷전이고 배경 좋은 남자만 쫓아다녀서 프로젝트에 하등 도움이 되지 않았던 여자.

"기억하는구나! 그래, 나 자넷 나하트야."

내가 성까지 말하자 활짝 웃었다. 그러나 난 오히려 몰랐을 때보다 더 건조하게 물었다.

"그런데?"

"…으, 응. 다름이 아니라 이번 봄 무도회에 갈 파트너가 없다면……."

"있어. 미안하지만 이만 가볼게. 약속 시간에 늦어서 말이야."

자넷의 대답을 기다리지 않고 바로 지나쳤다. 뭔가 웅얼거리며 불만을 말하는 것 같긴 했지만 무시했다.

"벌써 봄 무도회 기간인가. 수업이 없으니 일이나 해야겠다."

봄 무도회는 1년간 공부하느라 고생한 학생들을 위한 행사로 일주일간 열렸다.

공부보단 즐기기 바빴던 1학년 땐 처음 겪는 일이라 일주일 내내 참석했지만 지금은 수업이나 들었으면 하는 생각이다.

쓸데없이 넓은 캠퍼스를 가로질러 아카데미 입구에 이르렀을 때 또 다른 여자의 목소리가 들렸다.

"뺀질이!"

날 부르는 별명만으로도 누군지 알 수 있었다.

"범생이, 날 기다린 거냐?"

에리카, 성이 없는 평민인지 감추고 있는 건지 모르지만 1학년 때부터 단 한 번도 1등을 놓쳐본 적이 천재로 사사건건 부딪히는 여자였다.

작년 겨울에 졸업 학점을 이수해 졸업장까지 받은 여자가 왜 아카데미에 남아 있는지 모를 일이었다.

"응."

"설마 검술 시간에 있었던 일 때문에 온 거야? 정말 끈질기네. 그때도 말했지만 난 내가 할 수 있는 최선의 검술을 펼쳤어."

검술 시간에 그녀와 대련을 했는데 졌었다. 검술 사범에게 자신보다 뛰어나다는 평을 듣는 그녀였으니 당연했다.

근데 최선을 다하지 않았다고 다짜고짜 화를 내며 따지는 바람에 마치 내가 대단한 실력을 숨긴 사람처럼 되어버렸다.

"아! 그 일도 있었구나."

"…그 때문에 사범이 이상한 눈으로 보는 바람에 얼마나 곤란했는지 알아."

"난 너처럼 뒤끝이 있지 않아."

"이……! 휴우~ 됐다. 너랑 얘기하다 보면 내가 이상해지는 것 같아. 할 얘기 있음 얼른 해. 시간 없어."

"무도회 파트너 구했어?"

"응……?"

잘못 들었는지 내 귀를 의심했다. 그러나 이어지는 말에 잘못 들은 게 아님을 알 수 있었다.

"없으면 나랑 파트너 하자."

"…너 어디 아프냐?"

"지극히 정상이야. 튕기다 후회하지 말고 마지막 날 5시에 여기에서 만나."

에리카는 나만큼은 아니지만 많은 수업을 들었다. 그러다 보니 아카데미에 다니는 어떤 누구보다도 얼굴을 자주 볼 수밖에 없었다.

그러나 그뿐이었다.

얘기는 자주 했지만 친하기는커녕 오히려 1학년 때 내가 놀던 모습을 보고 뺀질이라는 별명까지 지어줬던 그녀 아닌가.

"……."

어이가 없어 잠시 할 말을 잊었다.

"무언은 긍정이라고 했지. 그럼 허락한 걸로 알게. 무도회 여기서 만나."

"야! 어이가 없어서 말을 못 했을 뿐이야! 내 멋대로 생각하지 마! 야! 야! 내 말 듣고 있는 거야?! 난 분명 거절했다."

에리카는 귀에 오우거 거시기를 박았는지는 묵묵히 제 갈 길을 갈 뿐이었다.

"휴~ 쟨 도대체 무슨 생각인 거야."

그저 무시하면 되는 일.

이유를 생각하기도 귀찮았다.

"자택으로 가십니까, 아우스 자작님."

출구로 다가가자 출입을 통제하는 기사들과 병사들이 고개를 숙였다.

원래 아카데미는 직위의 높고 낮음이 없고 방학이 되기 전까진 절대 나갈 수 없는 곳이었다.

그러나 난 자작가의 일을 본다는 핑계로 출퇴근을 허락받고 입학한 경우였다.

"고생들 많아요."

귀족답게 한마디 해주고 출구를 빠져나갔다.

출구에서 조금 떨어진 곳에 기다리고 있던 마차를 탔다. 마차는 내성에 위치한 자작의 저택이 아닌 외성으로 향했다.

마차에서 자작가 기사 옷으로 갈아입은 나는 같이 탑승한 기사에게 말했다.

"밤에 저택으로 갈 테니 무슨 일 있으면 보내세요."

"알겠습니다, 자작님. 조심히 다녀오십시오."

3년간 반복했던 일인지라 어딜 가는지, 왜 가는지, 뭘 하는지 전혀 묻지 않았다.

마차에서 내려 외성 서쪽 성문으로 다가가자 담당 기사가 반갑게 인사했다.

"팔린, 오늘도 외성 밖에 처자 꾀러 가나?"

미들네임을 가명으로 쓰고 있었다.

"파오 경도 참, 누가 들으면 제가 만날 계집질하는 줄 알겠습니다. 오늘은 자작님 심부름 갑니다."

"풉! 겸사겠지. 들어올 때 야시장 간식거리 사오는 거 잊지 말게."

"돈은 주시는 겁니까?"

"내 주머니 사정 빤히 알면서. 부잣집 아가씨와 사귀려면 돈이 많이 들잖아. 그리고 병사들이 무슨 돈이 있겠나. 안 그런가?"

"허허허! 자식들 먹이고 입히다 보면 한 달에 술 한 잔 먹기도 빠듯하죠."

중년의 병사까지 나서니 별수 없었다.

"네네, 어련들 하겠어요."

처음엔 친해지기 위해 사줬지만 지금은 너무 친해져서 거절을 못 했다.

외성을 나오자마자 걸음을 재촉했다.

두 여자 때문에 약간 늦어 지온의 잔소리를 피할 길이 없어 보였다.

'어라? 가게 앞에 웬 사람들이?'

뭔가 싶어 다가가니 손님 한 명이 몰린에게 소리를 치고 있었다.

*　　　*　　　*

"비싼 거 같아 다른 곳도 둘러보겠다는데 이, 이런 식으로 위협을 해도 되는 …겁니까?"

손님은 큰 소리로 외치고 있었지만 목소리가 떨리고 눈동자가 쉴 새 없이 움직이는 것이 겁을 내고 있다는 걸 알았다.

'쯧! 몰린 녀석, 얼어버렸군. 비켜서든가 아니라고 말을 할 것이지.'

대충 상황을 파악할 수 있었다.

시끄러워져 봐야 좋을 것이 없었기에 얼른 나섰다.

한데 내가 나서자 반색하며 좋아하는 건 손님 쪽이었다.

"기사님! 잘 오셨습니다. 제 말 좀 들어주십시오. 글쎄 제가 물건을 고치지 않고 가겠다니 이렇게 입구를 막고 강압적인 태도를 보이고 있습니다."

수도 치안대 기사인 줄 알았나 보다.

"자자, 진정하세요. 몰린! 그렇게 얼어 있지 말고 안쪽으로 들어가든가 비켜서 있어."

"…응, 알았어."

몰린은 더듬거리는 말투는 고쳤지만 사건 당시 트라우마

때문인지 크게 소리치는 성인 남자를 보면 얼어붙어 버렸다.

손님에게 몰린에 대해 간단한 설명을 하며 오해였음을 피력했다.

"그, 그렇군요. 기사님이 그리 말씀하시니 그리 알겠습니다. 그럼 전 이만."

내가 가게에 대해 잘 안다고 생각해서인지 손님은 오해를 푼 표정이 아니라 가재는 게 편이라는 표정으로 수긍했다.

오해를 풀어주고 싶었다. 그러나 지금은 말해봐야 통하지 않을 것 같았다.

"지온, 어떻게 된 거야?"

손님이 나간 후 지온에게 물었다.

"데리고 온 애한테 몇 푼 집어준 걸 보고 오해했나 봐. 한두 번 있는 일도 아닌데, 뭘. 그나저나 오늘은 좀 늦었다?"

"…하하! 일이 있어서. 자자, 너희들은 들어가 봐야 하니 얼른 저녁 먹자. 오늘은 뭘 먹을까?"

"하여간 말 돌리는 거 하곤. 저녁은 시켜놓을 테니까 얼른 옷 갈아입고 와."

기사 복장을 하고 일을 할 순 없었다.

몰린과 함께 옷을 갈아입고 나오자 곧 저녁이 배달되어 왔다.

"리브 형은 오늘도 늦나 보네."

모리스는 비어 있는 의자를 보며 말했다.

수도에 도착하고 한동안 고민에 빠져 있던 리브는 돌연 제국 군사학교에 입학을 했다.

추천인이 필요했지만 자작인 내가 있으니 문제될 것이 없었다.

"듣기론 오늘부터 일주일간 야간 훈련이 있대."

어제 리브가 해줬던 말을 전해줬다.

"힘들겠다. 근데 살틴 형은 잘 있으려나?"

"그 자식 얘긴 하지도 마. 떠난다고 했으면 멀리 가든가. 그것도 아니면 사고를 치지 말든가. 사고는 그 자식이 치고 그 피해는 왜 우리가 겪어야 하는 건데!"

모리스의 물음에 지온이 버럭 화를 냈다.

그럴 만한 것이 떠날 것 같던 리브는 남았지만 함께할 것 같던 살틴은 마법을 배우자마자 집을 떠났다. 한데 크라운 시티 암흑가의 한 조직으로 들어간 것이다.

여기까지는 문제가 없었다. 근데 조직끼리의 싸움에 가게가 휘말려 버렸다.

"진정해. 살틴 형이 그러고 싶어 그랬겠냐. 자자! 다 먹었으면 이제부터 우리가 맡을 테니까 얼른 들어가. 수련하는 거 잊지 말고."

수도에 도착하자마자 모두에게 서클을 만들어주었다.

재능이 거의 없는 모리스는 여전히 1서클이었고 평범한 지온은 2서클, 타고난 몰린과 평범하다고 생각했던 리브가 3서클이 되었다.

4서클부터 노력 여하에 따라 다르겠지만 3서클까지만 되도 먹고사는 건 걱정이 없을 것 같아 매일 수련할 것을 강조했다.

"이쪽은 활성화시킬 것들. 이쪽은 마법진을 그려야 할 것들. 급한 것들과 주문이 복잡한 것은 쪽지를 붙여뒀으니 확인하고 오늘 내로 끝내줘. 우린 간다."

지온과 모리스가 떠나고 몰린과 나는 가장 먼저 활성화할 물건에 마나를 불어넣었다.

"아우스, 활성화는 네가 좀 하면 안 될까? 오늘 훈련을 하느라고 두 번이나 마나가 바닥이 나서인지 기분이 이상해. 난 마법진 그릴게."

"그렇게 해."

선척적으로 마나 친화력이 좋은 몰린은 마법적인 재능도 뛰어났지만 하단전 개발을 위해 검술 학교를 갔다가 검술에 더 타고난 재능이 있음을 알게 되었다.

그래서 기초만 다지고 마법에 집중시키려던 생각을 바꿔 지금까지 꾸준히 그곳을 다니고 있었다.

"검술은 재미있어?"

"응. 사범님이 칭찬을 많이 해주시니 더 재미있는 것 같아."

"다행이네. 그렇다고 마법을 소홀히 하지 마. 먹고사는 데 이만한 것도 없어."

몰린이 기사가 될 거라 생각하고 검술을 가르치는 건 아니었다. 그저 위험이 닥쳤을 때 제 한 몸 지키라고 보내는 것이었다.

"알아."

"내일 새벽에 간만에 얼마나 늘었는지 대련해 볼까?"

"시, 싫어! 너, 넌 너무 이상한 검술을 사용해."

당황하면 말을 더듬는 건 여전했다.

"순수 기사가 몇 명이나 된다고. 요즘은 대부분 마법과 함께 쓰잖아."

"돼, 됐어. 너, 넌 전혀 일반적이지 않아."

"잔소리 말고 내일 새벽에 저택으로 와. 얼마나 늘었는지 직접 확인할 테니까."

"히잉!"

"30분만 버티면 사달라는 음식 마음대로 사줄게."

"그렇다면 좋아!"

여전히 어리광을 부리고, 여전히 먹을 것을 좋아하는 몰린이지만 뭔가를 결심할 땐 제법 청년 티가 났다.

활성화를 다 마치고 마법진을 새기려 할 때 소란스러운 소리가 들렸다.

하루에도 몇 번씩은 일어나는 일이었기에 무시하려 했는데 아까 들었던 목소리라 일어나 밖으로 나갔다.

우당탕!

아까 들렀던 손님이 한 가게에서 요란스럽게 튕겨져 나왔다.

"이 양반, 완전 상습적이네. 도대체 얼마나 깎아줘야 만족을 하는 거요, 응?! 그리고 고친다고 해서 기껏 무거운 물건을 들고 왔더니 그냥 가져간다고! 지금 장난하는 거야, 뭐야!"

키는 작았지만 옆으로는 몰린만큼 덩치가 큰 가게 주인이 나오면서 버럭버럭 소리를 질렀다.

"쯧! 또 저 인간들이군."

보들과 보밀.

실력보단 등을 쳐서 살아가는 전형적인 쓰레기 장사치로 외성 밖 치안대 대장과 친해 매번 일을 무마하는 자들이었다.

"내가 언제 그랬소! 물건을 가져와선 생각보다 더 망가졌다고 가격을 올려 받으려 해서 그냥 가져간다는 거 아니오! 내 당장 신고할 겁니다."

"해! 하라고! 누가 겁낼 줄 알고? 가장 멀쩡한 걸로 가격을 흥정해 놓고 엉망인 물건을 그 가격에 고치려는 하다니, 이거 순 도둑놈 아냐. 그래, 신고해. 과연 누구의 손을 들어줄지 치안대에 물어보자."

보들이 강하게 나가자 손님은 어찌할 바를 모르겠는지 꽤 당황하고 있었다.

불쌍하긴 했지만 다른 사람의 장사에 끼어들지 않는 것이 상가의 불문율이었다.

돌아서 안으로 들어가려는데 이어지는 보들의 말에 걸음을 멈췄다.

"하여간 광산 것들은 굴 파던 힘을 믿고 안하무인이라니까. 아무튼 물건 찾아가고 싶으면 2금, 아니, 날 밀치는 바람에 어깨가 이상하니 3금을 내놓든가, 아님 경비대에 신고를 하든가 네 맘대로 해. 젠장! 재수가 없으려니."

광산 노예였던 경험 때문일까 광산에서 일한다는 이들만 보면 왠지 마음이 더 갔다.

"2금으로 해요."

"뭐야! 어… 너, 당신은 안쪽에 있는 꼬맹이들 가게의……."

보들은 누가 간섭을 했다는 생각에 인상을 쓰며 돌아섰다가 나를 발견하곤 말을 흐렸다.

내가 기사 복장을 하고 다니는 걸 못 본 사람은 이 상가 골목에서 없을 것이다. 그래서일까 그는 높임말을 썼다.

"아님, 외성 경비대에 신고할까요?"

외성 밖과 외성 안의 경비대장은 직위가 달랐다.

"…상가에는 상가의 규칙이 있… 습니다만."

"알아요. 그래서 방금 당신이 제시한 2금을 주겠다는 겁니다. 댁이 어깨를 다쳤다는 주장을 했지만 이쪽도 멀쩡한 것 같진 않으니까요."

난 떠날 사람이지만 이곳에 남아야 할 사람도 있으니 좋게 해결하고 싶었다.

"그럼 알아들은 걸로 하죠."

난 2금을 꺼내 보들에게 던져줬다. 그리고 넘어진 사내를 부축해 일으켰다.

"가, 감사합니다."

"신경 쓰지 마세요. 물건은 제대로 챙겨서 돌아가시고요."

광산 사내가 물건을 챙기는 걸 보고 돌아섰다. 한데 좋게 해결하긴 힘들 말이 들려왔다.

"퉤! 24시간 꼬맹이들을 지키고 있어야 할 겁니다. 이 동네 보기보다 험해서… 커컥! 크윽!"

보들은 무형의 힘에 없다시피 한 목이 잡혔는지 말을 못 했다. 그리고 곧 공중으로 떠올랐다.

"뭐야! 어떤 씨발 놈이 우리 형님을… 큭!"

갑작스러운 상황에 검을 들고 뛰쳐나오던 보밀 또한 보들과 같은 신세가 되었다.

"조금 전에 뭐라고 했지? 다시 말해봐."

"무, 무슨…….."

"24시간 내 친구들을 지켜야 한다는 말. 내가 그딴 귀찮은 일을 할 거 같아?"

난 무형의 힘에 마나를 더했다.

"크큭! 큭!"

"네가 네놈들이 죽이면 경비대장이 과연 날 체포할지 아님 네놈 시체에 침을 뱉을지 알아볼까?"

"아, 아닙니다. 크윽! 자, 자비를……!"

"내가 왜? 네놈들이 꼴리는 대로 사는 것이 보기 좋아 나도 그렇게 살아볼까 하는데."

"제, 제발……."

"할 일도 많은데 쓸데없는 데 마나를 썼네. 돈으로 치면 얼마 정도의 가치가 될까?"

"도, 돌려 드리겠습니다."

보들은 호주머니에서 내가 준 2금을 꺼냈고 금화는 날개라도 달린 듯 내 호주머니로 들어왔다.

"네놈들 혼자만 장사하는 곳이 아니잖아. 그러니 조용히 장사해. 한 번만 더 소란스럽게 하면 그땐 경고만으로 끝내지 않을 테니까."

마나를 끊자 무형의 힘이 사라졌다.

"푸하아아! 컥컥!"

바닥으로 떨어지는 두 명에게 눈빛으로 다시 한 번 경고하고 뒤돌아서 가게로 돌아갔다.

"언제 봐도 신기한 기술이야."

몰린이 엄지를 내밀며 말했다.

"다 봤냐?"

"네가 나가고 시끄럽던 인간들이 조용해지는데 가만히 있을 수가 있어야지. 근데 그건 어떻게 하는 거야?"

"서클을 올리면 너도 할 수 있어."

"그래? 히히, 얼른 나도 서클을 올려야겠다."

"열심히 해."

몰린과 시시덕거리며 마법진을 새기고 있는데 헛기침 소리가 들렸다.

"험험!"

아까 광산에서 일한다는 사내였다.

"조금 전에 감사합니다."

"괜찮습니다. 짐은 잘 챙기셨죠?"

"덕분에요. …근데 제 물건 여기에 수리를 맡겨도 괜찮겠습니까?"

"조금 전의 일 때문이라면 굳이 안 하셔도 됩니다."

"아, 아니, 그 때문이 아닙니다. 제가 찾던 형제 수리점이 이곳인 것 같아서……."

"그렇습니까? 들어오세요. 일단 비용을 산정해 보죠."

어디를 고치고 비용이 얼마나 들어가는지 꼼꼼히 설명했다. 수리할 물량이 많다는 점에 20은을 에누리해서 개당 1금으로 수리를 맡기로 했다.

"내일 새벽에 봐, 아우스."

"그래, 편히 쉬어."

지온이 맡긴 일을 모두 끝마치고 몰린을 보냈다.

난 만날 사람이 있어 오늘 맡게 된 채굴 기계를 하나씩 분해하며 기다렸다.

절반쯤 분해했을 때 불 꺼진 상가 골목으로 누군가가 다가오는 게 느껴졌다.

발소리도 없이 다가온 그는 내 앞자리에 앉았다.

"조금 늦었습니다."

"괜찮습니다. 차 드릴까요?"

"자작님을 번거롭게 해드릴 수야 없죠. 시원한 물이나 있으면 한 잔 부탁드리겠습니다."

앞에 앉은 30대 중반의 사내는 외성 밖의 암흑가를 주무르고 있는 블랙이라 불리는 사내였다.

컵에 물을 따르고 아이스 마법을 사용해 시원하게 만들어 건넸다.

"마법은 언제 봐도 신기합니다."

"내겐 블랙 님의 소리 없이 걷는 캣 워크가 더 신기합니다만."

"하하하! 오늘 보들, 보밀 형제에게 선보였던 마법만큼 하겠습니까?"

"불과 2시간 전에 있었던 일까지 알고 아카데미 안에 있는 내게 만나자는 편지를 전달하다니, 어째 갈수록 정보력이 대단하네요. 축하합니다."

외성 밖이야 그의 영역이라 할 수 있으니 알 수 있다고 해도 아카데미로 편지를 보낼 줄은 상상도 못 하고 있었다.

그가 내성까지 정보원을 침투시킬 배경이 생겼음을 의미하는 것이었기에 축하 인사를 했다.

"예전에 자작님이 안 도와주셨다면 이런 기회도 없었겠죠. 한데 이거, 서로 얼굴에 금칠하다가 밤새겠습니다. 본론을 말

쏟드리겠습니다."

내가 쓸데없는 말을 주절거린 이유는 그의 입에서 어떤 말이 나올까 걱정스러워서였다.

크라운 시티에 집을 구하고 가게 자리를 구한 다음 한 일은 몰린, 지온, 모리스의 부모를 찾는 것이었다.

직접 움직일 수 없었기에 처음엔 대외 무역을 하는 상단을 통해 그들의 가족에 대해 알아봤었다. 근데 처음 소식부터 최악이었다.

몰린의 부모는 마을에서 살 수 없어 이사를 가버렸고, 지온과 모리스의 부모는 어디론가 팔려갔다는 것이었다.

어찌해야 하나 고민하던 중 살틴의 일이 터졌다.

내가 나설 수밖에 없는 상황.

이왕 나서는 거 살틴이 속한 조직의 보스인 블랙과 거래를 했다.

세 가지 부탁을 들어주는 조건으로 그들을 돕기로 한 것이다. 그리고 블랙이 이길 수 있도록 도운 다음 처음으로 한 부탁이 세 사람의 부모를 찾아달라는 거였다.

블랙은 물을 한 모금 마신 후 입을 열었다.

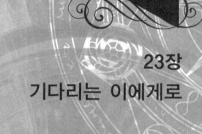

23장
기다리는 이에게로

"찾았습니다!"

블랙의 말에 나도 모르게 두 손을 불끈 쥐었다. 그러곤 곧바로 물었다.

"모두 무사합니까?"

"무사합니다. 두 가족은 저희 조직원이 사서 지금 데리고 오는 중이랍니다."

"두 가족이라면 나머지 가족은?"

"몰린 군의 가족은 몰린 군이 뮤트 제국에 있다는 조직원의 말을 전혀 믿지 않는답니다. 강제로 데려올 수도 없어 증거를 가져가거나 몰린 군이 직접 가봐야 할 것 같습니다."

"그래도 다행이군요. 몰린의 가족은 어디에 살고 있죠?"

"도란스 삼국의 볼트 공국에 살고 있습니다. 돈을 벌어 노예가 될 아들을 살 생각으로 꽤 위험한 일을 하고 있다더군요."

"혹시 조직원과 연락이 된다면 위험한 일은 하지 말고 아들을 기다리라고 전해줄 수 있겠습니까?"

"시간이 조금 걸리겠지만 가능합니다. 그리고 마지막… 가족은 지시한 대로 평민으로 만들어줬습니다."

"고맙습니다."

"아닙니다. 제 목숨과 조직을 구해준 것에 대한 약속을 기쁘게 전해줄 수 있게 된 것으로 만족합니다."

"노예 대금은 약속에 없었으니 지불하겠습니다."

"하하하! 노예값이 천정부지로 올라 다음 달 조직 자금에 구멍이 나지 않을까 걱정했는데 죽으라는 법은 없군요. 사양하지 않겠습니다."

혹시 죽었거나 찾지 못하면 어떻게 하나 걱정했는데 모두 무사하다니 천만다행이었다.

내 흥분이 가라앉았다고 생각해서인지 블랙은 품속에서 두툼한 서류 뭉치들을 꺼냈다.

"이건 두 번째 부탁한 것입니다."

나의 두 번째 부탁은 발트란 감옥에 대한 정보였다.

도서관에 있는 책엔 설립 배경이나 역사 따위의 단편적인 것뿐이었고 소문은 너무 허무맹랑한 것뿐이었다.

또한 부탁을 한 후 블랙에게 받은 것들도 대부분 시원찮았다.

한데 이번엔 달랐다.

"이건 설계도!"

"조직원이 우연히 은퇴한 발트란 감옥 간수장을 만나게 되어 그자의 기억을 토대로 작성한 것입니다. 이건 발트란 감옥의 조직도와 생활상 등 자잘한 것들로 그자가 술에 취해 지껄이는 것을 적어둔 겁니다."

두서에 맞지 않는 문장들이 많았지만 내가 원하던 자료였다.

"이 정도면 충분해요. 수고비를 지불하고 싶은데……."

"노예값은 어쩔 수 없었지만 이건 그래선 안 되죠. 그리고 이걸 구하는 동안 어떤 돈 많은 사람이 자작님처럼 발트란 감옥에 대해 알고 싶다고 해서 두둑이 받았습니다."

"나 말고 발트란 감옥에 대한 정보를 원한 사람이 있다고요?"

"부유한 중년인이 발트란 감옥에 대한 논문을 준비한다더군요. 혹시 혼자만 아셔야 하는 일이었습니까?"

"상관없어요."

나와 같이 발트란 감옥에 대해 알고 싶다는 게 순간 마음에 걸렸다. 한데 무슨 일이 있을까 싶어 머릿속에서 지워 버렸다.

"이로써 세 가지 부탁은 끝이 났군요. 왠지 짐을 내려놓은 것처럼 홀가분합니다."

"약속을 끝까지 지켜줘서 고맙습니다."

"안 지켰으면 어디 불안해서 살 수가 있겠습니까? 그날을 생각하면, 으~"

내가 상대 조직의 두목과 주요 인물들을 죽이던 날을 기억하는지 블랙은 몸을 부르르 떨었다.

"죽이지 않으면 죽는 상황이었으니까요. 아무튼 부탁할 일이 있으면 다음엔 돈을 바리바리 싸서 찾아가죠."

"언제든 환영입니다. 그럼 전 이만."

블랙은 일어나 왔을 때와 마찬가지로 조용히 밖으로 사라졌다. 한데 잊은 게 있는지 상가 입구까지 갔다가 다시 돌아왔다.

"참! 살틴은 잘 지내고 있습니다. 이 말을 전한다는 걸 깜박했군요."

내가 세 번째로 부탁한 것은 살틴을 잘 지켜봐 달라는 것이었다.

"이만 퇴근해야겠다."

난 홀가분한 기분으로 가게 문을 닫았다.

이젠 한 가지만 더 준비가 된다면 이곳에 더 머무를 이유가 없었다. 그리고 오늘 기분대로라면 그날이 얼마 남지 않은 것 같았다.

*　　　　*　　　　*

　크라운 시티에 온 이후로 내 새벽 생활은 거의 변함이 없었다.

　새벽에 일어나 하루 동안 마나를 모은 마나 집적진 위에서 마나 수련을 하고, 저택 옆에 위치한 수련장으로 나갔다. 그리고 간혹 몰린과 대련을 할 때를 제외하곤 하단전의 기운이 마를 때까지 검을 휘둘렀다.

　집안의 하인들이 그런 내 모습을 보곤 미쳐 칼춤을 춘다고 수군거렸지만 개의치 않았다.

　그 덕이었을까. 재작년 어느 날, 내 몸에 뒤덮고 있던 나무처럼 생긴 점의 가지 몇 개가 사라졌다는 걸 확인할 수 있었다.

　면밀히 관찰한 결과, 가지의 끝이 열매가 달리듯 동그랗게 변했다가 검무를 추거나 하단전 호흡법을 하면 사라진다는 걸 알게 되었다.

　그 후로 더욱 미친 듯이 매진했다.

　그 결과 양팔과 다리에 뻗어 있던 가지들을 상당 부분 없앨 수 있었다.

　언젠가 나를 집어삼킬 거라고 생각했던 점이 검술과 하단전 호흡법을 할수록 사라진다?

　그전엔 알아볼 길이 없었다. 그러나 제국에서 가장 많은 책이 있다는 아카데미 도서관과 학생들이 가지는 의문에 성실히 답해주는 교수들이 있었다.

은퇴를 앞둔 명예 검술 교수와 삼백 년 전에 쓰인 낡은 책에서 의문을 조금이나마 풀 수 있는 단서를 발견했다.

제멋대로 뻗은 것 같은 점(?) 나무의 가지가 하단전 마나 호흡법을 할 때 몸속에서 흐르는 길에 위치하고 있다는 것이었다.

트롤과 비견될 만한 치료 영역, 가지가 사라질 때마다 조금씩 늘어나는 힘.

점의 정체는 여전히 물음표지만 나를 점점 강하게 만들고 있음은 확실했다.

"헉헉! 후우~"

한바탕 검을 휘두르고 그대로 바닥에 주저앉아 아카데미에서 배운 하단전 호흡법을 시작했다.

의식을 단전에 놓고 길게 숨을 들이마시고 천천히 내뱉는다. 온 정신이 온전히 단전에 집중이 되었을 때 온몸으로 한 바퀴 돌린다는 생각을 한다.

몸으로 퍼져 나갔던 마나가 단전으로 돌아오면 호흡법이 일단락된다. 같은 방법으로 호흡을 계속하면 점점 마나가 짙어지는데 오늘은 한 번만 했다.

'하단전의 마나를 빠르게 돌리는 길이 있지 않을까?'라는 의문 때문이었다.

얼마 전에 단전의 마나를 온몸에 퍼뜨릴 때 우연히 가지가 뻗어 있던–지금은 사라진–길을 의식했다. 한데 평소 10의 시간 동안 팔로 가던 마나가 7만에 도달했다.

그 후로 마나가 흐르는 최적화된 길이 있다는 생각이 머리를 맴돌고 있었다.

멍하니 서서 생각하던 나는 190이 넘는 누군가가 저택 입구로 다가오고 있자 정신을 차렸다.

나보다 2배는 큰 검을 옆에 찼음에도 크게 느껴지지 않는 몰린이었다.

"왔냐?"

"아아~ 함! 잘 잤어… 요, 아우스… 님."

"근처에 아무도 없으니 편하게 해. 몸 풀어."

"풀고 왔어."

"그럼 바로 시작할까?"

몰린은 고개를 끄덕이며 검을 뽑았다.

스르릉!

여명의 빛을 받아 빛나는 검처럼 검을 잡은 몰린의 눈은 평소와 전혀 달랐다.

'홋! 이젠 완전히 검사 같네. 망신당하지 않으려면 나도 최선을 다해야겠는걸.'

몰린과의 대련은 1년에 채 열 번도 하지 않았다.

특히 내가 변칙적인 검술을 사용하면서부턴 더욱 줄었는데 마지막으로 대련한 것이 6개월 전이었다.

내가 검을 뽑자 몰린의 눈빛은 더욱 반짝거렸다.

둘 사이에 파이어를 하나 만들었다. 그리고 바로 마나를 끊었다.

'3, 2, 1!'

파이어가 꺼짐과 동시에 몰린은 잔상을 남기며 다가와 아래에서 위로 검을 그었다.

곰이 아니라 호랑이와 같은 몸놀림.

챙! 챙! 챙! 챙!

순식간에 열 번의 공방이 이어졌다.

"아우스, 너만 좋은 거 먹었지?"

검을 맞대고 서로를 밀어붙일 때 몰린이 말했다.

지난 대련 때와 달리 그의 힘에 검이 밀리지 않자 하는 말이었다.

"헐~ 이제 입씨름도 하는 거냐?"

"종알종알거리며 주의를 분산시키는 것도 하나의 실력이라는 걸 누구 덕분에 알게 되었거든."

몰린과의 대련에서 내가 진 적은 없었다. 그러나 그건 내 실력이 좋아서가 아니었다. 실력은 오히려 몰린이 좋았는데 꼼수는 내가 몇 단계 위였다.

"큭큭! 곰의 탈을 쓴 여우가 다 됐구나. 너에게 밀리지 않는 건 하단전의 마나를 손으로 보내고 있기 때문이야."

"치잇! 난 이제 연습 중인데."

"힘 빼봐."

난 그의 손을 잡고 그의 몸으로 마나를 보냈다. 그리고 팔에서 하단전까지 보냈다.

나와 달리 길이 없는 곳이 많긴 했지만 밀어붙이면 뚫린 길을 알아서 찾는 마나의 성질을 이용해 길을 만들었다.

"대충 이런 식으로 보내면 될 거야."

"사범님은 하다 보면 길이 생길 거라고 했는데… 다시 한 번 해줘."

"바보! 마법을 쓸 때 중단전에서 팔로 어떻게 보냈어? 다를 바 없어."

"아! 그런가?"

몰린은 눈동자를 굴리며 생각에 빠졌다.

그러다 묵직한 힘이 그의 검으로부터 전해져 왔다.

"큭! 망할 녀석!"

거의 순수한 힘만으로 마나의 힘을 쓰는 나와 맞먹었는데 마나의 힘이 더해지자 예전처럼 다시 밀렸다.

"히히히! 힘이 넘쳐! 다시 시작한다!"

차앙! 차앙! 차앙!

검과 검이 부딪힐 때마다 아까와 전혀 다른 소리가 났다.

"…젠장! 힘만 센 바보."

"퓌이~ 힘도 없는 말라깽이!"

힘을 흘리려는데 악착같이 때려 팔에 충격이 조금씩 쌓였다.

"흥! 방법은 얼마든지 있어."

"비겁하게 또 비검(飛劍)을 쓰려고?"

"그 정도까지 필요 없을 것 같은데."

마나를 다리로 보냈다.

금방이라도 날 수 있을 것같이 몸이 가벼워졌다.

몰린의 공격에 부딪치지 않고 피하며 그가 한 발 움직일 때 두 발 움직이며 공격을 했다.

"뭐, 뭐야! 가, 갑자기 왜 이렇게 빨라졌어? …마나를 다리로 보냈구나! 나도 가르쳐 줘!"

"내가 미쳤니? 어떻게 잡은 승긴데."

승기라고 말했지만 몰린은 용케 잘 막고 있었다. 계속 공격할수록 방어는 더욱 공고해졌다.

그의 방어 능력은 제자리에 서서 발을 최소한도로 움직여 방향만 바꾸는 것이었다.

몰린보다 2배는 빨라졌지만 공격하기 위해 움직이는 거리 또한 2배로 늘어 효과를 보지 못했다.

'오호! 이것 봐라. 이게 사범이 말하던 정중동의 묘리라는 건가? 그렇다고 방법이 없는 건 아니지.'

"파이어 볼!"

"마, 마법까지 쓰다니! 비, 비겁해."

난 그가 서 있는 자리로 파이어 볼을 날렸고 파이어 볼을 자를 가능성과 피할 가능성을 모두 염두에 두고 그의 다음 동작을 기다렸다.

'후자!'

몰린은 뒤로 몸을 날렸다. 난 기회다 싶어 그의 옆으로 파고들었다.

옷깃을 자르면 나의 승리. 그가 막거나 피할 것까지 예상해 두 번 찌르고 한 번 그은 후 다시 한 번 움직여 공격했다.

채채챙! 차앙!

"…막았어?"

공격에 너무 치중하다 보니 어떻게 막았는지 제대로 보지 못했다.

다시 한 번 조금 전과 비슷하게 공격을 했다. 한데 마찬가지로 모두 막혔다.

그러나 그가 어떻게 피하고 막았는지 알 수 있었다.

"그새 다리로 마나를 보낼 수 있게 된 거냐?"

"헤헤! 뭘 먹을지 생각해 뒀는데 그걸 못 먹을 거라고 생각하니 갑자기 되네."

"오호… 나를 이길 거라고 생각했던 모양이네?"

"꼼수만 아니라면 그동안 많이 늘었으니 가능하지 않을까 싶었지."

"흐흐흐! 그럼 본격적으로 시작해 보자. 물론 꼼수를 포함해서 말이지."

말이 끝남과 동시에 왼쪽에 차고 있던 일반 검보다 조금 짧은 검이 공중에 떠올라 살아 있는 듯 움직였다.

몰린은 징징거리지 않고 검을 움켜잡으며 전의를 불태웠다.

'이제 혼자 내버려 둬도 괜찮을 것 같네.'

왠지 모를 섭섭함이 조금은 있었지만 뿌듯한 기분이 훨씬 컸다.

"간다!"

앞으로 뛰어가는 몸과 달리 비검은 그의 왼쪽으로 반원을 그리며 날아갔다.

열 합, 스무 합, 서른 합.

몰린은 비검까지 합세한 내 공격을 용케 잘 막았다. 그러나 한계가 왔는지 순간 빈틈을 보이며 짧은 신음을 토해냈다.

"크으~"

그의 휘두름에 튕겨졌던 비검이 공중에서 빙글 돌며 신음 소리와 함께 보인 허리로 빠르게 다가갔다.

'끝났군.'

내가 하는 공격을 막느라 피할 길이 없어 보였다.

한데 내 예상은 다시 한 번 빗나갔다.

마나가 유동을 하더니 매직 미사일이 만들어졌고 급소를 노리며 날아가던 비검의 옆을 때렸다.

"……!"

"헤헤헤!"

내 공세를 완벽하게 막은 몰린은 '어때?'라고 묻듯이 실실 웃었다.

"멋졌어. 근데 아직 끝난 게 아니잖아!"

엄지 척을 해주고 다시 공격에 들어갔다.

공방은 비등비등하게 계속 이어졌다. 그러나 곧 몰린는 스스로 무너졌다.

"파, 팔다리가 움직이지 않아, 아우스."

몰린은 바닥에 앉아 울상을 하며 말했다.

"바보, 하단전 마나를 다 써서 그런 거야."

"그, 그럼 넌 왜 멀쩡한데. 아! 네가 나보다 마나양이 많았지."

"똑같았어도 결과는 마찬가지였을 거야. 난 검이 부딪힐 때와 움직일 때만 마나를 썼거든."

"에? 아까 그런 말은 없었잖아?"

"바보. 내가 왜 그것까지 가르쳐 주겠냐. 네 마나가 다 떨어질 때까지 기다리면 되는걸."

"이, 이… 바, 반칙이야, 아우스! 너 일부러 내 마나를 소모시키려고 가르쳐 준 거지? 나, 나빴어."

고래고래 고함치는 몰린은 보며 그저 빙긋이 웃었다.

그가 분해하는 모습을 보니 굳이 30분이 넘었다는 걸 알려줄 필요는 없을 것 같았다.

*　　　*　　　*

아라교 신전의 종탑에서 오전 9시를 알리는 종소리가 들릴 때 강의를 듣기 시작해 모든 강의가 끝날 때까지 마법, 혹은 검술 수업을 들었다.

수업이 끝나면 아카데미를 나와 가게에 가서 일을 하다가 내성, 외성 문이 닫히는 10시 이전에 저택으로 돌아왔다.

평소라면 방으로 들어가 마법 수련을 했을 텐데 오늘은 손님이 있었다.

"케롤라인 님과 다르트 백작 부인께서 오셨습니다. 지금 다실에 계십니다."

"식사는?"

"하셨습니다."

"그럼 와인과 간단한 안주 부탁해."

어차피 나에 대해 아는 이들이었기에 기사 복장을 한 채 다실로 향했다.

"오셨습니까, 케롤라인 님, 백작 부인."

크라운 시티로 온 후 자작성으로 내려간 적이 없었다. 떠날 사람이 인연을 만들어 무엇 하겠는가.

대신 케롤라인이 1년에 한 번 집에 찾아와 여러 가지를 챙겨줬다.

젠느의 경우는 처음 1년간은 코빼기도 보이지 않았다. 그러다가 어느 날 갑자기 수도에서 지내게 되었다면서 찾아온 후부터 종종 놀러왔다.

"잘 지냈어? 이젠 완전히 커서 밖에서 봤으면 몰라봤겠다."

"여어~ 멋쟁이 기사님!"

케롤라인은 라이스 자작가를 이끌고 있어서인지 갈수록 원숙해지는 반면, 젠느는 3년 전이나 지금이나 전혀 변화가 없었다. 아니, 갈수록 어려진다는 게 정확할 것이다.

"저야 뜻하지 않게 호강을 하고 있죠. 한데 셰인 님 입학 때문에 오셨습니까?"

"겸사겸사."

"편하게 말하세요. 전 이 자리에 어떠한 미련도 없어요. 그리고 곧 이 나라를 떠날 겁니다."

케롤라인이 편하게 말할 수 있도록 내가 먼저 속내를 내보였다. 근데 정작 반응을 한 건 젠느였다.

"제국을 떠난다고! 어디로 가려고? 어쩔 생각인데? 너 정도라면 이름만 바꿔도 이곳에서 충분히 성공할 수 있을 텐데 대체 왜?"

"…그렇게 한꺼번에 물으면 어떻게 합니까?"

"한꺼번에 대답해!"

"네네. 셰인 님께 지금 자작 위를 물려준다고 하면 승계단에서 분명 의심할 겁니다. 그러니 제가 사라지는 게 제일 좋

겠죠. 죽는 게 제일 좋겠지만 그건 불가하니까 그 다음 대안
인 실종이 좋겠죠."

앞에 놓인 와인을 따라서 마신 후 말을 이었다

"실종이 국내라면 승계단이 철저하게 조사하려 들 겁니다.
그러니 외국이 무난할 겁니다. 제가 떠난 3개월 후 실종되었
다는 소문을 내십시오."

"승계단이 외국이라고 조사를 안 할 것 같아? 제국의 힘을
우습게 보지 마."

"우습게 안 봐요. 걱정 마세요. 제가 외국에 나가면 그럴싸
하게 꾸며놓을 생각입니다. 그 다음에 1년쯤 지났을 때 셰인
님을 자작으로 추대하시면 됩니다."

"그 다음은?"

"잘 살면 되죠."

"넌?"

"잘 살면 되죠."

"어디서? 어떻게?"

"글쎄요, 아직 정해지진 않았지만 플린 왕국이나 발칸 제국
이 되지 않을까 싶은데요."

"정확하게 말해!"

"……"

젠느가 버럭 소리를 쳤다. 어색한 침묵이 몇 초간 흘렀다.
그제야 그녀도 자신이 오버를 했다고 생각했는지 변명을 했다.

"거, 걱정이 돼서 그래. 맞아! 오랫동안 케롤라인 언니를 도와줬는데 승계단에게 쫓기거나 하면 안 되잖아. 안 그래요, 언니?"

"으… 응, 그래."

"…절 그렇게 생각해 주시니 고맙습니다. 한데 아직 정확하지 않아서 그래요. 정착하면 연락드리겠습니다. 그럼 됐죠?"

"…으응, 꼭 그래야 해."

"힘! 아무튼 제가 생각한 건 이 정도입니다. 케롤라인 님께 좋은 생각이 있으면 말해주세요."

"솔직히 오늘 의논해 볼 생각이었어. 나쁘지 않은 생각이긴 한데… 너무 미안해서."

"괜찮습니다. 연극을 하면서 제가 얻은 것도 많으니까요."

"그렇게 말해줘서 고마워."

"자, 오늘 무거운 짐을 벗은 날이니 마셔요. 떠나기 전에 저택에 있는 술이나 축내고 가겠습니다."

떠날 때 말없이 조용히 떠날 생각이니 오늘이 마지막 날이 될 것 같았다. 연락은 기사들이 알아서 할 것이다.

그동안 알게 모르게 든 정 때문일까, 기쁨보다는 서운함이 가득한 술자리였다.

그러나 술자리의 끝은 깔끔한 정리보단 곤란함만 남았다.

젠느가 완전히 뻗어버린 것이다.

"…어쩌죠? 하녀들은 다 퇴근했을 텐데. 기사님들께 부탁해야 하나."

1년 반 전에 나를 따라왔던 병사 한 명이 하녀를 성추행하는 사건이 있었다. 그 이후로 젊은 하녀를 모두 나이 든 하녀로 바꿨고 그마저도 출퇴근을 시켰다.

"괜스레 사람을 불러 시끄럽게 하느니 네가 방으로 데려다 줘."

"명예도 있고 하니 그 편이 나을 수도 있겠군요."

난 젠느를 안아 오가는 사람들이 없을 때 얼른 2층으로 올라가 침대에 눕혔다.

"나머지는 케롤라인 님이… 어라? 어디 갔지?"

뒤를 돌아보니 케롤라인이 없었다.

마보세로 느껴보니 그녀는 이미 그녀의 방에 있었다.

어떻게 해야 하나 고민하다가 이불만 덮어주고 뒤돌아섰다.

한데 갑자기 중얼거렸다.

"…떠날 때 아무 말 없이 가면 죽는다! 음냐, 음냐! 나쁜 놈, 잘 먹고 잘 살아라!"

잠꼬대였다.

절로 지어지는 미소를 띤 채 한참 동안 그녀를 봤다.

'살아난다면…….'

생각을 멈췄다.

한치 앞을 장담할 수 없을 상황에서 스스로에게 하는 약속조차 하기 버거웠다.

'지금은 엔트 할아버지를 구하는 것만 생각하자.'

조용히 문을 닫은 후 내 방으로 향했다.

*　　　　*　　　　*

100년 전만 하더라도 마법은 폐쇄적이고 귀족주의적인 학문이었다.

배우고자 해도, 타고난 능력이 있어도 돈이 없으면 아예 배울 기회조차 가지지 못했다. 설령 배울 기회를 얻게 된다고 해도 수직적인 구조의 마탑에서 나이 든 마법사 밑에서 노예 같은 생활을 하며 어깨너머로 배울 수밖에 없었다.

한데 도우 마탑에서 마나 호흡법과 마법서를 세상에 공개함으로써 마탑은 일대 혁신을 겪게 되었다.

처음엔 그저 추상적이고 시답지 않은 마법서를 공개했다고 무시했다. 그러나 그들이 무시한 마법서는 경제적으로 어마어마하게 성공을 거두었다.

그뿐만이 아니었다.

마법을 깨우친 이들이―추상적인 마법서로도 마법사가 될 만큼 능력이 뛰어난―도우 마탑으로 대거 유입되면서 마탑이 승승장구하게 되는 원동력이 되었다.

당시 대부분의 마탑과 마법사는 제국과 왕국, 혹은 귀족들의 지원을 받거나 마법 용품을 팔아 재정을 충당했는데 그에 대한 대가로 전쟁에 투입되어 목숨을 잃는 경우가 허다했다.

한데 별로 유명하지 않던 마탑이 순식간에 최고로 부유하고 유명한 마탑이 되어버리자 그때까지 폐쇄적이던 마탑과 마법사들은 경제에 눈을 뜨게 되었다.

수많은 마법서가 발행되기 시작했고 고서클의 마법사들이 마탑에서 나와 별도의 마탑을 세우면서 하루가 멀다 하고 마탑이 우후죽순 생겨났다.

처음엔 시장경제에 돌입한 마탑과 마법사가 부유하게 되고 유명해질 줄 알았다.

물론 그런 시대도 짧게나마 있었다.

문제는 폭발적으로 늘어난 마법사의 수에 있었다.

3서클이면 웬만한 영지에서 연구비와 월급을 받으며 그럭저럭 살 수 있었는데 그것이 불가능해져 버렸다.

경쟁 체제로 들어간 마탑과 마법사들은 살아남기 게임에 돌입했다.

어려운 마법책을 최대한 쉽게 풀이해서 팔아 부를 축척한 이들도 생겨나고, 아예 경쟁이 안 되겠다 싶어 마법진이라는 학문으로 돌아서는 이들도 있었다.

그런 혼란의 시대를 지나면서 마법은 점차 표준화되고 발전하게 되었다.

예를 들면 이런 것들이다.

1서클은 파이어, 워터, 윈드, 라이트처럼 기본 원소 마법이다.

2서클은 스피커 마법, 위스퍼 마법, 추적 마법처럼 마나를 응용해서 사용하는 마법이다.

3서클은 파이어 볼, 워터 볼, 라이트닝처럼 1서클 마법을 중첩시켜 살상 능력을 키운 마법이다.

4서클은 쉴드, 디스펠, 큐어처럼 2서클 마법을 중첩시켜 더욱 다양하게 응용하는 마법이다.

5서클은 파이어 월, 라이트닝(범위), 플라이처럼 3서클 혹은 4서클 마법을 더욱 중첩시켜 범위를 공격이 가능한 마법이다. 또한 다른 두 종류의 마법을 동시에 사용할 수 있다.

물론 과거에 이러한 표준이 없었던 건 아니었다. 그러나 지금은 각 마탑의 마법사들이 모여 회의를 해서 정하고 그곳에서 정해진 것을 모든 마법사가 알 수 있도록 발표를 하고 있었다.

'6서클부터는 블링크, 임페르노, 에너지파, 포이즌 등 새로운 범위 마법과 응용하기에 따라 마법을 스스로 만들 수 있게 되지.'

마나 집적진에 앉아 그동안 배웠던 마법과 마법 이론들을 떠올리며 정리하고 있었다.

혹시나 이렇게 하면 중단전에 6번째 서클이 생기지 않을까 하는 기대감 때문이었는데 서클은 꿈쩍도 하지 않았다.

현재 난 5서클이었다.

크라운 시티에 도착하고 채 한 달이 되지 않아 이룬 경지가 5서클이라 6서클도 금방일 줄 알았는데 거의 3년이 지나도록 제자리걸음이었다.

"젠장! 18세 생일도 지났는데 왜 6서클이 안 되는 거야!"

자리를 박차고 일어났다.

6서클을 이루고자 얼마나 많은 노력을 했는가.

거의 정설로 받아들여지고 있는, 18세 이전에는 6서클이 될 수 없다는 이론을 믿고 18세까지 기다렸다. 그리고 기다리며 하단전과 체력을 기르고 수많은 마법 수업과 공부를 했다.

한데 왜 6서클이 되지 못하는지 이해가 되지 않았다.

"6서클이 될 만한 마나는 충분해. 억지로 6서클 마법을 두세 번 써도 괜찮을 정도니까. 근데 도대체 왜! 왜 안 되는 거야!"

발트란 감옥으로 가기 전 마지막으로 할 일이 바로 6서클을 만드는 일이었다.

6서클의 관리소장과 수많은 간수가 지키고 있는 망망대해에 있는 감옥 발트란.

그곳에서 엔트 할아버지를 구하고 탈출하려면 6서클은 되어야 안심할 수 있을 것 같았다.

이유가 뭐냐고 버럭버럭 소리치고 있었지만 왜 6서클이 되지 못하는지는 알고 있었다.

바로 추상적이다 못해 의미마저 불분명한 깨달음 때문이었다.

그 빌어먹을 깨달음을 얻고자 무도회 기간 동안 가게도 나가지 않고 일주일 가까이 매달리고 있는 중이었다. 그리고 그시간도 오늘이 마지막이었다.

"빌어먹을! 으아아아!"

와장창!

신경질적으로 팔을 휘둘렀는데 방 안을 장식하고 있던 꽃병과 장식품들이 떨어지며 요란한 소리를 냈다.

"휴우~ 정말이지……."

요란한 소리는 분노를 조금이나마 약하게 만들었고 그 틈을 타 이성이 돌아왔다.

머리를 감싸고 침대에 앉았다.

아무 생각 없이 식식거리며 화를 삭였다.

똑똑!

노크 소리.

3년간 한 번도 이런 적이 없던 터라 무슨 일인가 싶었다.

잠시 내버려 두려고 소리를 치려는데 상대가 먼저 물어왔다.

"자작님, 괜찮으십니까?"

내가 고용했던 나이 지긋한 하녀의 목소리였다.

아들과 며느리를 잃고 손자를 혼자 키워야 한다며 꼭 고용시켜 달라고 했던 이였다.

"…실수로 가재도구가 떨어졌어. 내가 치울 테니 신경 쓰지 마."

"자작님이 어찌, 금방 치워 드리겠습니다."

문을 열고 들어온 하녀는 내 얼굴을 보더니 황급히 고개를 숙인 후 청소를 했다.

열심히 치우고 있는 그녀를 물끄러미 바라보고 있으니 문득 내가 너무 복에 겨운 고민을 하고 있다는 생각이 들었다.

'내 나이에 5서클인 이가 몇 명이나 될까? 검술도 나름 괜찮고 합성 마법도, 마법진도 쓸 수 있잖아. 누구도 가지지 못한 마보세도 있고 말이야.'

욕심을 버리고 나니 마음이 편해졌다.

'쳇! 이럴 때 깨달음을 얻고 6서클이 돼야 하는 거 아닌가.'

피식 웃음이 나왔다.

"다 치웠습니다. 그리고… 일이 안 풀릴 때 바람을 쐬는 것도… 아! 죄, 죄송합니다. 소인이 주제넘게. 요, 용서하십시오."

아차! 싶었는지 그녀는 무릎을 꿇으며 용서를 빌었다.

"내가 걱정돼서 한 말인데 왜 화를 내겠어. 자네 말처럼 바람이나 쐐야겠어. 그리고 이걸로 손주에게 맛있는 거 사줘. 참! 오늘 이곳에서 있었던 일은 비밀이야."

그녀를 일으켜 세우고 호주머니에 있던 동전 몇 개를 건넸다.

"이, 이건 금화⋯⋯! 받을 수 없습니다."

"정신 차리게 해준 것에 대한 보답이라고 생각해."

돈을 돌려주려 하는 하녀를 거의 밀다시피 내보내고 외출을 위해 옷을 갈아입으려 할 때였다.

옷장에 걸린 무도회복이 보였고 문득 잊고 있었던 일방적인 약속이 기억났다.

"가만⋯ 지금 시간이?"

회중시계를 꺼내 확인을 하니 오후 4시였다.

"늦지 않았는데 가볼까⋯⋯? 파트너는 별로지만 마지막으로 무도회를 즐기는 것도 나쁘지 않겠지."

무도회복으로 갈아입은 난 아카데미로 향했다.

*   *   *

하하하! 호호호! 깔깔깔! 히히히!

일주일째 계속되고 있는 무도회로 캠퍼스는 온통 호탕한 웃음과 비음 가득한 웃음이 넘치고 있었다.

"좋을 때다."

잔뜩 흐트러진 드레스를 입은 여자와 잔뜩 흥분한 남자는 일명 밤꽃의 정원이라 불리는 으쓱한 곳으로 가고 있었다.

덧붙이자면 밤꽃의 정원에 밤나무는 없었다.

"그나저나 당한 건가?"

지나가는 이들을 구경하다 시간을 확인하니 5시 40분. 어디선가 서성이는 나를 보고 깔깔거리며 웃고 있을 에리카의 모습이 머릿속에 그려졌다.

"바람은 확실히 쐐긴 하는구나."

나올 생각도 없었기에 딱히 아쉽진 않았다.

다만 6시까지 기다려 보고 캠퍼스나 한 바퀴 돌아볼 생각이었다.

6시. 에리카는 오지 않았다. 난 아카데미 안쪽으로 걸음을 옮겼다.

야외에 마련된 바에서 와인을 병째 받아 3년간 다녔던 캠퍼스 이곳저곳을 구경했다.

쉴 새 없이 지내고 연극의 무대에 불과하다고 생각했던 곳인데 막상 떠난다고 생각하자 추억이 새록새록 떠올랐다.

"흐흐! 저곳이 그 애와 함께했던 곳인가? 꽤 귀여웠던 것 같은데."

굳게 닫힌 도서관을 보며 나도 모르게 웃었다.

서로를 탐할 곳을 찾다가 결국 문을 따고 들어가 일(?)을 치렀었다.

기숙사와 파티장으로 사용되는 일부 건물들을 제외하곤 모두 닫혀 있었다. 아니, 걷다 보니 한 곳은 열려 있었다.

교수 회관이었다.

해가 지고 어두워지자 마나등이 하나둘씩 켜지는 것이 연구하는 이들이 있는 모양이었다.

내 발걸음은 자연스럽게 교수 회관으로 돌려졌다.

궁금한 점을 묻기 위해 어지간히 다니던 곳인지라 익숙했다.

복도 좌우로 위치한 교수들의 방을 훑어보며 휘적휘적 걷는데 최근 수업을 들었던 교수 이름이 보였다.

"다르트 교수님 방이 여기였네. 연세도 지긋한 분이 연구 때문에 있는 건 아닐 테고."

안쪽에 그가 있는 것이 느껴졌다.

지나가려다 언제든 와도 좋다는 말을 기억해 내곤 노크를 했다.

"들어오게."

"…안녕하세요, 교수님. 무도회 기간인데 집에서 쉬시지 이곳에서 뭐 하십니까?"

다르트 교수의 방은 온통 책뿐이었다. 책이 없는 곳은 그가 앉은 곳뿐이라고 해도 과언이 아니었다.

"아우스 군이군. 난 집보다 여기가 편하다네. 적당히 치우고 앉게."

"아닙니다. 지나가는 길에 인사나 드릴까 하고 들렀습니다."

행여나 위태위태한 책의 산을 건드려 책에 파묻혀 죽고 싶진 않았다.

"간만에 온 손님인데 그냥 보낼 수야 없지. 앉게. 내 아끼던

술 한잔 주지."

술 때문이 아니라 '간만에'라는 단어에서 느껴지는 쓸쓸함에 앉을 수밖에 없었다.

"딱지 맞았나?"

술을 따르며 그는 내 복장과 분위기를 보고 물었다.

"비슷합니다. 한데 아끼는 술치곤 무척 흔한 술로 보입니다만."

"가격은 3은에 불과하지만 무척 아껴서 먹는다네."

내가 지레짐작으로 비싼 술이라고 생각한 것이지 그의 말이 틀린 것은 아니었다.

"근데 책을 이렇게 쌓아두시면 필요한 책은 어떻게 찾으십니까?"

딱히 할 말이 없었다. 멀뚱멀뚱 쳐다보기 어색해 고심 끝에 물었다.

"굳이 찾을 이유가 없지. 모두 내 머릿속에 있거든."

"…아~ 네."

대화는 다시 끊겼다.

얼른 술을 비우고 일어나야겠다.

단숨에 술을 들이켜는데 다르트 교수가 물었다.

"한데 고민하던 것은 잘 해결됐나? 얼굴이 좋아 보이는구먼."

"아뇨. 욕심을 버렸습니다."

"젊은 나이에 쉽지 않은 일이었을 텐데. 서클을 올리려 한 건가?"

"네."

다르트 교수는 마법 이론 교수이지 마법사는 아니었기에 딱히 숨길 이유가 없었다.

"많은 학생이 그 문제로 고민을 했었지. 압박감을 이기지 못해 자살한 제자들도 제법 있었어. 그럴 때마다 내가 마법사였다면 그들을 도울 수 있지 않았을까 생각했다네."

다르트 교수가 내가 고민하고 있음을 눈치챈 것은 우연이 아니었다.

그의 눈빛은 먼 과거를 보고 있었다. 그는 담담히 말을 이었다.

"깨달음이 뭐길래 어린 그들을 죽음으로 내모는지 궁금했네. 그래서 마탑을 다니며 깨달음에 대해 알아보기 위해 노력했지."

"알아내셨습니까?"

"글쎄… 내가 마법사가 아니니 알아낸 게 과연 깨달음에 도움이 되는지 안 되는지 알 수가 없었다네."

"제자에게 가르쳐 주면 되지 않습니까?"

"클클클! 알아보는 동안 세상은 변했네. 난 그저 인기 없는 마법 이론 교수가 되었지. 그리 불쌍한 눈으로 보지 않아도 되네. 과거 수많은 제자에게 강의를 할 때보다 지금이 더 행복하니까 말이야."

"제자들이 죽는 걸 보지 않아도 돼서 말입니까?"

"자넨 내가 아끼던 그 애를 많이 닮았어."

"제자분이 무척 영민했나 봅니다?"

"클클클! 그 애가 자네만큼 너스레를 잘 떨고 외향적이었다면 좋았을 텐데. 자자! 한 잔 더 마시게."

"아끼지 않은 술이 왠지 더 마시고 싶네요."

"생각을 해보게. 아끼지 않았는데 남아 있을 리가 없지 않겠나."

"하하하! 정말 그렇군요."

꽤 재미난 양반이었다. 인기가 없는 강의라고 해서 제일 뒤로 미룬 것이 후회가 되었다.

우린 아끼던(?) 술이 바닥이 날 때까지 시시덕거리며 술을 마셨다.

"참! 아까 깨달음 얘기를 마무리 짓지 못했군. 자네는 1서클에서 2서클로 올라갈 때 깨달음이 필요하다고 생각하나?"

"음, 글쎄요."

마나 호흡법을 하자마자 3서클이 되었으니 딱히 생각해 본 적이 없었다. 그래서 짐작해 말했다.

"없지 않습니까?"

"있네."

"예? 그렇습니까? 전 딱히 생각하는 것 없이 2서클이 되었습니다."

"그게 핵심이네."

그의 말을 이해할 수 없어 고개를 갸웃거렸다.

"보통의 경우 중단전에 서클을 만들고 다들 3서클까지는 무난하지. 하지만 4서클부터 깨달음의 벽에 부딪히기 시작하지. 왜 그런다고 생각하나?"

"깨달음의 벽이 높아서가 아닐까요?"

"자네도 다른 마법사처럼 서클마다 깨달음의 벽이 높고 두껍다고 생각하는군."

"아닙니까?"

"나야 모르지."

"예에? …하하하!"

다르트 교수가 놀린다고 생각했다. 그러나 이어지는 그의 말에 홀린 듯 집중했다.

"다만 수많은 마법사를 만나 그들에게 깨달음에 대해 듣고 나만의 이론을 만들어냈네. 8서클 마법사들을 만날 기회가 적어 8서클의 벽과 9서클의 벽은 어떨지 모르지만 깨달음이 벽은 모두가 동일하네."

"말도 안 됩니다. 제가 서클을 높이고자 얼마나 많은 강의를 듣고 얼마나 노력했는지 모르실 겁니다. 한데 그 벽이 1서클에서 2서클로 올라가는 벽과 같다고요?"

마치 내가 3년간 헛짓을 한 것처럼 느껴지는 말에 발끈해서 외쳤다.

"이론이지 않는가. 내 물어보지. 아까 자네가 1서클에서 2서클로 넘어갈 때 아무 생각이 없었다고 했지? 정말인가?"

"예! 굳이 있다면 마나를 느끼고 저에게 오기만을 바랐죠."

"3서클의 벽을 넘었을 땐?"

"역시 마찬가지였습니다."

"4서클의 벽은?"

"…딱히."

"5서클의 벽, 6서클의 벽을 넘으려 하는 지금은 어떤가?"

"……."

순간 머리가 멍해졌다. 그리고 떠오르는 한 가지.

'깨달음의 벽을 높고 두껍게 만든 건 나다?'

두근!

무슨 수를 써도 반응이 없던 중단전이 움직이기 시작했다.

"내가 볼 때 마법이란 마나와의 대화라고 생각하네. 저서클일 땐 있는 그대로 마나를 받아들이다가 4서클로 올라갈 때부턴 갑자기 많은 노력을 하게 되지. 이론서를 읽고 선배들에게 깨달음에 대해 묻고. 시간이 지나고 마나양이 늘어나면 가볍게 넘을 수 있는 마나의 벽을 스스로가 높고 두껍게 만드는 것은 아닐까?"

우우우우웅!

중단전의 서클이 돌기 시작했다. 그리고 지금껏 몸에 축척

했던 마나들이 빨려 들어가기 시작했다.

'처음 마나가 젤리처럼 느껴져 불편해했을 땐 거북하게 느껴졌었고 마나임을 알고 인정했을 때 나에게 다가왔었어. 잊고 있었어. 깨달음의 벽이란 허상에 불과해. 마나는 내가 그저 순수한 마음으로 불러주길 기다리고 있었던 거야!'

6서클의 벽을 넘어야겠다는 생각은 사라졌다.

그저 나에게 다가오길 원했고 마나는 호응해 주었다.

내부에 쌓아뒀던 마나를 빨아들인 서클은 주변에 다가온 마나들을 중단전으로 인도했다.

'아! 서클이……'

빙글빙글 도는 5개의 회오리 모양 서클에 여섯 번째 서클이 희미하게 생겨났다.

희미하던 여섯 번째 서클이 진해질 때까지 마나를 빨아들인 서클은 그제야 만족을 했는지 서서히 멈췄다.

뿌듯한 마음으로 눈을 떴다.

가장 먼저 책이 무너지고 종이가 날려 엉망진창이 된 다르트 교수의 방이 보였다.

다행인 건 무너진 책이 그를 덮치진 않았다는 점이었다.

"클클클! 축하하네."

"감사합니다. 서클을 올리게 된 건 모두 교수님 덕분입니다. 어떻게 감사를 해야 할지."

"괜찮네. 나야 내 이론이 틀리지 않았다는 걸로도 만족하니까. 한데 바람이 일렁이는 것을 볼 때 5서클은 아닌 것 같고 6서클인가?"

"…네."

감추려다가 솔직히 대답했다. 내가 잊고 있었던 깨달음에 대해 큰 가르침을 준 그에 대한 최소한의 예의라 생각했다.

"올해 자네 나이가 스물인가?"

"열아홉입니다."

사실 열여덟이었다. 그러나 이 점은 라이스 자작가의 약속이 있었기에 솔직히 말할 수 없었다.

"아라 님이 우리 제국을 돌보시는군."

다르트 교수는 내가 뮤트 제국을 위해 일할 거라 생각하는 모양이었다.

"오늘의 은혜는 잊지 않겠습니다. 그럼 전 이만."

얼른 6서클 마법을 실험해 보고 싶었다.

한데 그럴 수가 없었다.

"그냥 가면 이 책은 어떻게 하나."

"아! 제가 너무 들뜬 모양입니다. 얼른 치워 드리겠습니다."

쓰러져 있는 책을 세우고 날려진 종이들을 모아 한쪽에 쌓았다.

"잠깐만, 거기 쌓여 있는 책의 순서가 바뀌었네. 서류도 색인대로 해야 하고."

"머릿속에 다 있다고 하시지 않으셨습니까? 근데 굳이 그렇게까지……."

"위치가 머릿속에 있다는 얘기였네. 내가 무슨 천재라고 이 많은 책을 모두 기억하고 있겠나."

"……."

책이 쓰러질 때 왜 그를 덮치지 않았는지 원망스러워지는 순간이었다.

*   *   *

"와! 이게 얼마 만의 휴일이냐. 작년 겨울에 아라 님이 오신 날 이후로 처음 아니냐."

지온은 일을 하지 않아도 된다는 기쁨 때문인지 잔뜩 들떠 조잘거렸다.

"그러게요. 안 그래도 하루쯤 쉬고 싶었는데, 아우스 형 최고!"

모리스도 마냥 좋아했다.

"아우스, 어디로 가는 거야? 오랜만인데 우리 외성의 그 고 깃집에 가자."

"몰린! 넌 고기밖에 모르냐!"

"…그럼?"

"맥주도 먹어야지. 그리고 우리… 저녁엔 좋은데 가자, 히히히!"

"조, 좋은데 어디?"

"흐흐흐! 다 알면서. 거 있잖아, 야시시한 누님들이 있는 곳 말이야."

말을 하는 지온이나, 모른 척하는 몰린이나, 뻘게진 얼굴로 상상의 나래를 펼치는 모리스나 피 끓는 청춘이었다. 저들의 원하는 바를 들어주고 싶지만 아쉽게도 오늘은 아니었다.

"어라, 여기 오늘 따라 아무도 없네. 웬일이래. 근데 아우스, 오늘 무슨 일 있어? 아카데미는 어쩌고 쉬자고 한 거야?"

자리에 앉자 지온이 물었다.

"할 얘기가 있어서."

"무슨 얘기?"

"그동안 너희가 번 돈을 어떻게 관리하고 썼는지 알아야 할 것 같아서."

약간의 용돈과 생활비를 제외하곤 모두 내가 관리하고 있었다.

"궁금한 적이 있긴 했는데 지금은 아냐. 네가 알아서 잘 관리하고 있겠지. 앞으로도 네가 관리해."

"나도 지온 형과 같은 생각이에요."

"아니. 이제부터 너희들이 관리해야 해."

난 단호하게 말하며 품속에서 서류 2장을 꺼냈다.

"이건 지온 꺼, 이건 모리스 꺼."

"…이게 뭐야?"

"집문서."

"갑자기 웬 집문서, 자, 잠깐만! 이거 외성 내에 있는 집이잖아! 외성 밖과 비교도 안 되게 비쌀 텐데……."

"작은 집이야. 외성 밖보단 안전할 것 같아 조금 무리했어."

3년간 형제 수리점으로 상당한 돈을 벌었다. 그러나 외성 내의 집을 구하기엔 부족함을 지온도, 모리스도 알고 있었다.

"…네 돈을 보탠 거구나. 좋아! 갑자기 이걸 건네주는 이유가 뭔데?"

"곧 알게 될 거야. 그리고 앞으로 형제 수리점은 지온과 모리스 너희 둘이 운영해."

너무 갑작스러운 얘기였을까. 두 사람은 물론이거니와 메뉴판을 보며 웃고 있던 몰린도 얼굴을 굳히고 나를 바라보았다.

"궁금해도 조금만 참아. 지금 살고 있는 집은 리브 형에게 줄 거야."

"그, 그럼, 난?"

몰린은 당황했는지 참지 못하고 당장 울 것 같은 얼굴로 물었다.

"넌 도란스 삼국으로 가게 될 테니 집은 필요 없어. 대신 돈으로 줄게."

"거, 거긴 왜……?"

탕!

"아우스! 이게 다 무슨 소리야! 갑자기 왜 이러는 건데? 알아듣기 쉽게 얘기해 봐."

지온이 탁자를 치며 일어나 물었지만 무시하고 말을 이었다.

"지난 3년간 난 너희들 부모님들을 찾고 있었어."

"…뭐?"

"얼마 전에야 찾았어. 모두 무사하니까 걱정 마. 네가 집문서를 두 사람에만 준 이유는 그들이 이곳 뮤트 제국에 있기 때문이야."

"……."

"…아, 아우스, 우, 우리 부모님은?"

"몰린 네 부모님은 네가 이곳에 있다는 걸 믿을 수 없었던 모양이야. 평민이라 강제할 수도 없어 정확한 위치를 알아뒀어."

"도란스 삼국?"

"어이구! 우리 몰린, 완전 바보는 아니네."

농담을 했지만 분위기는 당장에라도 눈물을 쏟을 것 같았다.

"재미없다. 내 말은 끝났어. 들어오세요!"

내 외침에 두 가족이 들어왔다.

"엄마! 아빠! 형!"

"지, 지온!"

"어허헝! 아, 아빠! 어, 엄마!"

"모리스!"

이산가족 상봉이 이루어졌다. 그야말로 눈물바다.

옆에 있던 몰린이 가장 큰 소리로 엉엉 울고 있었다.

난 잠시 그들을 보고 있다가 몰린에게 나가자는 신호를 보냈다.

몰린이 따라 나오는 것을 확인하고 걸음을 옮겼다.

"어딜 가려고?"

"잔말 말고 따라와."

몰린을 데리고 간 곳은 크라운 시티의 텔레포트 탑이었다.

몰린은 화들짝 놀라며 물었다.

"지, 지금 당장 가라고?"

"부모님 안 보고 싶어?"

"보고 싶어. 하지만 사범님께 인사도 제대로 못 했는걸. 그리고… 그리고……"

"일단 가서 만나. 부모님을 설득해서 데리고 오든가. 아님 얼굴 보고 다시 오면 되잖아."

"아! 그래도 되겠구나."

난 메고 있던 배낭을 그에게 건넸다.

"이 안에 중요한 게 많아. 설명서도 넣어뒀으니까 집에 도착하면 꼼꼼히 읽어보고 적힌 대로 해."

배낭에는 장문의 편지와 돈, 그리고 그가 도란스 삼국에서 정착하는 데 필요한 것을 넣어뒀다.

"그렇게."

"절대 누구에게도 빼앗기면 안 돼. 물론 죽을 것 같다면 넘겨도 되지만 그전까진 절대 사수해."

"응!"

그는 가방에 누가 손이라도 댈까 품에 꼭 껴안았다.

"그리고 도란스 삼국의 볼트 공국에 도착하면 테블린이란 사람이 기다리고 있을 거야. 그가 집까지 안내해 줄 테니까 불안해하지 말고. 혹시나 못 만나면 이 쪽지에 적힌 곳으로 찾아가면 될 거야."

"알았어. 근데 아우스, 너무 급작스럽다."

몰린은 본능적으로 이상함을 느끼는 모양이었다.

"너희들을 놀래주고 싶어서 마련한 깜짝 파티 같은 거야."

"진짜 너무 많이 놀라고 있어."

"그렇다고 계속 놀란 채로 있으면 안 되지. 널 구할 돈을 벌겠다고 위험한 일도 마다하지 않는 네 아버지를 생각해서라도 정신 똑바로 차려."

"정말? 아, 아빠……."

"너에게 검술을 배우게 하고 마법을 가르친 이유를 잘 생각해."

지온과 모리스와 다르게 정도 가장 많이 들고 걱정도 많이 돼서 그런지 잔소리가 한없이 길어졌다.

만일 안내원의 스피커 마법 목소리가 들리지 않았다면 계속했을지도 몰랐다.

"볼트 공국으로 가실 손님은 3층으로 올라가 주시기 바랍니다. 잠시 후 볼트 공국으로 가는 텔레포트가 작동될 예정입니다."

"아, 아우스, 출발하나 봐."

"올라가자. 배웅해 줄게."

원칙적으로 배웅을 할 수 없었지만 아직까지는 귀족이기에 가능했다.

"가족만 보고 올게. 기다리고 있어, 아우스."

배낭을 앞쪽에 멘 몰린은 마법진 위로 올라가면서 꼭 기다리라고 몇 번이고 말했다.

불안해하는 그에게 웃으며 손을 흔들어주었다.

오늘 이렇게 갑작스럽게 일을 몰아붙인 건 사실 내가 작별 인사를 하기 힘들어서였다.

마법진에서 빛이 일어나며 룬어가 반원의 빛 속에서 춤을 췄다.

서서히 흐려지는 몰린이 보였다.

"잘 살아, 몰린."

파악!

눈부신 빛과 함께 마법진에 있던 몰린과 사람들이 사라졌다. 그러나 멍하니 서서 한참 동안 몰린이 서 있던 곳을 바라보았다.

광산에서 처음 만났을 때부터 지금까지의 일이 주마등처럼 스쳐갔다.

"시원할 줄 알았는데……."

시야가 흐려졌다. 이별은 역시 어려웠다.

몰린을 보내고 외성 밖으로 나갔다. 서쪽으로 광장을 지나 인가가 없는 길을 20분쯤 걸어가자 언덕 중턱에 위치한 오래 된 성채가 나왔다.

400년 전 뮤트 제국이 왕국일 때 쓰던 방어 성벽으로 지금 은 군사학교와 수도서(西)방위군이 머물고 있었다.

"그 자리에 멈추십시오. 누구시며 이곳에 온 목적을 밝혀주 십시오."

언덕을 올라가는 입구에 위치한 초소에 다가가자 병사들이 막아섰다.

귀족 복장을 하고 있어서인지 높임말을 썼다.

"난 아우스 팔린 라이스 자작이다. 군사학교의 생도를 만나 러 왔다."

"신분패를 확인할 수 있겠습니까?"

난 품 안에 있는 신분패를 꺼내 다가온 병사에게 건넸다.

귀족의 신분패는 뮤트 제국 황실 마법사인 8서클 마도사가 제작한 것으로 복제가 불가능하다고 알려져 있었다.

살짝 마나를 불어넣거나 신분 확인 마법진에 올리면 여러 가지 문양이 공중에 그려졌는데 그것으로 신분을 확인 가능했다.

"충성! 이쪽으로 들어오십시오, 자작님."

초소장이 밖으로 나오며 경례를 했다.

"찾으시는 생도의 이름이?"

"리브 에이피."

그의 후견인이 되면서 아예 성까지 만들어줬다.

리브가 어디까지 올라갈지 모르겠지만 성이 있고 없고가 승진에 영향을 미친다는 소문 때문이었다.

"리브 생도는 현재 훈련 중이라 아마 나오는데 30, 40분쯤 걸릴 것 같습니다. 안쪽의 접견실에서 기다리시면 최대한 빨리 부르겠습니다."

초소 뒷문으로 나가자 일반인을 위한 면회실과 귀족을 위한 접견실이 따로 있었다.

접견실에서 차를 마시며 기다리길 30분. 문이 열리며 훈련으로 더욱 새까매진 리브가 들어왔다.

"충성! 리브 에이피, 아우스 자작님을 뵙습니다."

"주변에 아무도 없으니까 편하게 해요, 형. 근데 훈련이 힘든가 봐요. 살이 많이 빠졌네요."

"여름이잖아. 근데 이 시간에 웬 면회냐? …이제 떠날 생각인가 보구나?"

리브는 내가 떠날 거라고 예상한 모양이다.

"알고 있었어요?"

"우리에게 서클을 만들어주고, 마법진을 가르치고, 가게를 운영하게 하고. 혼자 살아갈 준비를 시키는데 모르는 게 이상하지."

"하하! 정말 그러네요. 형에겐 어떻게 말을 해야 하나 고민했는데… 알고 있으니 편하게 말할게요. 지온과 모리스는 오늘 가족을 만났어요. 그리고……."

오늘 있었던 일을 말해주었다.

"애들이 많이 서운해할 거다."

"성인이니까 괜찮을 겁니다. 그리고 살던 집과 형 몫이에요."

"난 필요 없다. 월급으로 충분해. 그리고 졸업과 동시에 국경 지대로 배치받을 것 같다."

"군도 사람 사는 곳인데 돈이 필요할 겁니다. 집은 형이 알아서 하고요. 그리고 이건 혹시 위험할 때 사용하세요."

"이건 뭐냐? 스크롤?"

"도망가고자 하는 방향으로 찢으면 30미터 앞으로 이동되는 블링크 마법이에요."

스크롤이 비싼 이유는 만들기도 쉽지 않았지만 거기에 들어가는 재료 때문이었다.

특수한 약물에 마정석을 넣고 6서클의 마나를 쏟아부으면 마정석이 녹는데 그 액체로 마법진을 그려야 완성이 되었다.

텔레포트 마법진이라면 더 좋았겠지만 그건 7서클이 되어야 가능했다.

"…여벌의 목숨이구나. 살아 있어야 할 이유가 있으니 사양하지 않을게."

리브가 군에 들어간 이유는 알지 못했다.

그러나 살아 있어야 할 이유와 같은 이유에서라는 건 짐작할 수 있었다.

"홀가분하네요. 부디 몸 건강히 원하는 일 이루길 바랄게요."

"광산에서부터 신세만 지고… 미안하다. 언제 떠나는 거냐?"

"내일이요."

연극 때문에 몰래 떠날 수는 없었다.

모두가 알 수 있게 시끌벅적하게 떠날 예정이었다.

"다음에 보면 술이나 한잔하자."

"그래요."

"참! 아우스."

작별을 고하고 돌아서는데 리브가 불렀다. 그는 바싹 다가와 귓속말로 속삭였다.

"몇 년 안에 큰 전쟁이 일어날 거야."

뜻밖의 말.

"근 100년간 대륙엔 전쟁이 없었어. 즉, 제국뿐만 아니라 모든 국가가 100년간 힘을 축적하고 있다는 거지. 아마 전 대륙이 전쟁에 휩쓸리게 될 거야. 그러니 어디에 있든 몸조심해."

전쟁이라……

절대 일어나선 안 될 일이라는 얘기를 들었지만 겪어본 적이 없었기에 크게 와 닿지 않았다.

나와 별로 상관없는 일이라 생각했기에 그저 고개를 끄덕였다.

검문소를 나와 크라운 시티를 향해 걷던 중 문득 맑은 하늘에 조각구름 하나가 떠 있는 것을 보고 걸음을 멈췄다.

구름은 마치 홀로 남은 나와 비슷했다.

"휴우~ 다 끝났네."

전해줄 것은 모두 전해주었다.

수중에 남은 건 약간의 돈과 금속패가 전부였지만 정리한 만큼 기분은 홀가분했다.

"할아버지, 이제 곧 가요."

발트란 감옥이 있을 거라 생각되는 하늘을 보며 중얼거렸다.

24장
발트란

　뮤트 제국이 발 빠르게 나라를 이끄는 구성원으로 평민들을 받아들여 황제의 권력을 강화시킨 반면, 황제의 힘과 귀족의 힘이 팽팽한 발칸 제국은 3년 전에 있었던 평민과 노예들의 태업으로 사회적 혼란을 겪고 있는 중이었다.

　시작은 아주 사소한 일에서 시작됐다.

　뮬터 공작가의 마나석 광산에서 노예들을 인간 이하로 취급하고 있다는 소문.

　대량의 노예를 데리고 있던 상인 길드의 평민들은 일제히 뮬터 공작가의 처사에 대해 비난했다. 그리고 노예들에게 최소한의 대우를 하라고 요구했다. 그렇지 않을 시 모든 상인이 뮬터 공작가와 거래를 중단할 것이라 발표했다.

뮬터 공작가로서는 평민들의 이러한 행동에 기가 찰 따름이었다. 불과 수십 년 전만 하더라도 그들의 목을 쳐도 문제가 없었겠지만 시대는 변했다.

화는 났지만 일단 상인들을 달래는 것이 우선이라는 생각에 뮬트 공작가는 노예들의 처우를 개선하겠다는 약속을 하고 상인 길드 대표들에게 광산의 노예들과 면담할 기회를 주기로 했다.

한데 처우를 개선하기도 전에 문제가 발생했다.

사고인지 사고를 가장한 입막음인지 백여 명의 노예가 죽어 버린 것이다.

공작가는 산사태와 노예들의 반란으로 벌어진 일이라 해명했지만 상인 길드는 일제히 뮬터 상단과 거래를 끊었다.

상인 길드로서도 어쩔 수 없었다. 그렇게 하지 않으면 노예들이 당장 파업을 하겠다는 의사를 밝혔기 때문이었다.

상인 길드가 나서자 길드 소속이 아닌 상인들도 적극 협조하기 시작했다.

물류가 막혀 버린 뮬터 상단은 휘청거릴 수밖에 없었고 이에 뮬터 공작가는 더 이상 참지 못하고 자신들을 압박한 상인 길드의 수장들을 벌하려 했다.

그때 발칸 제국의 귀족 상단을 제외하곤 모든 상인이 들고 일어났고 노예들이 일제히 태업에 들어갔다.

제국 동쪽의 해산물과 북쪽의 과일이 수도의 주민들의 식탁에 올라오는 데 사나흘이 걸렸고 물가가 급속도로 치솟았다.

결국 황실이 나섰다.

뮬터 공작가에 붙잡혔던 상인 길드 대표들을 풀어주고 평민과 노예의 기본 권리를 강화하는 것으로 사태를 진정시켰다. 그러나 표면적으로는 진정되는 듯 보였지만 벌어진 상처는 점점 커졌다.

권리를 얻게 된 평민들은 뮤트 제국과 다른 왕국처럼 더 많은 권리를 얻길 원했고, 자신의 권리를 빼앗겼다고 생각한 귀족들은 그들을 억압하려 했다.

이런 일촉즉발의 상황에서 평민들 중 의식이 깬 이들이 시민들을 선동하는 일이 종종 발생하고 있었다.

발칸 제국 황제파인 카렌 후작의 영지, 카렌 시티.

뮤트 제국의 외성 밖과 달리 카렌 시티의 외성 밖은 일자리를 찾아 도시로 몰려든 이들이 불법으로 지은 판잣집들이 즐비했다.

생활환경이 다른 사람들이 다닥다닥 붙어살다 보니 하루에도 수없이 많은 사건 사고가 일어났다.

물론 도시엔 치안대가 존재했다.

그러나 인력이 부족해서인지 살인 사건 같은 큰 사건이 아니면 움직이지 않았다.

한데 살인 사건이 일어난 것도 아닌데 최근 치안대는 유독 바빴다.

"이놈들아! 빨리빨리 옷을 갈아입어라!"

외성 밖 치안대장인 4서클 마법 기사 찰린 어웨이는 짜증이 가득한 목소리로 소리쳤다.

2년 전, 마법에 진전이 없고 새로운 기사대장으로 그의 후배가 임명되면서 더 이상 기사단에 있을 수 없었던 그는 기사단을 스스로 그만두었다.

기사단에서 은퇴를 하면 보통의 경우 성벽 근무를 섰다. 한데 그는 편할 것 같다는 이유로 이곳 치안대장에 자원했다.

치안대장은 원래 편한 일은 아니었다. 그러나 귀찮은 일이 질색이었던 그는 살인 사건같이 행정 관리가 관심을 가질 만한 일이 있어야 움직임으로써 스스로 편안함을 만들었다.

한데 그의 무거운 엉덩이를 움직이게 만드는 일이 발생했다. 몇 곳의 영지에서 지명수배된 자가 후작의 영지로 넘어온 것이다.

그 덕(?)에 지금 한 달 가까이 비상근무 중이었다.

"빌어먹을 놈! 다른 곳에선 10일 정도씩만 머물었으면서 왜 여기선 이렇게 오래 머무는 건데."

처음엔 지명수배된 자가 다른 영지로 넘어가길 바라고 느긋하게 응수했다. 한데 자신을 우습게 아는지 도무지 떠날 생각을 하지 않았다.

본격적으로 나서서 놈을 잡겠다고 마음을 먹었지만 동쪽을 지키면 서쪽에서 나타나고, 남쪽을 지키면 북쪽에서 나타나는 통에 계속 허탕을 치고 있었다.

결국 화가 난 그는 오늘 작정을 하고 외성 치안대에서 병사를 지원까지 받았다.

"지금까지 나타난 곳을 파악해 보면 오늘 놈이 나타날 곳은 광장과 남문 시장 근처이다. B조는 잭슨을 조장으로 남문 시장에, A조는 나와 함께 광장으로 간다. 잭슨, 혹 그쪽에 나타나면 수정구로 연락을 하게. 우리도 연락을 받으면 바로 달려갈 터이니."

"예! 찰린 경."

병사들이 허름한 평민복으로 갈아입자 찰린은 브리핑 겸 잔소리를 했다.

"이번에도 엉뚱한 잡범 놈들을 잡아오면 내 손에 죽을 줄 알아! 놈을 잡으랬지 누가 다른 놈을 잡으래? 하여간 오늘도 헛짓하면 알아서 해! 완전히 포위했을 때 신호를 보내면 동시에 덮쳐라. 알겠나!"

"예!"

"오늘은 제발 그 미꾸라지 같은 놈을 잡자. 이렇게 매일 나가는 거 지겹지도 않냐? 흩어져서 한 명씩 갈 수 있도록. 출발!"

"출발!"

복명복창을 한 병사들이 모두 나가는 것을 보고 그도 치안대를 나섰다.

찰린은 마실 나온 사람처럼 광장 근처에 도착해 골목에서 서성거리며 광장을 감시했다.

'놈! 후작님의 명예를 더럽히다니. 오늘은 무슨 일이 있어도 꼭 잡고 만다.'

찰린은 조금 게으르긴 했지만 영지 주인인 레베르 칸 카렌 후작을 진심으로 존경했다.

레베르 후작은 자신의 사람이라고 생각하면 쓸모없다고 해도 결코 버리는 법이 없었고 흉년이 들면 자비로 밀을 구입해 푸는 성군이었다.

외성 밖에 무단 점령한 이들을 내쫓기는커녕 위험할까 치안대와 행정 사무소까지 지어주지 않았던가.

물론 위의 내용은 찰린과 같은 기사들이나 귀족들의 관점이었다.

평민들이 보기엔 인자하긴 하지만 좋은 게 좋다는 식으로 영지를 운영하는 우유부단한 귀족이었다.

"이거 찰린 경 아니십니까?"

광장을 집중해서 보고 있던 찰린은 갑자기 뒤에서 자신의 이름을 부르는 소리에 깜짝 놀라 뒤돌아보았다.

퇴근 후 간혹 가는 술집 주인이었다.

"쉿쉿! 이름은 생략하게."

"왜요? 아! 수사 중이시군요."

"그래. 난 신경 쓰지 말고 가던 길이나 가게."

"아이쿠! 고생하십니다. 요즘 찰린 경 덕분에 장사 잘되고 있습니다. 요즘 말썽 피우는 이들이 싹 사라졌습니다, 하하하!"

"......?"

찰린은 그가 무슨 말을 하는지 이해할 수 없었다.

"이런! 수사 중인데 제가 쓸데없는 소리로 방해를 했군요. 퇴근하시면 한번 들리십시오. 제가 거하게 한잔 쏘겠습니다. 그럼, 계속 고생하십시오."

평소 술 먹으러 가도 술을 주문할 때만 알은척을 하던 사람이 오랜 지기처럼 말하니 어리둥절했다.

"…저 인간 대낮부터 술을 먹었나, 쩝!"

애써 무시하고 다시 놈이 오길 기다렸다.

"찰린 경! 여기서 뭐 하십니까?"

'빌어먹을! 또!'

이번엔 간혹 식사를 하는 음식점 주인이었다.

술집 주인과 했던 비슷한 말을 또다시 주고받았다.

"오늘 진짜 이상하네."

하지만 시작에 불과했다. 그가 워낙 알아보기 쉬운 덩치를 가지고 있다고 해도 지나가는 사람마다 그에게 인사를 하고 지나갔다.

"도대체 오늘 왜들 이러는 거야!"

수사 때문에 참고 참던 그도 마침내 폭발했다. 한데 봉변을 당하게 된 대장장이는 그가 화내고 있다는 걸 모르는지 너털웃음을 터뜨리며 말했다.

"허허허! 이제는 알고 있습니다."

"뭘 안다는 거야? 응!"

"불한당 같은 놈들이 설쳐도 아무런 조치도 취하지 않았던 게 한꺼번에 일망타진하려고 하는 것임을 이제는 안다고요. 그동안 영주님과 찰린 경을 원망했던 속 좁은 저희를 용서하십시오."

"뭐⋯⋯?"

"아무튼 혹시 필요하신 거 있음 저희 대장간으로 오십시오. 제가 찰린 경에게 공짜로 해드리겠습니다. 그럼 수고하십시오."

찰린은 그제야 지금까지 주민들이 했던 말을 이해할 수 있었다.

그리고 근 한 달 동안 외성 밖을 이 잡듯이 뒤지고 다니면서 지명수배자는 잡지 못했지만 주민들에게 엄청난 도움이 되었음을 깨달았다.

"⋯내가 영주님을 욕되게 하고 있었던 건가?"

찰린은 광장을 보지도 못하고 한참 동안 그 자리에 멍하니 서 있었다.

그때 쩌렁쩌렁한 목소리가 광장에서 들려왔다.

"여러분! 제 말 들어보십시오. 언제까지 이렇게 사시겠습니까? 제국은 귀족들의 것이 아닙니다. 바로 여러분의 것입니다. 3년 전 일을 기억하십니까? 그때 보였던 우리의 힘을 기억하십니까? 언제까지 지금처럼 착취당하고 사실 겁니까! 제국이 위험할 때 창검을 들고 나서는 이들도 우리고! 농사를 짓고 세금을 내는 것도 우립니다."

광장 분수대에 올라 외치는 놈은 지명수배자였다.

정신을 차린 찰린은 재빨리 수정구로 B팀에게 신호를 보내고 광장 구석구석을 바라보았다.

잠복 중인 병사들과 눈이 마주쳤다.

[모두 자리를 잡을 때까지 잠시만 대기!]

위스퍼 마법으로 섣불리 움직이려는 병사들에게 명령을 내렸다.

지명수배자는 상당히 날랜 몸놀림을 가지고 있었다.

"귀족과 우리는 다르지 않습니다! 똑같은 아라 님의 자식이고 똑같은 사람입니다! 한데 왜 우리가 그들에게 개돼지 취급을 받으며……"

"지금이다! 덮쳐!"

무슨 일인가 싶어 모여든 주민들이 분수대를 감쌌을 때 명령을 내렸다.

"…살아가야 합니까! 우리의 권리를……!"

지명수배자는 찰린과 평민 복장을 한 병사들을 발견하자 분수대 위로 올라갔다. 그러곤 훌쩍 주민들을 뛰어넘었다.

"윈드 에로우! 윈드 에로우!"

찰린은 그의 걸음을 늦추고 잡으려는 병사를 돕기 위해 마법을 사용했다. 그러나 놈은 오히려 잡으러 오는 병사에게 몸을 던져 위기를 모면했다.

"절대 놓치면 안 된다! 잡아!"

병사 두 명이 쓰러지면서 순간 포위망에 구멍이 뚫렸고 놈은 번개같이 일어나 골목으로 들어갔다.

으득!

"오늘도 놓칠 순 없어. 라이트! 래피드!"

나이도 들고 육중한 몸을 가진 그는 스스로의 몸에 마법을 걸었다.

마나가 몸을 살짝 들어주었고 래피드가 몸을 뒤에서 밀자 어느 누구보다 빨리 골목에 접어들 수 있었다.

'놈! 절대 놓치지 않는다!'

넓은 곳에선 래피드가 좋은 마법이지만 좁은 골목길에선 큰 사고가 나기 십상이었다.

"이크!"

온 정신을 라이트와 래피드에 집중했음에도 평소보다 4배나 빨라진―평소에 워낙 느려 수배자보다 약간 빠른 정도였다―속도에 살짝 튀어나온 벽에 머리를 찧을 뻔했다.

20미터, 15미터, 12미터, 10미터.

한 네 발자국만 더 가면 잡을 수 있는데 그 거리를 좁히기가 쉽지 않았다.

'서서히 마나가 떨어지고 있어. 젠장! 진즉에 수련을 해둘 것을.'

수련 부족으로 마나가 점차 고갈되고 있었다.

'공격 마법을 쓰면 잡을 수 있을 것 같은데.'

이대로 계속 가다간 놓칠 것 같았다. 하지만 공격 마법을 쓰려면 라이트와 래피드 마법을 멈춰야 했다.

같은 바람 계열에 편법으로 두 가지 마법을 쓰고 있었지만 4서클에 불과한 그는 두 가지 마법을 동시에 쓸 수는 없었다.

결심을 한 그가 라이트와 래피드를 멈추려 할 때였다. 돌아선 골목 중간쯤에 남녀가 보였는데 남자의 손엔 칼이 들려 있었다.

도움을 받을 사람이 나타났다고 생각한 여자는 도움을 청하려 했다.

"가, 강도… 꺅!"

갑작스레 고함을 질러서일까. 강도는 여자를 칼로 찔렀다.

피를 흘리며 쓰러지는 여자, 도망가는 강도. 눈앞에 있는 지명수배자.

'…수배자를 잡아야 해. 저 골목을 돌면 상가들이 있는 곳이라 놈을 잡을 수 없어.'

고민도 잠시, 그는 라이트와 래피드로 흘러가는 마나를 끊었다. 걸음이 느려졌고 수배자와의 거리는 점차 벌어졌다.

"윈드 에로우!"

흐릿한 화살이 생기더니 바람처럼 날아갔다.

퍽!

윈드 에로우가 강도의 등을 강타했다. 그리고 그러는 사이 지명수배자는 골목을 돌아 사라졌다.

"…헉헉! 헉헉!"

놈이 사라진 곳을 바라보며 헉헉대는 찰린은 묘한 표정을 짓고 있었다.

"다음엔… 헉! 꼭 잡는다. 헉헉! 큐어! 큐어!"

남은 마나를 쓰러진 여자에게 사용했다. 그리고 여자를 안았을 때 병사들이 도착했다.

"저기 쓰러진 놈 잡아. 강도 새끼니까 봐주지 말고."

왜 강도에게 마법을 썼는지는 솔직히 그도 알지 못했다. 지금은 그저 여자를 의료원이든 신전이든 데리고 가는 것이 우선이었다.

한데 막 골목을 돌았을 때 믿기 힘든 광경이 보였다.

"찰린 경! 오늘 이놈 잡으시려고 했죠, 헤헤헤!"

아까 봤던 대장장이와 여러 명의 시민들이 지명수배자를 깔아뭉갠 채 웃고 있었다.

　　　　*　　　　*　　　　*

　범죄자에 대한 발칸 제국의 법은 직관적이고 단순했다. 가장 기본이 되는 대전제는 '범죄자에게 인권'은 없다는 것이었다.

　넓디넓은 제국에 재판과 집행을 위해 잠시 가둬놓는 곳을 빼곤 사회와 범죄자를 격리시키는 대규모의 감옥이 단 하나뿐이라는 점이 이 사실을 증명하고 있었다.

　법이 단순한 만큼이나 판결 또한 단순했다.

　사형, 노예형, 태형, 유배형.

　재판이 열리는 경우가 대부분 심각한 범죄자를 심판하려는 경우였기에 거의 사형과 노예형이었다.

　태형과 유배형은 드물었는데 특히 유배형의 경우는 거의 없다고 봐야 했다.

　속전속결할 수 있는 사형이라는 제도와 노동력을 공짜로 얻을 수 있는 노예형이 존재하는데 왜 귀찮은 유배형을 내리겠는가.

　그러나 거의 없다는 거지 완전히 없는 건 아니었다. 특히 두 가지 조건만 만족하면 확실히 유배형을 받을 수 있었다.

　"이안 크로켓! 그대는 가당치도 않은 말로 제국민을 혼란스럽게 만들고 제국의 법을 어지럽혔다. 그대가 저지른 내란 선동은 절대 용서할 없는 죄! 이에 황제 폐하께서 내게 주신 권한으로 그대를 유배형을 내리노라."

그렇다.

내란 선동죄와 귀족, 혹은 귀족 출신의 신분. 이 두 가지 조건을 만족하면 유배형을 받을 수 있었다.

물론 엔트 할아버지의 경우처럼 죽이기 애매한 경우도 유배형을 내리긴 했다.

그러나 판결을 내릴 수 있는 작위 귀족—3년 전의 일로 준남작 이상의 작위를 가진 귀족만 판결이 가능해졌다—에게 가서 유배형을 내려달라고 빌 수는 없는 일이었다.

재판장인 남작이 나가자 두 명의 병사와 기사가 다가와 포박된 내 팔을 잡고 일으켰다.

"어라? 이 자식, 지금 웃고 있는 거냐?"

기사는 내 입꼬리가 올라가 있는 걸 봤는지 어이없다는 듯 말했다.

"유배형이라고 해서 어디 별장에 가는 줄 아나 본데, 발트란 감옥이 어떤 곳인지 알고 나면 절대 웃지 못할 거다. 차라리 깔끔하게 사형당하는 편이 나아."

"발트란 감옥요? 그런 곳이 있었습니까?"

왼쪽에 있던 젊은 병사가 처음 들어보는 듯 고개를 갸웃거렸다.

"있어. 수감된 죄인들 중 살아 돌아온 이가 없다는 지옥의 감옥."

"예? 돌아온 사람이 없는데 그곳이 지옥이라는 건 어떻게 압니까?"

"너 바보냐? 거기에 죄인만 있겠냐?"

"아! 간수들."

"그래. 은퇴한 간수들의 증언이 한때 대륙을 강타했었지. 그 이후로 개선 명령이 떨어지고 간수들이 은퇴를 해도 다들 쉬쉬하는 분위기라 지금은 어떤지 모르지만 30년 전만 하더라도 발트란 감옥의 죄인은 짐승 이하로 살았다는 건 분명해."

"도대체 어땠기에……."

"점심밥 먹기 싫다면 말해줄 수 있어."

"으~ 됐습니다. 비위 약하다는 걸 잘 아시면서. 그럼 이 사람이 그곳으로 가는 겁니까?"

"당연히. 유배형으로 갈 곳은 그곳뿐이니까. 쯧쯧! 관을 봐야 눈물을 흘릴 놈이군."

기사는 그의 말에 내가 새파랗게 질려 있길 바랐던 모양이었다.

아마 내가 그곳을 가길 바라서 내란 선동죄를 유도했다는 건 상상도 못 할 것이다.

난 이틀 동안 후작령의 외성 감옥에서 대기했다.

지옥의 섬에 갈 놈이라 생각해서인지 대우는 그리 나쁘지 않았다.

"일어나라! 때가 되었다."

사흘째 되는 날, 해가 뜨기도 전에 감옥을 나섰다. 한데 가는 곳이 텔레포트 탑이었다.

"텔레포트로 가는군요?"

"텔레포트 비용이 훨씬 싸게 먹히니까."

　하긴 중부와 가까운 이곳에서 동부 해안까지 압송해서 가려면 귀찮음과 비용이 장난 아닐 것이다.

"부디 편하게 죽길 바라마."

　다소 어이없는 작별 인사를 받고 텔레포트했다.

"으~ 이 어지럼증은 왜 생기는……."

　퍼억!

　텔레포트되자마자 느껴지는 어지럼증에 투덜거리는데 웬 놈의 발길질이 옆구리에 박혔다.

"쌍놈의 새끼! 도착했으면 얼른얼른 비켜! 시간 없단 말이야. 이런 놈들은 그냥 목을 베어버리지 뭐 한다고 굳이 발트란에 보내는 건지. 빨리 안 나가!"

　거친 수염이 얼굴의 절반을 덮고 있는 50대 초중반의 사내였다.

　불시에 맞아 옆구리가 욱신거리고 족쇄가 채워져 일어나기 힘들었다. 그러나 방법이 없는 건 아니었다.

　반격을 할 수 없지만 맞는 건 사양이었다.

　빙글빙글 몸을 굴려 마법진 밖으로 나갔다.

　보기엔 흉했지만 또 다른 발길질은 피할 수 있었다.

"허어~ 그놈 참 빠르네, 쩝!"

헛발질한 것이 아쉬운지 한마디 한 그는 나에게 신경을 끄고 마법진에서 나왔다.

"작동시켜."

그의 명령에 텔레포트를 운용하는 마법사는 수정구로 통신을 하더니 마법진을 작동시켰다.

파악!

빛과 함께 나처럼 손발에 족쇄를 찬 이가 중앙에 나타났다.

나를 찼던 수염이 덥수룩한 사내는 빛이 채 가시지 않은 마법진으로 걸어가더니 사내를 걷어찼다.

"쌍놈의 새끼! 도착했으면 얼른얼른 비켜!"

그는 나에게 했던 말을 토씨 하나 다르지 않게 했다. 다른 점은 이번에 도착한 중년인은 그의 연이은 발길질을 피하지 못하고 고스란히 맞았다는 것이다.

"으윽! 자, 잠깐! 이, 이게 무슨 짓이오!"

'바보! 아무 말도 하지 마.'

생각뿐인 경고였다.

"하아? 내가 발로 찬 게 기분이 나쁘셨나?"

"말로 해도 될 일을 굳이 그렇게 폭력을 행사할 필요가 있소이까? 아무리 이렇게 묶여 있다고 해도 같은 사람임을……."

중년인은 눈치가 없었고 말이 너무 많았다.

퍼억!

중년인의 얼굴이 획 돌아가며 피를 뿜었다.

"사람? 누가 사람이야? 착각하지 마. 네가 어떤 직위에 있었든 무얼 했었든 지금은 발트란의 죄수일 뿐이다. 발트란에서 죄수는 사람이 아니다. 고로 나 켈베로가 움직이라면 움직이고 말하라 할 때 말해라. 그렇지 않으면 죽음보다 못한 고통만 있을 뿐이다."

말을 하면서도 마나를 두른 그의 주먹은 쉬지 않았다. 말이 끝났을 땐 중년인은 피떡이 되어 바닥에 쓰러져 있었다.

"치워라! 이곳에서 떠나기 전까지 정신을 차리게 만들도록."

어지럽힌 놈과 치우는 놈은 따로라더니.

얼른 일어나 쓰러진 중년인의 어깨를 입으로 물고 질질 끌어 한쪽 구석에 데리고 갔다. 그리고 마법진으로 달려가 몸을 비벼 피를 닦았다.

"눈치가 빠른 놈이군."

다년간의 노예 생활로 다져진 나의 센스에 만족스럽다는 듯 말한 켈베로는 다음 손님(?)을 맞이할 준비를 했다.

'저자가 바로 발트란의 간수장인 켈베로일 줄이야.'

발트란에서 가장 요주의 인물은 소장인 6서클 쓰롬 남작과 5서클인 켈베로 남작이었다.

특히 켈베로 남작의 경우 마법보다 검술에 더 뛰어난 자로서 때려죽이는 걸 좋아하는 자라고 블랙이 준 서류에 적혀 있었다.

'그나저나 이 사람 당장은 못 일어날 것 같은데.'

못 일어난다면 켈베로는 분명 내게 책임을 물을 게 뻔했다. 힐링을 쓰면 되겠지만 마나의 유동을 알아볼 사람만 해도 근처에 열 명이 넘었다.

'가능할까?'

켈베로에게 차여서 구석으로 오는 이들이 하나둘씩 늘어났기에 멍하니 있을 수가 없었다.

쓰러진 중년인의 팔을 잡았다. 그리고 하단전의 기운을 그에게로 보냈다.

한 번도 해본 적이 없지만 마나에 치유력이 있다는 걸 믿고 해보는 것이었다.

'이런 기능도 있었네.'

마나는 내 의지를 알아들었는지 중년인의 몸을 돌며 그를 서서히 치유하기 시작했다.

"…으 …으……."

중년인이 깨어났다.

재빨리 마나를 회수하고 그에게서 손을 뗐다. 목적은 그를 깨우는 것이지 치료가 아니었다.

"뭐야, 깨어났어? 한동안 안 썼더니 녹슨 건가? 아무튼 운까지 따라주는군."

올 죄인들이 다 왔는지 켈베로는 더 이상 마법진에 들어가지 않았다.

그는 내 쪽으로 다가오더니 누워 있는 중년인과 자신의 주먹을 번갈아보며 중얼거렸다.

'빌어먹을! 처음부터 찍힌 건가?'

날 보고 있진 않았지만 나에게 하는 말처럼 들렸다.

"모두 도착했으니 가자."

발트란으로 갈 사람은 모두 12명이었다.

그의 말에 마법진 주위에서 서성이던 기사 네 명이 감시하듯 네 귀퉁이에 섰다.

"남작님, 저자는 어떻게 할까요?"

"깨운 놈이 책임져야지. 따라오지 못하면 둘 다 목을 베라."

젠장! 확실히 찍혔다.

"팔의 수갑이라도 풀어줄까요?"

내가 눈빛으로 기사에게 팔이 뒤로 묶여 있음을 강조했다. 다행히 기사가 알아본 건지 켈베로에게 물었다.

"아까 보니 입으로도 잘만 끌더군. 능력껏 데리고 오라고 해. 자! 출발한다."

헐! 완전 개새끼였다.

'도대체 나에게 뭘 바라는 거냐? 켈베로.'

목이 달아나긴 싫었다. 그러나 반드시 발트란으로 가야 했다.

본색을 드러내자니 발트란에 못 가게 될 테고, 입으로 끌고 가자니 뒤처질 게 뻔하고……

'죽여?'

반드시 데려가야 한다는 말은 없었다.

"…으, 으!"

내 눈빛에서 살기를 느낀 것일까, 맞은 곳이 빵처럼 퉁퉁 부은 중년인은 고개를 힘겹게 흔들었다.

"…어차피 우리가 가는 곳은 살아 돌아온 이가 없다는 지옥입니다. 고통 없이 보내 드리겠습니다."

마지막 죄인이 움직이고 있었다. 아마 잠시 후면 뒤에서 기다리고 있는 기사가 목을 치리라.

"…사, 살… 아야… 하알 이, 이……."

필사적으로 살아야 할 이유가 있다고 말하는 그.

'하아! 어쩔 수 없나…….'

솔직히 체념을 한 사람이라면 모를까, 살고자 하는 이를 죽일 순 없었다.

'트집을 잡는다면 계획을 변경하는 수밖에.'

일단 살려보기로 했다.

난 그 자리에서 풀쩍 뛰어올랐다.

움찔하며 허리에 찬 검으로 손을 가져가는 기사. 그러나 뽑지는 않았다.

난 떠오른 상태에서 어깨를 최대한 늘어뜨리고 무릎을 가슴까지 올려 몸에 붙였다. 그러고는 팔을 다리 밑으로 빼서 앞으로 넘겼다.

뒤로 묶여 있던 팔이 앞으로 오게 되니 중년인을 일으켜 등에 업는 건 쉬웠다.

"가시죠, 기사님."

"…으, 응."

서둘러 행렬의 마지막에 붙었다.

켈베로가 한쪽 눈썹을 올리며 묘한 표정으로 바라봤다.

'지랄해 봐. 그땐 네 목을 먼저 날려 버릴 테니까.'

머리론 어떻게 움직일지 시뮬레이션을 하며 마보세로 켈베로의 움직임을 살폈다.

"크하하하! 한동안 심심하진 않겠어. 서둘러라! 썰물 때를 놓치면 모조리 바다에 처넣어버릴 테니."

켈베로가 속도를 높였다.

스르릉! 스르릉!

발목에 찬 족쇄를 바닥에 끌며 도착한 곳은 텔레포트 탑에서 30분 거리에 있는 항구였다.

"우와!"

자신이 어떤 처지에 놓였는지를 망각한 앞에 있던 20대 초반쯤 되는 죄인이 바다를 처음 보는 듯 가벼운 탄성을 냈다.

게다가 뒤돌아보며 속삭였다.

"넌 바다 본 적 있어?"

"……."

"저기 멀리 떨어져 있는데 쫄기는."

곱상하게 생긴 청년의 말처럼 배에 물건 싣는 걸 확인하느라 켈베로와 두 명의 기사는 조금 떨어진 곳에 있었다.

귀찮아서 대답하지 않으려는데 계속해서 물어오는 통에 결국 대답했다.

"웅, 본 적이 있어."

"그래? 난 처음이야. 지금까지 수도인 발칸에만 지냈거든. 넌 해안 도시 태생?"

"아니, 40일 전쯤에 놀러왔다가 봤었어."

"어디? 벨롱? 하루타? 그것도 아닌 카란?"

벨롱, 하루타, 카란은 대표적인 해안 휴양지였다.

'아니, 바로 이곳.'

바다 한복판에서 탈출하려면 배가 필요했다. 그래서 한 달 전에 와서 배편을 알아뒀다.

청년의 종알거림은 켈베로가 다가오자 멈췄다. 눈치는 기가 막히게 좋아보였다.

한데 그는 발트란 감옥이 눈치만으로 헤쳐 나갈 수 있는 곳이 아님을 모르는 모양이었다.

"앞으로 8시간 동안 갇혀 있어야 하니 급한 놈 있으면 바다에 싸고 탑승해. 혹여 배를 더럽힌다면 혀로 닦아야 할 거다."

싸라고 했으면 수갑이라도 풀어주든가 말만 하고 켈베로는 배에 올랐다.

"거기 손 좀 빌려주게."

"나도."

"나도."

손을 앞으로 하고 있는 사람은 나밖에 없었기에 남자의 바지를 열 번이나 내렸다 올렸다를 반복해야 했다.

우리가 오른 범선은 바람의 마법진이 돛과 배의 후면에 그려져 있어서 무척 빨랐다.

우리는 어린애라도 빠져나가는 게 불가능할 것 같은 작은 창이 나 있는 좁은 선실에 갇혔다. 가둔 기사가 창을 열어놓고 가기에 의아해했는데 출항하고 얼마 지나지 않아 이유를 알 수 있었다.

바로 뱃멀미 때문이었다.

나와 기절한 듯 누워 있는 중년인을 제외하곤 작은 창에 입을 대고 구토를 하느라 정신이 없었고 두 시간이 지나지 않아 모두 지쳐 쓰러졌다.

창밖의 너울거리는 파도를 보며 앞으로 어떻게 해야 할지를 생각하고 있는데 배의 속도가 서서히 느려졌다.

'발트란 감옥!'

발트란은 사방이 천애 절벽인 돌섬에 세워져 있었는데 서서히 내리기 시작한 눈발이 더해지며 바다의 신이 사는 성이라고 생각할 정도로 고풍스러웠다.

발트란 감옥은 천 년 전에 발칸 제국의 4대 황제인 제론 혼 비아트 폰 뮤트가 그와 황제 자리를 놓고 다투었던 형제들을 죽이지 못하고 유배를 보낸 곳으로, 본래는 성이었다.

그 후로 자리다툼이 있을 때마다 승자는 패자들을 발트란 으로 보냈고 그들은 발트란에서 생을 마감했다.

500년 전, 황제의 권한이 귀족들과 균형을 이루고 다툼 없 이 승계가 이루어지면서 방치되어 오던 발트란은 400년 전 황 제파와 귀족파의 내전으로 인해 생긴 폐귀족들을 다시 그곳 으로 보내게 되면서 그때부터 감옥으로 불리게 되었다.

'공식적으로 천 년간 단 한 명도 탈출하지 못했다는 곳… 하지만 난 반드시 할아버지를 구해 탈출하겠어.'

다짐을 하듯 손을 불끈 쥐었다.

내가 스스로에게 다짐을 하는 사이, 배는 아예 멈추었다. 그리고 오직 파도의 힘에 의존해 앞으로 갔다.

덜컹!

첨탑의 감시병이 보일 정도로 다가가자 배에 어떤 힘이 작 용한 듯 좌우로 흔들렸다. 그리고 암초를 피해 빨려들 듯이 발트란의 선착장으로 향했다.

'이것이 발트란의 개미지옥!'

발트란의 개미지옥은 들어가는 시간과 나오는 시간을 모르면 절대 멀쩡히 나갈 수도 들어올 수도 없는 바다 위의 트랩이었다.

게다가 들어갈 수 있는 시간은 하루에 10번. 나올 수 있는 시간은 오직 한 번뿐이었다.

'맙소사! 설마 개미지옥을 만든 이가 피트인 건가?'

마보세로 마나의 움직임을 살피던 중 '피트의 숟가락질' 호수에서 본 것과 유사한 점을 알아챘다.

물론 호수와 비교도 안 될 만큼 많은 마법진이 바닥에 그려져 있고 마나의 변화 또한 파악할 수 없을 정도로 변화무쌍했다.

잠깐 느끼는 것만으로도 멀미가 날 정도였다.

'인공적으로 만든 함정이라… 나쁘지 않아.'

글로 봤을 땐 개미지옥은 자연이 만든 함정이 아닐까 생각했었다.

한데 인간—비록 인간의 영역을 벗어났다고 평가되는 9서클 마도사지만—이 만든 함정을 탈출하는 데 필요한 규칙을 찾는 게 더 쉬울 것 같았다.

이런저런 생각을 하고 있는데 배가 멈췄다.

드디어 도착했다.

"짐을 날라야 하니 마나 수갑을 찬 놈들을 제외하고 수갑과 족쇄를 풀어줘라."

마나 수갑을 차고 있는 죄수는 세 명.

환자를 제외한 여덟 명은 수갑과 족쇄로 인해 붉어진 팔목과 발목을 몇 번 문지른 후 짐을 절벽 가까이에 있는 승강기까지 날랐다.

"어이쿠!"

울퉁불퉁한 바윗길로 무거운 짐을 나르는 건 쉬운 일이 아니었다. 죄수들은 계속해서 넘어졌다.

"쓸모없는 것들. 이제부터 물건을 바닥에 떨어뜨린다면 사지 중 하나를 자르겠다."

사지를 잃을지도 모른다는 두려움은 죄수들을 긴장시켰고, 넘어지지 않게 만들었다. 그러나 모두가 그런 것 아니었다.

마지막 짐을 나를 때 나이 지긋한 노인이 넘어지면서 짐을 떨어뜨렸다.

엔트 할아버지와 겹쳐지는 모습에 나도 모르게 달려가려 했다. 그러나 이성이 발을 잡았다.

기사 중 한 명이 검을 뽑았고 한 치의 망설임도 없이 그를 행해 칼을 그었다.

"으악!"

단숨에 노인의 왼팔이 잘렸다.

나도 모르게 인상을 찌푸렸다. 한데 가만히 보고 있다 보니 뭔가 이상했다.

잘려 나뒹구는 팔에서도, 노인의 어깨에서도 피가 보이질 않았다.

'인간 백정이 따로 없군. 얼마나 많은 사람을 베어왔으면……'

팔을 자를 때 검에 화염 마법을 걸어 잘리는 동시에 살을 지져 버린 것이었다.

"놈을 실어라. 올라간다."

짐을 싣고 올라갔던 승강기가 내려왔다.

고통에 기절한 노인은 다른 죄수들이 챙겼고 난 중년인을 업고 승강기에 올랐다.

켈베로가 승강기에 달린 줄을 당기자 약간의 흔들림과 함께 움직였다. 한데 마법이 아닌 수작업을 이용하는지 한 번쪽 올라갔다가 잠시 멈칫하고 올라가기를 반복했다.

"다녀오셨습니까, 간수장님? 간만에 간 육지였는데 즐거우셨습니까?"

절벽 위에 있던 간수 중 눈매가 얇고 날카로운 이가 켈베로를 맞이했다.

"즐거울 일이 뭐가 있나. 이놈 좀 풀어주고 왔지."

켈베로는 자신의 아랫도리를 슥 만지며 말했다.

"하하하! 시원했겠습니다. 이제부터 제가 맡을 테니 편히 쉬십시오."

"자네도 시원한 시간 보내게, 큭큭큭!"

뭔가 알쏭달쏭한 말을 하고 켈베로는 가버렸다.

"난 부간수장 중에 한 명인 엠블이다. 발트란의 작업을 맡고 있지. 그래서 난 노동력을 중요시 여긴다. 간수장님처럼 너희들을 함부로 베거나 때리지 않는다."

엠블의 부드러운 소개에 죄수들은 다소 긴장이 풀리는 듯했다.

그러나 이어지는 그의 말에 모두 다시 굳었다.

"다만 노동력이 없다고 판단되면 그 즉시 쓸모없는 자로 판단하고 절벽 아래로 던져 버릴 것이다. 그러니 일을 스스로의 몸은 언제나 최상의 상태로 만들어둬라. 알겠나?"

"예!"

"좋아! 한 가지 팁을 주자면 나에게 잘 보여라. 그럼 편안한 수감 생활이 될 것이다."

번들거리는 눈빛으로 훑어보는 엠블과 눈이 마주치는 순간 소름이 돋았다.

남자뿐인 고립된 섬, 켈베로의 말, 엠블의 눈빛이 퍼즐 조각처럼 맞춰지며 한 단어가 떠올랐다.

'남색!'

만일 켈베로나 엠블 같은 놈이 있는 줄 알았으면 이런 식으로 발트란을 찾진 않았을 것이다.

다행히 엠블의 눈은 나에게 오래 머물지 않았다.

"따라오도록."

엠블이 향한 곳은 성으로 들어가는 거대한 문이었다.

감옥답게 한눈에 보기에도 두꺼운 철로 되어 있었는데 한 명이 오갈 수 있는 작은 문이 열려 있었다.

'드디어……!'

곧 엔트 할아버지를 볼 수 있을 거라는 생각에 철문으로 들어가는 내내 가슴이 두근거렸다.

한데 철문 안으로 들어가는 순간 뭔가가 중단전을 덮는 듯한 느낌을 받았다.

'설마?'

불행한 예감은 맞았다. 엠블이 기사들에게 명령했다.

"마나 수갑과 족쇄를 풀어줘라."

마나 제어 마법진이 존재하는 게 분명했다.

'망할! 이런 중요한 얘기를 왜 빼먹은 거야.'

블랙의 조직원에게 얘기해 줬다는 옛 간수장을 탓하는 동안 화려한 조각과 그림으로 가득한 로비를 지나 계단으로 내려갔다.

계단을 내려가면서 분위기는 성에서 감옥으로 바뀌었다.

어둡고 칙칙한 복도를 밝히는 깜빡이는 마나등은 을씨년스러운 분위기를 더욱 무섭게 만들었다.

"옷을 벗고 몸을 깨끗이 씻어라. 혹시라도 수상한 병에 걸리면 이유 막론하고 죽음이다."

250년 전, 발칸 제국에서도 아는 이가 거의 없었던 발트란 감옥을 전 대륙에 알리게 된 사건인 '발트란의 비극'이 발생했다.

천오백 명이 넘는 죄수들이 제대로 씻지도 못하고 쥐와 벌레가 우글거리는 밀폐된 공간에서 지내다 보니 전염병이 창궐한 것이다.

간수들이 수상함을 느꼈을 땐 이미 수백 명이 죽고 대부분의 죄수들이 병에 걸린 상태였다.

심지어 간수들까지 하나둘씩 병에 걸려 쓰러지는 상황에 이르자 살아남은 소장과 간수들은 발트란에서 벗어나 발칸 제국으로 갔다.

그것이 비극의 시작이었다.

감염이 된 소장과 간수들이 해안 영지에 병을 퍼뜨렸고 텔레포트 탑을 중심으로 전 대륙에 퍼져 나갔다.

마법도, 각 신전의 신성 마법도, 치료사의 노력도 소용이 없었다. 한 달도 되지 않아 천만 명 이상의 사망자가 발생했고 감염자는 그 몇 배에 달했다.

대륙의 모든 질서가 무너지려는 찰나, 그저 근근이 명맥을 유지해 오던 종파인 아라교가 신의 계시를 받았다며 나타났다.

여느 종파의 신관들처럼 신성력이 뛰어나지도, 대단한 치료제를 쓰지 않았음에도 그들이 지나간 자리엔 전염병이 사라졌다.

결국 아라교로 인해 '발트란의 비극'은 막을 내렸고 이후 아라교는 대륙 최대의 종파가 되었다.

각설하고 엠블의 명령에 우린 일제히 옷을 벗었다.

"…너! 칸켈족이냐?"

엠블은 내 몸의 점을 보곤 인상을 찌푸리며 물었다.

칸켈족은 발칸 제국 남쪽의 넓은 초원 지대에 사는 민족으로 온몸에 문신을 하는 게 특징이었다.

"아닙니다. 점입니다."

"쯧! 징그럽군."

징그럽다니, 기뻤다.

나와 곱상하게 생긴 청년 사이를 오가던 그의 끈적끈적한 눈빛이 나에게서 벗어나 온전히 곱상하게 생긴 청년에게로 가서 꽂혔다.

잔뜩 긴장하고 있던 난 비로소 긴장을 풀었다. 한데 엠블의 말에 나뿐만 아니라 모두가 긴장의 끈을 조여야 했다.

"오늘 방에 가면 너희들을 귀여워해 줄 놈들이 많을 게다. 괄약근이 파괴되지 않도록 관리 잘하도록. 지난번에 여섯 놈이… 큭큭큭!"

엠블은 말끝을 흐렸지만 샤워하고 있는 죄인들 중 그의 뒷말을 모르는 이는 아무도 없었다.

얼른 샤워를 마치고 쓰러진 중년인을 씻기고 나자 간수는 낡은 죄수복을 나눠주었다. 옷을 입고 나자 다시 계단을 내려갔다.

가운데 큰 기둥을 중심으로 나선형 계단이 지하 깊은 곳까지 이어져 있었다. 그리고 계단 중간중간 감방의 문이 위치해 있었는데 나선형 계단이 시작되는 곳에 기둥과 이어진 부채꼴 모양의 공간에서 모든 감방을 감시할 수 있는 구조였다.

"여어~ 프라이어, 고생 많네."

엠블의 부름에 고개를 돌리는 프라이어는 엠블처럼 좌우 어깨에 검은색 견장을 차고 있었는데 또 다른 부간수장인 모양이었다.

"요즘 죄수들이 유독 많군."

프라이어는 담백하게 말했다.

"그러게. 식사 시간은 끝난 건가?"

엠블은 나선형 계단에서 통을 들고 부지런히 움직이는 죄수들을 흘낏 보곤 물었다.

"끝났어."

딱 잘라 말하는 것이 우리에게 저녁을 먹일 생각이 없어 보였다.

"뭐, 하루 이틀 굶는다고 죽는 건 아니니까. 그리고 토할 걸 먹어봐야 뭐 하겠나."

프라이어는 엠블이 말한 의미를 알고 있는 듯 보였다. 그러나 별로 마음에 들지 않는지 살짝 인상을 찌푸렸다가 폈다.

"12명 인계는 잘 받았네. …데리고 갈 놈 있으면 데려가게. 배치를 하고 우리도 저녁을 먹어야 하니."

"큭큭! 내 맘을 알아주는 건 자네밖에 없군. 이놈은 내가 데려가지."

엠블은 곱상하게 생긴 청년의 어깨에 손을 올리며 말했다.

"…예? 저, 저, 전……."

곱상한 청년은 질색을 하며 떨어지려 했지만 엠블이 귓속말로 뭔가를 말하자 새파랗게 질린 채 말을 잊지 못했다.

"3감방, 9감방, 12감방, 17감방……. 이 둘은 47감방, 이상."

프라이어는 곱상한 청년을 제외하고 한 명씩 지목하며 감방 호수를 말했다. 나와 내 등에 업혀 있는 중년인을 따로 나누기 귀찮았는지 같은 방을 지정했다.

우리는 간수에게 이끌려 나선형 계단을 따라 내려가며 하나씩 방으로 들어갔다.

"빌어먹을! 외팔이 늙은이라니!"

"쯧! 이번에도 쓸모없어 보이는 놈이군."

"오! 그나마 반반한 놈이네. 나쁘지 않아."

죄수가 방에 들어갈 때마다 한마디씩 흘러나왔다. 간수들은 조용히 하라는 말을 간혹 할 뿐 기계적으로 죄수들을 방에 넣었다.

마침내 나선형 계단의 거의 끝에 위치한 47감방에 도착했다.

두툼한 철문이 열리고 난 감방 안으로 들어갔다.

수십 년은 된 듯한 퀴퀴한 냄새가 가장 먼저 반긴다. 세 개의 마나등이 있었지만 밖에 비해 어두웠는데 그 속에서 빛나는 스물네 개의 시선이 느껴졌다.

철컹!

문이 닫히자 한 인영이 일어나 문의 창살에 붙어 밖의 동태를 살폈다. 그리고 뒤이어 사람들 틈에 누워 있던 남자가 일어났다.

"오! 이게 얼마 만에 보는 야리야리한 몸뚱이냐?"

걸쭉한 목소리와 몰린을 생각나게 만드는 큰 덩치.

그가 일어나자 예닐곱 명의 사내들을 제외하곤 일제히 벽에 바싹 붙었다.

방장과 그 일파인 모양이었다.

"47감방에 온 곳을 환영한다."

"…환영해 주시니 고맙습니다. 이안 크로켓입니다."

"여긴 귀족인지 아닌지 중요하지 않으니 이안이라고 부르지. 업고 있는 자는?"

"간수장에게 맞아서 상태가 좋지 않습니다."

"간수장이 신입들을 데려오면 상태가 좋을 때가 없지. 그건 그렇고 우리 감방에서 편하게 지내려면 일단 내 말을 잘 들어야 해."

"튈 생각은 추호도 없습니다."

엔트 할아버지를 찾아 탈출하기 전까진 있는 듯 없는 듯 지낼 생각이었다. 하지만 사소한 전술은 언제든 바뀔 수 있었다.

"현명한 생각이야. 한데… 그렇게 지내려면 네가 우리에게 해줘야 할 일이 있다."

신호라도 되는지 일곱 명이 일어났다.

난 중년인을 내려놓고 물었다.

"해줘야 할 일이 뭡니까?"

"간단해. 나와 여기 있는 친구들을 위해 여자 역할을 해주면 돼."

"역시……."

"반항하는 것도 괜찮아. 얌전한 것보다 팔딱팔딱 뛰는 맛을 더 좋아하거든, 흐흐흐!"

발트란 감옥 전체에 마나 제어 마법진이 있었다. 한데 중단전에만 영향을 미칠 뿐이었다.

즉, 마법은 사용할 수 없었지만 신체적인 능력은 마음껏 쓸 수 있다는 얘기였다.

"원한다면 날뛰어줄게. 알아서들 해봐."

말을 끝내자마자 실소를 흘리며 다가오는 놈들에게 뛰어들었다.

*　　　*　　　*

'젠장! 중단전이 얼면서 마보세의 조정 능력도 깨진 건가.'

밤새도록 잠을 설친 나는 잠자기를 포기하고 눈을 떴다.

발트란 감옥에 도착한 지 나흘째.

통제를 벗어난 마보세는 눈을 감으면 발트란 개미지옥의 마나의 흐름을 보여줬고 그 탓에 나는 잠을 거의 못 자고 있었다.

처음엔 비밀을 풀어보자는 심정으로 시간을 보냈지만 사흘 동안 잠을 자지 못하니 상당히 피곤했다.

가볍게 몸을 풀고 하단전 마나 호흡법에 집중했다. 피곤한 몸과 정신을 풀려면 이 방법밖에 없었다.

물론 호흡법을 하는 것도 쉬운 것만은 아니었다.

호흡법을 하기 위해 눈을 감으면 어김없이 개미지옥의 마나 흐름이 보였는데 집중하지 않으면 호흡법마저 방해하기 일쑤였다.

"휴우~"

겨우겨우 호흡법을 마치고나자 정신이 깨고 몸이 좀 가벼워졌다.

자리에서 일어난 나는 감방 한쪽 구석에 있는 화장실─천으로 아래만 가려놓은─로 들어갔다.

비스듬한 바닥에 손바닥만 한 구멍이 있었는데 그곳이 화장실이었다.

나는 엉덩이를 까고 앉았다.

"쳇! 먹은 게 별로 없으니 나오는 것도 없네."

자그마한 한 덩이를 싸고 뒤에 위치한 꼭지를 돌려 엉덩이를 씻었다.

"씨발! 이게 무슨 냄새야. 어떤 새끼가 이 시간에 똥을 싸고 지랄… 아! 죄, 죄송합니다, 방장님."

조용히 일을 보고 싶었는데 전(前)방장인 카루소가 냄새를 맡고 일어나 소리를 치다가 나와 눈이 마주치자 얼른 사과를 하고 돌아누웠다.

첫날 내 엉덩이를 원하다가(?) 호되게 당한 다음부터 슬슬 기고 있었다.

비누를 이용해 손을 씻고 세수를 한 후에 화장실에서 나왔다.

"오늘도 못 잤나?"

켈베로에게 호되게 당했던 중년인이었다.

"세레트 아저씨, 몸은 좀 어떠세요?"

"네 덕에 사흘 내내 잤더니 살 만해. 오늘부터 일할 수 있을 것 같아."

"노동 강도가 장난이 아니에요. 오늘까진 안에서 청소하면서 몸 상태를 정상으로 만드세요. 괜스레 잘못하면 개죽음당해요."

아침 6시부터 저녁 6시까지 계속되는 노동은 익숙하지 않아서인지 몰라도 나조차도 헉헉거리게 만들 정도였다.

"방장은 일을 안 나가도 되는데 나 때문에……."

"신경 쓰지 마세요. 좋아서… 는 아니지만 어쨌든 오늘도 전 나갈 테니까요."

엔트 할아버지를 찾으려면 감방에서 나가야 하는데 아직까진 노동을 하러 나가는 방법 말고는 밖으로 나갈 수 없었다.

세레트와 대화를 끝내고 한쪽 구석으로 가 스트레칭과 운동을 했다.

노동만으로도 충분히 힘들지 않느냐고 묻는 이들도 있었지만 탈출할 때를 대비해야 했다.

땡땡땡! 땡땡땡!

기상종이 울렸다.

운동을 끝내고 숨을 고르는 동안 47감방 죄수들은 부스스 일어나 이불을 개고 화장실을 사용했다.

"준비하세요."

점호 시간이 다가왔음을 알렸다. 죄수들은 서둘러 철문 앞에 도열했다.

텅텅!

철문을 두 번 두드리는 소리와 함께 창살로 간수의 얼굴이 보였다.

"스물여섯! 모두 이상무."

죄수의 수를 확인한 간수가 지나가자 뒤에 있던 이들은 재빨리 식판을 챙겨와 다시 자리에 앉았다.

"인원 이상무!"

"배식하라!"

인원을 확인한 간수가 보고를 했고 부간수장의 배식 명령
이 떨어졌다.

드륵! 철문의 배식대가 열렸다.

대기하고 있던 죄수는 식판을 올렸고 죽 한 덩이가 주어졌
다. 죄수들은 기계처럼 죽을 받았다.

'죽을 나눠주는 이들도 정해져 있는 건가?'

창살로 배식하는 이들의 얼굴을 살피던 나는 사흘 내내 그
들이 같은 사람임을 알고 인상을 살짝 찌푸렸다.

총 50개의 감방이 있고—방마다 차이가 있겠지만—각 방에
스물다섯 명씩 있다면 총 1,250명의 죄수가 있다는 말. 한데
나와 같이 들어온 사람들을 포함해도 지금까지 확인한 얼굴
은 채 50명이 되지 않았다.

이런 식이면 곤란했다.

"식판 대세요."

"아! 잠깐 미안합니다."

배식자의 말에 정신을 차리고 식판을 댔다.

방장이라 그런지 다른 사람들보다 훨씬 많은 양의 죽이 주
어졌다.

식판을 빼자 배식 담당은 빵을 던진 후 배식대를 닫았다.

감방에서 하루에 나가는 인원은 열다섯. 빵은 점심 겸 방
장 것을 포함 16개였다.

일 나갈 사람은 알아서 챙겨가고 나는 두 개 남은 빵을 챙

겨 한구석에 앉아 죽을 먹기 시작했다.

죽은 사람을 넣고 끓인다고 소문이 있어 처음 먹을 땐 사실 입도 제대로 대지 못했었다. 그러나 사람을 넣고 끓일 이유가 없고 단순한 어죽임을 알고 있었기에 꺼릴 이유가 없었다.

'혼자 알아보기엔 한계가 있겠어.'

가급적 조용히 지내다가 조용히 사라질 생각이었는데 정보수집을 해야 할 모양이었다.

게 눈 감추듯 죽을 먹어치우고 구석에 앉아 있는 카루소에게 다가갔다.

"무, 무슨 일이십니까?"

카루소는 깜짝 놀라며 몸을 움츠렸다.

"물어보고 싶은 것이 있어 왔으니 긴장 마세요."

난 두 개의 빵 중 하나를 그에게 내밀었다.

"이 빵은… 전 오늘 일을 나가지 않습니다만."

"전임 방장에 대한 예우랄까요. 싫으면……."

"아닙니다! 고맙습니다."

내 맘이 변할까 얼른 낚아채 입에 물었다.

쩝쩝!

"근데 묻고 싶은 게 뭔지……?"

"우리가 일하는 곳엔 세 개 감방의 사람들뿐이잖아요. 하면 다른 감방은 다른 곳에서 일을 한다는 건데 일하는 곳이 고정인지 아님 한 달에 한 번씩 바뀌는 건지 궁금해서요."

"쩝쩝! 바뀝니다. 한데 기간이 아니라 한 번씩 열리는 격투 대회에서 이겨야 바뀝니다."

귀가 솔깃한 말이었다.

"격투 대회? 자세히 설명해 봐요."

"날짜가 딱히 정해지지 않고 간혹 간수들의 유흥을 위해 열립니다. 각 감방에서 가장 강한 방장들이 참여를 하는데 그때 등수가 정해집니다. 그럼 등수에 따라 일을 배정받게 됩니다. 보통 가장 등수가 낮은 감방이 가장 힘든 일을 맡게 되죠."

"우리 감방은 몇 등입니까?"

"그건……."

우물쭈물하는 꼴이 하위인 모양이었다.

질문을 바꿨다.

"배식도 등수와 관계가 있습니까? 그렇다면 몇 등이나 해야 하죠?"

"배식은… 1등을 해야 합니다. 한데 불가능입니다."

"왜요?"

"40등만 되어도 대부분 마나를 사용할 줄 압니다. 전투 마법사나 기사였던 사람이죠. 한데 그런 사람들 중 1등을 한다? 제가 시합을 봤는데 인간이 아닙니다."

마법사들도 하단전을 개발하니 일반인의 입장에서 보면 넘사벽일 수 있었다.

그에게 몇 가지 더 물어본 뒤, 일을 나가야 할 시간이 되자 일어났다.

오늘부터 몸만들기에 들어갈까도 생각해 봤다. 그러나 사흘을 주기로 같이 일하는 두 감방의 모든 얼굴을 볼 수 있기에 오늘은 나가봐야 했다.

"헉헉! 헉헉!"

감방 벽에 난 약간의 홈을 잡은 채 턱걸이를 하고 있는데 땀이 비 오듯 쏟아지고 거친 숨이 절로 나왔다.

'한 번만 더!'

아까 전부터 '한 번만 더!'를 몇 번이나 외쳤던가.

팔은 의지와 상관없이 떨리고 있었고 하단전의 마나는 바닥이 난 지 오래였다. 그러나 6일간 몸을 괴롭힌 덕분에 하단전을 비우면 비울수록 조금씩 커진다는 사실을 알 수 있었다.

"큭!"

온몸의 힘을 짜내 결국 다시 한 번 턱걸이를 할 수 있었다.

홈에서 손을 떼고 바닥에 내려왔지만 턱걸이를 하기 전 하체 운동을 한 덕분에(?) 바로 주저앉았다.

"…괜찮나?"

세레트가 다가와 젖은 수건으로 몸을 닦아주며 물을 건넸다.

식판에 가득 차 있던 물은 입으로 가져갔을 땐 한 모금 정도밖에 남지 않았다.

"…괘, 괜찮습니다. 잠깐만 이대로 있겠습니다."

손가락 하나 까딱할 힘이 없었다.

축복에서 저주로 바뀐 마보세 때문에 10일 가까이 잠도 못자고 호흡법만으로 버티며 힘든 운동을 하고 있었으니 당연한 일이었다.

죽은 듯이 바닥에 누워 눈을 감았다.

'오늘이 1월 20일. 그럼 51일 남았군.'

후작령에서 내란 선동죄로 잡히기 전 발트란 감옥과 가장 가까운 항구에 방문을 했었다. 그러곤 어부에게 돈을 주며 2월 10일과 3월 12일 두 번 발트란 근처에 와달라고 부탁을 했었다.

'51일 내로… 할아버지를 만났으면 좋겠는데……. 조오오오오올려어어어……'

생각하는 데 소모할 에너지도 부족한지 생각마저 느릿느릿 떠오르는 경험을 했다. 그리고 곧 한없이 느려지며 잠에 빠져들었다.

눈을 떴다.

순간 눈을 감았다가 뜬 것처럼 꿀잠을 잤다.

'…몸이 왜 이렇게 가볍지?'

얼마나 잤을까 하는 의문보다 발트란 감옥에 들어오기 전처럼 가뿐한 컨디션에 놀랐다.

상체를 일으킨 후, 벽에 몸을 기대고 내부를 관조했다.

가정 먼저 살핀 단전은 조금 더 커진 상태로 꽉 차 있었다. 이어 몸을 살펴보려는데 기계의 스위치를 잘못 건드린 것처럼 맹렬히 돌고 있던 기운이 '팍!' 하고 사라져 버렸다.

'어라? 방금 그건 뭐지?'

뭔가 중요한 것을 놓친 듯한 느낌에 샅샅이 살펴보지만 사라진 가운은 어디에서도 찾을 수 없었다.

'치유력의 일종이었나?'

마냥 앉아 있어봐야 찾을 수 없다는 생각에 적당한 결론을 내리고 일어났다.

물을 마시고 제자리에 돌아온 나는 몸을 풀고 자세를 잡았다.

검의 기수식을 변형한 자세.

열 번의 삶 동안 정식으로 무술을 배운 것은 아카데미에서 배운 검술이 다였다. 막무가내로 싸우는 것보다 검술을 권술로 바꾸는 것이 훨씬 효과적임은 두말할 필요가 없었다.

다만 변형하는 데 있어서 가상의 대결 상대는 검을 든 몰린을 기준으로 했고 그러다 보니 권술가들에게 통할지는 의문이었다.

쉭! 쉬익! 쉭쉭!

일단 익숙해지는 것이 우선이라는 생각에 나름대로 열심히 권술을 펼쳤다.

10번 반복한 후 숨을 고르기를 몇 번, 다시 땀에 흠뻑 젖을 때쯤 일 나갔던 이들이 돌아왔다.

그들은 인사할 여력도 없는지 나에게 살짝 고개만 숙인 후 바닥에 주저앉았다.

얼마나 고된 일인지는 세 번 일해본 나도 뼈저리게 잘 알고 있었다.

발트란의 소용돌이는 접근해 온 배만 집어삼키는 것이 아니었다. 접근해 온 물고기들에게도 영향을 끼쳐 섬 한쪽으로 모이게 만들었는데 그 물고기를 그물로 걷어 올리는 것이 47감방의 일이었다.

"저희는 신경 쓰지 마시고 하던 일 계속하십시오."

수련을 한다고 감방의 절반쯤을 차지하고 있어 피해줄 것 같아 머뭇거리자 한 발을 쩔뚝이는 중년 사내가 말했다.

2년 전 27번 감방에서 옮겨온 이라는 얘기가 있었다.

"괜찮아요. 저녁 먹을 때까진 편히 누워들 있어요."

"아닙니다. 조만간 격투 대회가 있을 것 같은데 부디 좋은 성적을 거둬서 조금 편안한 일을 맡게 해주십시오. 그게 약간의 불편함보다 좋습니다. 아마 모두 저와 같은 생각일 겁니다."

꽤 합리적인 생각이었다.

한데 난 합리적인 생각이라는 것보다 격투 대회가 조만간 열릴 것이라는 걸 어떻게 아는지가 궁금했다.

"조만간 대회가 열린다는 건 추측입니까?"

"……."

사내는 말하기를 주저했다.

뭔가를 알고 있는 눈빛이었기에 약간 다그치면서 다시 물었다.

"…오늘 서쪽 절벽에서 한 시체가 바다로 떨어졌습니다."

"그게 무슨?"

의미를 알 수 없어 되물었다.

"제 예상이 맞다면 그 시체는 지난번 격투 대회에서 1등을 한 자일 겁니다."

내가 여전히 못 알아듣겠다는 표정을 짓자 그는 설명을 덧붙였다.

"제가 있던 27감방엔 예전 격투 대회에서 1등을 한 사람이 있었습니다. 그는 사흘에 한 번 켈베로에게 불려갔고 그때마다 잔뜩 상처를 입은 채 돌아왔습니다. 그리고 그로부터 두 달 뒤 돌아오지 않았습니다. 그리고 새로운 격투 대회가 열렸죠."

"아!"

"그는 켈베로가 뭔가를 알아내려 자신을 이용하고 있다고, 그의 욕구를 충족시켜 줘야 자신이 살 수 있다고 중얼거리곤 했습니다. 더 이상은 저도 모릅니다. 그럼."

절름발이 사내의 말이 사실임은 저녁을 먹기 전에 알 수 있었다.

이틀 후 격투 대회가 있음을 부간수장이 공지했다.

25장
할아버지의 행방

"이거 드시고 힘내십시오."

"힘내세요."

47감방 죄수들은 점심으로 받은 빵의 4분의 1을 뜯어 상납하듯 췄다.

그들이 바라는 바가 뭔지 알고 있었기에 사양하지 않고 받았다.

죄수들이 일을 나가고 그들이 준 빵을 먹으며 기다리고 있자 세 명을 간수가 다가오는 게 느껴졌다.

'올라갈 수 있는 곳까지 올라간다.'

절름발이 사내의 경고에 순간 1등을 하면 안 되겠다는 생각을 했었다. 하지만 계획해 둔 탈출할 시간을 놓치고 탈출 방법을 새로 생각하는 것보단 차라리 1등을 하고 죽기 전에 도망가는 편이 나았다.

"대회에 참가할 사람은?"

"접니다."

"나와."

철컥! 철문이 열렸다.

복도로 나가자 이미 각 감방에서 나온 방장들이 위로 올라가고 있었기에 눈치껏 위로 향했다.

"처음 보는 놈이군."

복도 끝에 이르자 부간수장 프라이어가 흘낏 보며 말했다.

"47감방의 새로운 방장입니다."

대답은 어느새 옆에 다가온 간수가 대신했다.

"47감방이라면 나무꾼? 그자를 이겼다고 해서 새로울 건 없지 않나?"

"벗은 몸을 보시면 생각이 바뀌실 겁니다. 상의를 벗어라."

둘이 뭐 하는 짓인가 싶었지만 하라는 대로 하는 수밖에 없었다.

"오호! 기사 출신인가?"

내 몸을 훑어보던 프라이어는 가벼운 감탄사를 뱉었다.

"이안 크로켓. 내란 선동죄로 잡혀온 자입니다."

"멸문 귀족 출신인가? 근데 몸에 있는 이 문신은 뭐냐? 칸

켈족이냐?"

벌써 두 번째 듣는 소리였다.

"설마, 병이냐?"

프라이어가 검의 손잡이를 잡았다.

난 간수의 말을 기다리지 않고 대답했다. 지금처럼 무방비 상태에서 싸우게 되는 사양이다.

"아닙니다. 점입니다."

"점치고 꽤 큰데……. 일단은 건강해 보이니 믿어주지. 난 이놈으로 하지. 30등까지 계속 걸어주게."

"알겠습니다. 옷 입어라. 이동한다."

노름을 하는 모양이었다.

얼른 옷을 입고 간수에게 이끌려 도착한 곳은 발트란 성 1층의 로비였다.

2층 발코니를 바라보고 50개의 의자가 반원 형태로 놓여 있었고 이미 절반이 넘는 이들이 앉아 있었다.

잠깐 어디에 앉을지 고민하는데 간수가 자리를 가르쳐 주었다.

"저기 끝에서 두 번째가 네 자리다."

왼쪽으로 남은 자리는 단 하나뿐이었다. 즉, 49등으로 카루소가 말하기를 꺼려했던 이유를 알 것 같았다.

앉아서 방장들의 면면을 눈과 마보세로 살폈다.

'30등이나 3등이나 별로 차이가 없어 보이는데 붙는 걸 봐

야 알 수 있겠어.'

중단전의 경우 3서클과 4서클의 차이는 확실했다. 한데 하단전의 경우는 비슷해 구분하기 힘들 정도였다.

잠시 주변을 살펴보는 사이 1등 자리를 빼곤 모든 자리가 찼다. 곧이어 간수들이 몰려 들어와 앞에 자리했고 엠블과 켈베로가 2층 발코니에 얼굴을 드러냈다.

"훗! 오늘 좀 재미있겠군."

켈베로는 위에서 찬찬히 살펴보다가 날 발견하고 중얼거렸다. 낮은 목소리였지만 조용해서인지 아님 로비의 구조 때문인지 또렷이 들렸다.

'쓸데없는 소리로 경계심을 키우지 마!'

방장들 중 켈베로가 날 보며 중얼거렸다는 것을 모르는 사람은 드문 듯했다. 그들은 경계심이 가득한 시선으로 일제히 나를 봤다.

"여우 같은 놈, 큭큭!"

내가 시치미를 떼고 있어서일까, 켈베로는 다시 한마디 하고 자리에 앉았다.

잠시 후 쩌렁쩌렁 울리는 알림이 들려왔다.

"쓰론 남작님 나오십니다!"

방장들도, 간수들도 일제히 일어나 고개를 숙였다.

쓰론 남작은 약간 마른 체형에 뭔가를 하느라 밤을 샌 건지 타고난 건지 다크서클이 깊었다.

"켈베로 남작이 새로운 장난감이 필요한가 보군."

"하하하! 매번 귀찮게 해드려 죄송합니다."

"괜찮네. 나도 심심하던 차였거든. 그럼 시작할까?"

그는 가볍게 손을 들어 손을 튕겼고 그 순간 무대 중앙을 제외하곤 어두워졌다.

'마법!'

그저 마법진을 활성화시키는 것이었기에 그의 마법은 특별할 것이 없었다. 하지만 그가 손을 튕기는 순간 그의 중단전이 움직이고 주변의 마나가 활성화되는 것에 놀라웠다.

'마나 제어 마법진이 예외인 곳이 있다?!'

발트란의 마나 제어를 조절할 수 있는 곳이 있을 가능성, 저 장소만 예외적인 곳일 수 있을 가능성, 쓰론 남작이 마나 제어 마법진에 영향을 받지 않을 가능성 등 다양한 가능성이 있었기에 당장엔 큰 의미는 없었다.

하지만 아예 불가능한 것보단 탈출 가능성을 높일 수 있을 것 같았다.

"50등부터 시작하지."

"예! 저는 45등과 대결하길 원합니다."

켈베로의 말이 떨어지기 무섭게 50등이 일어나 자신의 의견을 말했다. 45등은 카루소보다 한 뼘은 커 보이는 사내였다.

"준비하도록."

밑에 등수의 사람이 지목하는 방식인 모양이었다.

50등과 45등이 바닥에 그려진 원의 양 끝에 서자 2층 발코니를 연결하는 계단으로 누군가가 내려와 표와 돈을 교환하는 것이 보였다.

"시작!"

간수들이 판돈을 모두 걸었는지 켈베로가 시작을 알렸다.

"합!"

50등은 기합 소리와 함께 45등에게 달려들었다. 두 사람은 격렬하게 치고받았는데 그 모습을 지켜보던 난 한 가지 의문이 생겼다.

50등은 한눈에 보기에도 카루소보다 강했는데 왜 그가 50등이었는지 궁금했다.

'50등이 이기겠군.'

힘과 덩치는 45등이 강하고 컸지만 몸동작이 너무 둔했다.

결국 승리는 차곡차곡 공격을 축적시킨 50등의 승리로 돌아갔다.

"으~ 저 등신! 덩치값도 못하고!"

"푸하하! 지난번보다 살이 쪘을 때 알아봤지. 방장이 됐다고 처먹기만 한 모양이군."

"자신이 유리한 줄도 모르고 적에게 휘말려서 쓰러지다니. 나가 죽어, 이 새끼야!"

승부가 나자 돈을 잃은 듯한 간수들은 갖은 욕설을, 돈을

딴 간수는 비웃음을 패배한 45등에게 쏟아냈다.

고개를 푹 수그린 채 욕을 듣던 45등은 어느 정도 욕설이 잦아들자 내 옆으로 와 앉았다.

뒤이어 50등은 40등을 지목했고 다시 한 번 이겼다.

난 패배한 40등이 45등의 자리에 앉는 것을 보고 대결 규칙을 대충 파악했다.

50등—이제는 40등이 된—은 다음 상대로 38등을 선택했다. 한데 38등은 마나를 사용하는 이로 단 두 방에 50등을 쓰러뜨렸다.

이미 두 번의 싸움으로 지치긴 했지만 실력 차가 워낙 극명했다.

'저 정도라면 충분해.'

38등과 싸우면 이길 자신이 있었다.

"다음 49등, 대결 상대를 지목해라."

"예! 전 35등과 대결하길 원합니다."

켈베로의 말에 일어난 난 자신 있게 외쳤다. 한데 돌아오는 건 비웃음이었다.

"푸하하! 멍청한 놈! 지목은 자신보다 5등 안에서만 가능하거든."

"큭큭큭! 재미있는 놈이군."

'오크 똥구멍을 핥다가 죽을 놈들! 그런 규칙이 있으면 진즉에 가르쳐 주든가.'

주변이 어두운 것에 감사를 하며 웃는 놈들에게 저주를 퍼부었다.

얼른 다시 44등과 붙겠다고 할 때였다.

"자신이 있나 본데 그렇게 해. 대신 35등은 놈의 팔다리 중 하나는 부러뜨려도 좋다."

켈베로의 말에 비웃음이 멈췄고 35등은 고개를 숙이고 원 끝에 섰다.

나야 마다할 이유가 없었기에 원 끝에 섰다.

예의 사내가 계단을 내려와 판돈을 걷어갔다.

"규칙을 모르는 것 같으니 한 가지 더 말해주지. 원을 벗어나면 무조건 패배야. 시작!"

터엉!

켈베로의 시작 소리와 함께 대리석 바닥을 발로 밟는 소리가 귀청을 때렸다.

동시에 멀리 있던 35등이 블링크처럼 내 앞에 다가오며 주먹을 뻗었다.

"큭!"

공격해 올 것이라 예상을 하고 있었음에도 완전히 피하지 못할 정도로 그의 움직임은 빨랐다. 게다가 공기를 가르는 날카로움은 스친 볼을 찢기에 충분했다.

이처럼 빠르고 날카로운 공격이 계속된다면 질 수 있다는 생각에 옆으로 돌면서 거리를 벌렸다.

다행히 이어지는 그의 공격은 처음처럼 날카롭지 못했다. 그러나 선기를 빼앗겨 계속 조금씩 밀렸다.

"합!"

선기를 잡고자 기합을 넣으며 공격 속도를 높였다.

'이 사람 분명 나보다 약해. 한데……'

처음 공격을 제외하곤 부딪치는 팔목에서 느껴지는 힘, 공격 속도, 움직임의 빠르기 등 거의 모든 면에서 내가 앞섰다.

만일 검을 들고 있었다면 50합 이전에 그의 목을 날릴 수 있을 것 같았다. 그런데 지금 100합을 넘어가는데 전혀 선기를 잡을 수 없었다.

아니, 선기는커녕 내 속도에 그가 점점 익숙해지면서 다시 밀렸다. 무엇보다도 때때로 요상한 그의 별것 아닌 행동에—팔을 살짝 당긴다든가 내 다리를 살짝 건드리는—전체적인 중심이 무너지고 있었다.

'이대로라면 내가 진다.'

전력을 다하면 어쩌면 1등이 될 수 있을지도 모른다고 생각한 스스로가 부끄러웠다.

이겨야 한다는 생각을 버렸다.

잔뜩 긴장하고 있던 몸이 풀렸고 팔의 움직임이 한결 가벼워졌다.

몰린이 했던 정중동의 묘리를 이용해 방어를 하며 35등의 움직임을 살폈다.

'부족한 속도와 힘을 보충한 것이 저 방법이었나?'

그의 다리, 허리, 어깨, 팔 모든 곳이 나선형으로 움직이고 있었다.

몰랐던 것은 아니다. 다만 검술을 배울 때 초식 속에 자연스럽게 녹아 있던 것이라 의식을 못 하고 권술로 바꾸면서 생략해 버린 것이다.

'어쩐지 어색하더라니.'

빠른 공방이 이루어지고 있는 상황에서 의식적으로 나선형을 그리며 움직이려니 위험한 순간이 왔다. 그러나 빠른 발로 아슬아슬하게 위기를 넘기고 나자 3년간 몸에 배인 동작이 나오기 시작했다.

팔과 팔이 부딪혔다.

지금까지 균형을 이루던 힘이 처음으로 깨졌다. 그의 팔이 일순간 오르며 빈틈을 보였다.

무리하지 않고 젖꼭지와 옆구리 사이의 간이 있는 곳을 쳤다.

"크으……!"

가볍게 친 한 방인데 그는 무방비 상태로 비틀거렸다.

몰린과 대련을 하며 순간순간 단전의 마나를 팔로 보냈던 습관 때문에 타격과 함께 내 기운이 그의 간에 침투해 일어난 현상임을 이때까진 몰랐다.

아무튼 계속 밀리다가 단 한 방에 전세를 역전하게 된 나는 기회를 놓치지 않았다.

적당히 떨어진 거리.

살짝 무릎을 살짝 벌리며 굽히곤 오른쪽 다리에 무게중심을 뒀다. 그리고 무릎을 펴는 힘을 이용해 오른쪽에 있던 중심을 왼발로 옮기며 발을 박찼다.

터엉!

35등이 처음 나에게 공격했던 초식으로 그의 발 구름보다 더 큰 소리가 울려 퍼졌다.

'헉! 뭐가 이리 빨라!'

6서클이 되고 블링크를 연습할 때처럼 몸은 순식간에 35등의 코앞에 이르렀다.

그를 향해 나선형으로 팔을 돌리며 주먹을 뻗던 난 그가 반격이 불가능한 상태임을 깨달았다.

'머, 멈춰!'

가까스로 공격을 멈췄다.

악착같이 버티고 있는 모습이 순간 안쓰러웠다. 하지만 경기를 끝내야 했다.

가볍게 그를 밀어 원 밖으로 내보냈다.

"나가죽어, 새끼야! 어떻게 한 방을 맞고 지냐!"

"젠장! 거의 이겼다고 생각했는데… 꼴도 보기 싫으니 얼른 네놈 자리에 가서 앉아!"

"쳇! 특이한 놈이라 기대를 한 내가 병신이지."

이번에도 패자에 대한 욕이 터져 나왔다. 한데 기분 나쁘게도 모두 그에게 걸은 모양인지 좋아하는 사람은 단 한 명도 없었다. 아니, 켈베로만 알 수 없는 표정으로 바라보고 있었다.

"다음은 30등과 붙겠습니다."

한 등씩 올라가며 실력을 조금씩 다듬을까, 처음 계획대로 지목할 수 있는 가장 높은 등수의 방장을 지목하는 것이 나을까 고민하다가 후자를 선택했다.

지쳐서 쓰러지는 것이 최악이라는 생각에서였다.

고민한 것이 우스울 정도로 30등은 35등보다 실력이 더 형편이 없었다.

하단전을 사용할 순 있었지만 검술과는 거리가 멀었는지 마구잡이로 마나를 사용하다가 제 풀에 쓰러진 것이다.

"다음은……."

"그만! 30등 이상은 점심 이후에 선택할 수 있다."

쉬는 시간을 준다는데 마다할 이유가 없었다.

자리에 앉아 뒤이어진 47등의 경기를 지켜봤다.

하위 등수의 방장들의 대결을 자세히 보니 내가 보완해야 할 점이라든가, 해서는 안 될 실수라든가 배울 점이 있었다.

39등이 경기를 할 때 문득 격투 대회에 대한 의문이 들었다.

'격투 대회라는 말이 무색할 정도로 신사적이야.'

도시나 시골에서 이벤트로 열리는 대회에서도 죽거나 다치는 사람들이 많았다. 한데 사람이 죽어나가도 전혀 이상할 것이 없는 이곳에서 팔다리가 부러진 사람이 한 명도 없었다.

간수들이 인간적이라서?

웃기는 얘기다.

누군가가 단언컨대 목을 베라는 명령을 내린다면 한 치의 망설임 없이 목을 벨 놈들이다.

켈베로가 나에게 했던 말, 절름발이의 말, 대련 수준인 격투 대회.

비틀린 웃음을 지은 채 2층 발코니에서 경기를 지켜보고 있는 켈베로를 보니 떠오르는 것이 있었다.

'격투 대회의 목적은 수련?!'

'켈베로가 도대체 왜?'라는 의문은 여전히 남았지만 격투 대회가 경쟁을 통한 수련임은 틀림없어 보였다.

'한데 수련을 통해 강해진 죄수에게 얻을 것이 뭐가 있을까?'

켈베로가 자신의 실력 향상을 위한 대련이 목적이라면 두세 달마다 1등을 죽이고 새로운 1등을 뽑을 이유가 없었다.

게다가 마치 모든 것을 알고 있다는 듯 재수 없게 내려다보는 꼬락서니를 보면 1등을 한 죄수에게 딱히 뭔가 배울 것이 있는 것 같지도 않았다.

'설마 제자를 찾는 건 아닐 테고… 크~ 내가 생각해도 어이

가 없네.'

간만에 엉덩이를 붙이고 편하게 앉아 있어서인지 생각이 많았다.

"여기까지. 식사를 하고 계속하지. 켈베로 남작, 난 오후에 일이 있어 참석 못 할 걸세. 나머진 자네가 알아서 하게."

31등의 경기가 끝나자 쓰론 남작은 일단락을 지으며 일어났다.

"죄수들을 식당으로 안내하고 3시간 뒤에 다시 시작하기로 하지."

켈베로 역시 간단한 명령을 내리고 발코니 뒤로 나 있는 복도로 사라졌다.

"이쪽으로 따라오도록."

간수가 안내한 곳은 로비와 붙어 있는 커다란 연회장이었다. 대단하진 않았지만 부족한 영양을 채울 수 있는 육류와 음식들이 마련되어 있었다.

"소란스럽게 하면 어떻게 될지 잘 알 테니 다시 올 때까지 얌전히 있어라."

간수는 죄수들만 남겨놓고 문을 닫고 가버렸다.

'도망갈 수 있으면 가보라는 건가?'

문엔 어떤 마법도 없었다. 손잡이를 잡는데 뒤에서 누군가가 경고를 했다.

"나 같으면 절대 문을 열지 않을 거요."

나와 대결했던 35등이었다. 지금은 49등이지만.

그는 눈동자로 감시 수정구가 있는 곳을 몇 군데 알려주곤 음식을 들고 한쪽으로 가버렸다.

난 접시에 음식을 담아 식사 중인 35등 앞으로 가 앉았다.

"괜찮습니까?"

그러곤 아까 나에게 당한 곳이 괜찮은지 물었다.

"솔직히 아직도 아프오. 지난번에도 비슷하게 당했는데 다 나을 때까지 이 주일쯤 걸리더군요."

"미안합니다."

"괜찮소. 내가 약할 걸 남을 탓할 순 없지. 한데 전에 맨손 격투를 배운 적이 있소?"

"아뇨. 건강을 위해 검술을 한 3년 배웠습니다. 검술을 권술로 바꾼 겁니다."

상당히 무뚝뚝한 말투였지만 악의 없어 보여 순순히 답했다.

"부럽군요. 난 여기 와서 배운 건데."

"…도대체 언제 이곳에 왔기에?"

"7개월쯤."

30대 초반쯤 되어 보였고 실력을 생각한다면 최소 이삼 년은 되었을 것이라 생각했다.

"네에? 밖에서 어떤 일을?"

"평범한 역사학자였소. 웃기게도 이곳에 와서 내가 무술에 재능이 있음을 알게 되었지. 하지만 재능도 마나 호흡법이 없다면 무용지물임을 오늘 알게 되었소."

"그럼 무술은 누구에게 배운 겁니까?"

"배운 적 없소. 맞기 싫어 직접 보고 독학했소."

"……."

몸에 있는 점 때문인지 모르지만 누구보다 빨리 배우고 이해가 되었기에 스스로 천재가 아닐까라는 생각을 한 적이 있었다. 그런데 눈앞의 사내를 보자 그야말로 진짜 천재가 아닌가 싶었다.

"나선형으로 움직이는 것은 어떻게……."

"아! 그건 방장이 되고 처음 격투 대회에 참석해서 방장들이 싸우는 것을 보고 알았소. 나선형의 움직임, 처음 보는 거지만 처음 보는 게 아니었소."

뭔 개소린가 싶었는데 그는 쉬지 않고 말을 이었다.

"과거의 유물들을 살펴보면 하단에, 중단에, 상단에 그려진 나선형을 볼 수 있소. 여기서 나선형이 무엇을 뜻하는지 알고 있소?"

"글쎄요. 그냥 뭔가를 형상화한 것이 아닐까요?"

"학자들은 마법을 형상화한 것이라 생각하고 있고 나 역시 그렇게 생각했었소. 하지만 이곳에 와서 생각이 바뀌었소. 나선형의 의미는 바로… 힘이오!"

학자라더니 식사를 하는 것조차 멈추고 자신의 이론을 설명했다.

"듣기론 하단전을 깨우는 것도, 마법을 깨우는 것도 마나를 받아들이는 것부터 시작한다고 알고 있소."

"맞습니다."

"비어 있던 단전에 마나를 받아들였소. 하면 그것을 내보낼 때 어떤 식으로 내보내는 줄 아시오? 그 형태가 바로 나선형이오."

제법 그럴싸했지만 하단전도 중단전도 깨우지 못한 이가 하는 말이라 그리 신뢰가 가지 않았다.

"그걸 어떻게 아십니까?"

"고대의 책을 보고 내가 유추한 거요. 저 하늘에 별을 잡아먹는 검은 구멍이 있는데 그 구멍이 별을 잡아먹을 때 어마어마한 힘을 토해내는 그 모양이 바로 나선형이라고 나와 있었소."

"…아~ 네."

그의 이론이 사실이든 아니든 상관없었다. 어떤 이론이든 7개월 만에 아무것도 모르던 그가 강해졌다는 게 중요했다.

"근데 저의 권술은 어떻습니까? 나선형이 제대로 그려졌습니까?"

"아니, 많이 부족하오. 단순히 주먹을 뻗을 때도 발목, 무릎, 대퇴, 허리, 어깨, 팔꿈치……."

그는 일어나서 동작까지 보여주며 설명하다가 갑자기 멈추고 자리에 앉아 식사를 했다.

"갑자기 왜요?"

"지금까지 기회가 될 때마다 사람들에게 궁금한 점을 물어 봤지만 가르쳐 주는 이는 한 명도 없었소. 한데 내가 왜 당신에게 가르쳐 줘야 하오."

"옳은 말입니다. 한데 원래 분위기가 이렇습니까?"

주위를 둘러보니 방장들 중 함께 식사를 하고 있는 이들이 아무도 없었다.

"…궁금한 게 많군요. 이번까진 말해주겠소. 듣기론 예전에 켈베로 남작님께서 실력이 없는 이들을 죽여 버렸다더군요. 그 후로 이렇게 됐다고 했소. 이제 양껏 식사를 해야 하니 가시오."

난 일어나지 않고 말했다.

"저에게 원하는 게 있으면 말하세요."

"…거래를 하자는 거요?"

"이 지옥에서 내 것이라고 움켜쥐고 있다고 해서 얼마나 오래 살 수 있을 것 같습니까?"

아홉 번 죽고 열 번째 살고 있어서 삶을 대하는 자세가 남들과 달라서일 수도 있었다. 그러나 계속 이렇게 사느니 죽는 게 나았다.

물론 방장들처럼 끈질기게 살다 보면 켈베로가 다른 곳에 간다든가, 발트란을 벗어날 수 방법이 생긴다든가 하는 좋은 일이 생길 수도 있었다.

누가 옳고 그른지가 아닌 선택의 문제였다.

"내가 마나 호흡법을 원한다면?"

"특별할 것도 없으니 가르쳐 드리죠."

아카데미 학생이라면 누구나 배울 수 있는 호흡법쯤이야 아깝지 않았다.

"콜!"

"이리 오세요."

난 사람들이 들으라고 아예 중앙으로 옮겨가서 마나 호흡법을 가르쳤다.

호흡법을 모르는 이들은 가까운 곳으로 슬금슬금 다가와 귀를 열고 들었다.

난 그들에게 다가오라고 손짓하며 말했다.

"배울 사람들은 이리 오세요. 다만 공짜는 아닙니다. 서로가 가진 것을 교환하는 겁니다."

"가진 게 없으면 어떻게 합니까?"

"없는 사람에겐 억지로 달라고 하진 않을 테니 와요."

가진 게 없다고 생각할지 모르지만 내가 물어볼 것은 있었다.

*   *   *

"훗! 귀엽게 노는군."

죄수들이 있는 방의 수정구가 보내준 영상을 지켜보던 켈베로는 아우스가 하는 양을 보곤 피식 웃었다.

자신의 발길질을 피하는 걸 보고 예사 놈은 아니라는 생각에 관심을 두고 지켜보고 있었다.

"이안이라고 했든가. 저 정도의 빠른 성장이라면 다다음 격투 대회 때는 맛볼 수 있을지도 모르겠군."

아우스를 보며 혀를 핥는 그의 모습은 먹이를 노리는 사자와 다를 바 없었다.

그가 현재 지켜보고 있는 이들은 둘.

12등과 아우스였다.

남은 차를 마저 비우고 일어난 켈베로는 끝없이 펼쳐진 바다가 보이는 창으로 걸어갔다. 그러곤 팔짱을 낀 채 바다를 바라보았다.

"피트 폰 앤티시아, 이곳에 왜 비밀을 숨겨놨는지 모르지만 그 비밀은 내가 풀도록 하지."

그는 천 년 전 사람이 앞에 있기라도 하듯 말했다.

당연히 대답은 없었다.

켈베로는 멸문 직전인 기사 가문에서 태어났다. 마법이 득세인 시대에 그의 가문은, 특히 권술을 계승한 그의 집안은 날이 갈수록 어려워질 수밖에 없었다.

다른 가문처럼 마법으로 가문의 색깔을 바꾸거나 그것도

아니라면 마법사들을 위해 하단전을 개발해 주는 일이라도 했어야 하지만 그의 아버지는 권술에 대한 생각은 남달랐다.

그리고 어려운 환경에도 언젠가 다시 권술이 각광받을 때가 올 거라고 믿고 켈베로에게 권술을 가르쳤다.

아무것도 모르던 어린 시절에야 힘겨운 훈련도 미래를 생각해 열심히 배웠지만 점점 커가면서 현실을 알게 된 그는 아버지의 반대에도 불구하고 마법을 배웠다.

마법에 재능이 있어서일까, 다른 사람보다 시작은 늦었지만 빠른 속도로 차이를 메우고 앞서게 되었다. 재능이 있다는 걸 확신한 그는 결국 그는 권술을 등한시하고 마법에 온전히 매달렸다.

끝까지 그에게 가문의 권술을 이어야 한다고 말하던 아버지까지 돌아가시고 나자 더 거칠 것이 없었다.

4서클에서 막힌 그는 실전이 필요하다는 생각에 국경 지대로 가 전투에 참여했고 결국 명예뿐인 남작 작위와 함께 5서클에 이르게 되었다.

6서클의 벽은 높았다.

오랜 시간 노력했음에도 불구하고 6서클을 넘지 못했고 그보다 어린 마법사들이 6서클에 이르는 걸 보고 나서야 자신의 마법 실력은 어린 시절 혹독하게 배웠던 권술이 기초가 되어줬기에 가능했다는 걸 깨닫게 되었다.

이미 그의 나이 마흔이었다. 권술을 새로 시작하기엔 늦은

감이 없잖아 있었다. 국경 지대의 던전에서 발견한 책이 없었다면 말이다.

오래전 도굴된 던전에서 나온 책이 대단한 보물일 리는 없었다.

그저 발트란 성에 대한 연구 논문이었는데 머무는 것만으로 마나 증진에 도움이 되고 함정인 소용돌이가 그 역할을 한다는 글귀가 그를 사로잡았다.

그는 당장 발트란 감옥으로 가길 원했다.

갈 사람이 없어 언제나 골머리를 앓던 제국으로서는 쌍수를 들고 환영할 일, 그에 바로 발령을 받을 수 있었다.

"벌써 11년쨴가. 홋! 마스터의 경지에 이를 수 있다면 아깝지 않은 시간이야."

피트가 숨겨둔 비밀을 완전히 풀진 못했다. 그러나 조금씩 풀어갈수록 실력이 점점 좋아졌고 지금은 7서클과 맞먹는다는 마스터에 오르기 직전이었다.

"저 바다에 그려진 수많은 마법진이 하단전 호흡법의 마나의 길과 관련이 있음을 누가 상상했겠는가. 후후!"

그의 시선은 해안가에서 마나 디텍팅으로 마법진을 알아보고 있는 쓰론 남작을 향해 있었다.

그와 비밀을 공유하고 있는 이로 국경 지대에 있을 때 알던 사이였다.

사실 비밀의 3분의 2는 쓰론이 풀었다고 해도 과언이 아니었다.

"좀 더 고생해 주게, 쓰론 남작. 은혜는⋯⋯."

그는 뒷말을 삼키고 잔인한 미소로 대신했다.

비밀은 혼자만 알고 있는 게 좋았다.

"이제 슬슬 움직여 볼까."

그는 방에 있는 수정구로 격투 대회를 준비하라고 명한 후 문을 나섰다.

비밀의 3분의 1을 푸는 데 도움을 준 것은 죄수들과의 대련이었다.

아주 간혹 자신을 궁지로 몰면 자신도 모르는 사이에 마나의 길을 뚫어줬었다. 하지만 최근엔 그를 궁지로 모는 이가 드물었다.

그래서 뛰어난 자가 들어오면 눈여겨 봐뒀다가 1등이 되면 그를 가르쳤다. 물론 가능성이 없다고 판단되면 가차 없이 죽여 버렸다.

"이번엔 부디 쓸 만한 놈이어야 할 텐데."

눈여겨본 놈이라고 해서 그를 만족시키는 경우는 드물었다.

현재 생각하고 있는 2등이 올라오지 않아도 상관없었다. 어차피 2등에서 5등까진 큰 차이가 없었다.

'저놈!'

푹신한 의자에 몸을 묻듯이 기댄 자세로 아우스와 20등의 경기를 지켜보던 켈베로는 자신도 모르게 몸을 앞으로 내밀었다.

조금 전 시합까지도 과하게 쓰던 전사경—나선형의 움직임—을 거의 완벽하게 펼치고 있었다.

전사경은 무작정 몸을 뒤틀어서 낸다고 좋은 것은 아니었다. 완급과 균형, 정확한 자세를 이룬 상태에서 무게의 중심까지 완벽하게 실을 수 있어야 완벽하다고 할 수 있었다.

말로 설명하고 배운다고 해서 금방 배울 수 있는 건 더더군다나 아니었다.

한데 그 어려운 전사경을 제대로 알지도 못하는 놈이 거의 완벽하게 펼치니 놀라지 않을 수 없었다.

'아무리 검술을 배웠다곤 하지만 고작 그 시간에 자신의 것으로 만들다니…….'

기사치고 전사경을 모르는 사람도 드물지만 제대로 펼치는 이들도 드물었다.

켈베로는 다시 의자에 몸을 기댔다.

자신이 생각했던 것보다 더 뛰어나다는 건 사실이지만 아직까진 부족했다.

시대가 시대인지라 보기에 화려한 마법이 더 복잡하고 어려워 보이지만 무술의 깊이 또한 마법과 차이가 없었다. 아니, 마법처럼 체계화되지 않았다는 점에선 같은 수준에 이르는 게 훨씬 어려웠다.

'놈을 키워봐?'

저 정도의 성장 속도라면 기다리는 것보단 지금부터 키워보는 것도 괜찮을 것 같았다. 마스터가 바로 직전이라 조급한 마음이 없잖아 있었다.

'아냐. 성급하게 가르치다 오히려 역효과가 날 수도 있어. 놈이 데렉만큼 된다면 모를까.'

데렉이 현재 14등이었다.

"17등과 대결하길 원합니다."

"시작!"

경기를 진행시킨 후 켈베로는 아우스에게 눈을 떼지 않았다.

'단계를 줄여 지목한 것은 칭찬해 줄 만하지만 지금부턴 힘들 것이다.'

마법이 4서클부터라면 권술은 마나를 검과 몸에 두를 수 있는 검기, 권기의 경지부터 진정한 시작이라 할 수 있었다.

이는 기사의 최소 조건이기도 했다.

현재 19등부터 대부분 기사, 마법사 출신으로 얼마나 능숙하게 다룰 수 있느냐의 차이가 있을 뿐이지 대부분 권기를 다룰 수 있었다.

퍼퍼퍽!

"커억!"

생각을 하는 사이 아우스는 권기에 제대로 대응을 못 하다가 연속으로 맞아 쓰러졌다.

켈베로는 권기를 두른 주먹에 맞았으니 경기가 끝났다고 생각했다.

'그 와중에 급소를 피한 것은 칭찬해 주지. 다음에 부디 권기를 깨우치길 바란다.'

처음 35등과의 대결을 보고 아우스가 마나를 가지고 있으며 어느 정도 다룰 수 있다는 것은 알고 있었다. 아마 두어 달 연습을 하면 권기를 사용할 수 있을 것이라 생각했다.

그 다음으로 어떻게 지속적으로 유지하느냐가 문제이긴 한데 그건 시간만이 해결해 줄 수 있었다.

"오! 일어난다! 일어나! 일어나!"

"트롤 같은 놈! 그냥 쓰러져!"

술을 따르던 켈베로는 웅성거리는 소리에 무대로 시선을 돌렸다.

아우스가 고개를 좌우로 흔들며 일어나고 있었다. 한데 그보다 더 놀랄 일이 일어났다.

자신의 손을 보고 몇 번 쥐었다 폈다를 반복하는 아우스. 한데 그의 팔에 파란 기운이 맴돌았다.

"하? …하하, 하하핫핫핫!"

켈베로는 기분 좋게 웃음을 터뜨렸다.

지켜보는 것만으로 흥분된 적이 언제였는가.

'놈! 네놈이 무슨 목적으로 여기에 왔는지 모르지만 나를

위해 죽어줘야겠다.'

아우스가 어떤 목적을 가지고 발트란에 왔다는 건 첫 만남부터 알고 있었다.

내란 선동죄로 들어온 놈이 자신을 보자마자 아부를 떨고, 마치 오래전부터 발트란에 대해 알고 있는 것처럼 구는데 어찌 모르겠는가.

켈베로는 누가 1등이 되든 아우스를 가르쳐 자신을 위협하는 존재로 만들기로 마음먹었다.

왠지 놈이라면 자신의 오랜 숙원을 이룰 수 있게 해줄 것 같았다.

"우와!"

아우스가 또다시 이겼다.

구경하는 간수들 역시 기사였기에 점점 실력이 좋아지고 이겨 나가는 그를 보며 패자에 대한 욕보다 감탄을 토해냈다.

간수들은 그가 과연 어디까지 올라갈지 기대하며 다음 그의 상대를 주목했다. 그런데 아우스가 다음 대결 상대를 말하자 모두 고개를 흔들었다.

아우스가 선택한 자는 14등이었는데 50명 중 다섯 손가락 안에 드는 강자였다.

켈베로마저 다음 대회 때 1등을 할 거라고 생각하고 있지 않았던가.

'이안, 이번에도 과연 버틸 수 있겠느냐?'

14등은 200년 전까지만 하더라도 환검으로 유명했던 제국 명문가 출신이었다. 검을 한 번 휘두를 때마다 10개의 검이 꽃 모양을 만든다고 해서 화(花)검이라고도 불렸다.

화검의 요체는 빠름과 손목, 손 관절의 움직임. 검술에서 권술로 바뀌었지만 요체는 변함없었다. 그에 검과 달리 환을 표현할 수 없었기에 괴랄함을 더했다.

할퀴고, 찌르고, 걸고, 꺾고, 부러뜨리고······.

변칙에 가까운 공격에 어떻게 대응할지가 관건이었는데 아우스는 일방적으로 밀리며 손해를 보고 있었다.

'어정쩡하게 피하면 다쳐. ···조심!'

한 발만 뒤로 물러나도 장외 패 하는 상황.

14등은 눈 찌르기를 했고 아우스는 살짝 피하며 몸통 박치기로 위기를 모면하려 했지만 그게 실수였다.

14등은 찌르는 힘 그대로 새끼손가락만 옆으로 뻗었고 그대로 아우스의 눈에 박혔다.

'안 돼!'

켈베로는 자신도 모르게 자리에서 벌떡 일어났다.

한 눈을 잃으면 쓸모없는 놈이 될 가능성이 높았다.

"왜 그러십니까, 간수장님?"

옆에 있던 부간수장인 엠블이 물었다.

"아, 아무것도 아냐."

찔릴 때 고개를 뒤로 젖혔던 모양인지 부어오르긴 했지만 피는 나지 않고 있었다.

'미련한 놈! 그 상태에서 다시 싸우려 하다니… 얼른 포기를 해!'

양쪽 눈이 멀쩡할 때도 일방적으로 밀렸는데 한쪽 눈이 보이지 않는 상태에서 싸우는 건 미친 짓이었다.

아니나 다를까, 중요 부위만 간신히 막을 뿐 상처가 늘어났다.

포기하지 않고 싸우는 모습은 그가 바라던 바였다. 하지만 아까운 물건이 허무하게 망가지는 건 싫었다.

막 손을 들어 대결을 중지시키려 할 때였다.

방금 전까지 당하던 이가 맞나 싶을 정도로 모든 공격을 피하기 시작했다.

켈베로는 멈출 생각도 잊고 홀린 듯이 두 사람의 대결을 지켜봤다.

모든 공격을 피하던 아우스는 차츰 공격을 차단하고 있었다.

'놀라워! 놈의 검술을 보고 싶군.'

하루 만에 저 모든 걸 이룬다는 건 드래곤이 아닌 이상 불가능한 일이었다. 분명 알고는 있는데 권술로 바꾸며 적용하지 못하던 걸 적용하고 있다고밖에 생각할 수가 없었다.

마나 디텍팅이 안 되는 걸 보면 마법은 배우지 않았을 터 남는 건 검술뿐이었다.

켈베로는 한껏 들뜬 표정으로 아우스를 보았다.

*　　　*　　　*

14등의 눈 찌르기에 한쪽 눈의 시야를 잃게 된 것이 오히려 전화위복이 됐다.

처음엔 한 눈으로 사물을 보고 다른 한 눈으론 마보세를 보게 되니 꽤나 혼란스러웠다.

한데 막상 익숙해지자 사기나 다름없었다.

중단전 마나의 움직임을 보고 마법을 쓰는 순간을 알 수 있듯이 하단전 마나의 움직임으로 상대가 어떻게 움직이고 공격할지 알 수 있었다.

'그런데 단전에서 뻗은 저 길은 뭘까?'

상대하는 사람들마다 조금씩 차이가 있었지만 단전이 빛을 낼 때 마나가 오가는 모습이 보였다.

'다음이 기회다.'

어떤 공격을 할지 예측할 수 있게 되자 자연스럽게 다음 공격에 뭐가 올지 생각하게 되었다.

한 사람이 사용하는 초식은 그리 많지 않았고 특정 자세에서 나올 수 있는 공방의 수는 훨씬 적었다.

거기에 오직 하나의 초식을 유도할 수 있다면?

상대의 발 차기를 막지 않고 좌로 돌며 피했다.

기회다 싶었는지 그는 차던 힘을 이용해 몸을 빠르게 회전하며 연속 공격을 펼쳤다.

'지금이다!'

빠르고 날카로운 연속 공격이었지만 이미 알고 있었기에 위협적이진 않았다.

"하압!"

회전이 약해지는 순간 그의 팔을 잡았다. 그리고 그가 도는 방향으로 돌면서 기합과 함께 그대로 던졌다.

벽으로 날아간 상대는 가까스로 벽을 밟고 착지했다. 그러나 그가 착지한 곳은 원 밖이었다.

'휴우~ 힘들다. 이제 쉬고 싶다.'

마나는 거의 바닥을 보이고 있었고 온몸이 성한 곳이 없을 정도로 욱신거렸다.

"…이번 격투 대회의 1등은 47감방 이안 크로켓! 1등 자리에 앉도록."

원하는 대로 1등이 되었다는 기쁨보단 더 이상 싸우지 않아도 된다는 것이 더 기뻤다.

자리에 앉자 몸은 더욱 쳐졌다.

한시라도 벗어나고 싶었던 감방으로 얼른 다시 가고 싶다는 생각이 들 정도. 얼른 대회가 끝나길 기다렸다.

한데 청천벽력과 같은 소리가 들려왔다.

"지금부터 켈베로 남작님과 1등을 한 이안과의 대련이 있겠습니다."

"…에? 이게 무슨……"

개 같은 경우가 있느냐, 힘 다 뺀 사람과 대결이라니 제정신이냐, 라는 말이 튀어나오려는 걸 간신히 참았다.

"…영광스러운 일입니까!"

물론 한마디 덧붙이는 건 잊지 않았다.

어느새 발코니에서 내려와 서 있는 켈베로.

최대한 천천히 걸으며 비어 있는 단전을 모으기 위해 애썼다.

간절한 바람만큼은 아니었지만 쥐어짜니 5분의 1은 차올랐다.

"준비가 되면 언제든 들어오너라."

'위하는 척은. 하단전이 다 찰 때까지 기다릴래?'

투덜거린다고 결정된 대결이 취소될 일은 없었다. 이왕 이렇게 된 거 얼마나 대단한지 알아보기로 했다.

"가겠습니다."

하단전 호흡법을 배울 때 검사였던 교관은 검사의 경지에 대해 말해준 적이 있었다.

1서클부터 3서클까지의 수준을 러너, 4서클부터 5서클까지의 수준을 유저, 6서클 수준을 엑스퍼트, 7서클 이상을 마스터라고 불렀다.

내 수준은 냉정하게 4서클 수준의 유저 정도. 그렇다면 켈베로는 어떨까?

후한 점수를 주고 싶지 않지만 죄수들을 장난감처럼 데리고 놀다 지겨워지면 죽인다는 점을 생각해 보면 최소 엑스퍼트였다.

5서클일 땐 잘 느끼지 못했는데 6서클이 되어보니 3, 4서클은 한참 아래처럼 느껴졌다.

눈앞에 수십 명 몰려들어도 겁이 나지 않을 정도.

즉, 켈베로는 지금 내가 수십 명이라고 해도 겁낼 이유가 없었다.

'역시 예상대로야.'

마음을 비우고 방어를 무시한 채 공격만 가했지만 가볍게 움직이는 듯한 그의 팔을 뚫을 수가 없었다.

"나흘의 휴식 시간을 주지. 그때까지 지금보다 더 발전하지 못한다면 목을 비틀어주겠다. 잘 보아라."

'뭘 보라는 건……!'

볼케로는 나를 향해 주먹을 쭉 뻗었다.

평범해 보이는 주먹. 한데 달려오는 마차를 보고 어쩔 줄 몰라 하는 아이처럼 아무런 생각이 나지 않았다.

'저건!'

어느새 몸에 닿을 만큼 빠른 속도로 다가오는 주먹의 의미는 알 수 없었지만 한 가지 얻은 것이 있었다.

물론 엄청난 충격과 함께 기절해야 했기에 말해줄 틈은 없다.

                    *   *   *

텅텅!

철문에 달린 배식구를 열고 주먹으로 문을 두 번 두드렸다.

식판이 놓였고 난 뒤에 있는 카루소에게 배식을 하라는 신호를 보냈다.

그가 배식을 하는 동안 난 16감방의 얼굴들을 일일이 살펴보았다.

'…역시 안 계셔.'

쉬라는 걸 마다하고 끼니마다 나와 모든 감방의 얼굴을 확인했지만 엔트 할아버지는 없었다.

혹시나 놓쳤을까 싶어 두 번째 확인하는 것이라 절망감은 더 컸다.

'내가 너무 늦은 건가? …하긴 이런 환경에서 4년을 버티는 건 무리일지도.'

돌아가셨을지도 모른다는 생각과 함께 너무 늦게 왔다는 죄책감이 마음을 무겁게 한다.

"혹시 엔트라는 이름을 아는 사람 있습니까? 4년 전쯤에 이곳에 들어왔을 겁니다."

간수들이 듣지 못할 정도의 낮은 목소리로 감방을 향해 물었다.

묵묵부답.

나도 나와 함께 들어온 열한 명 중 이름을 아는 이는 같은 방을 쓰고 있는 세레트뿐인데 할아버지랑 같이 들어온 이라고 다를까.

"다 됐습니다, 방장님."

카루소가 배식이 끝났음을 알렸다.

배식구를 닫고 계단의 초입인 1감방 옆의 작은 문으로 들어갔다.

길게 뻗은 복도를 지나자 감방의 음식을 책임지고 있는 주방이 나왔다.

내가 1등이 되면서 47감방이 새로 맡게 된 일터였다.

식당은 다른 감방보다 먼저 일을 시작하고 늦게 끝난다는 단점이 있었지만 중간중간 쉬는 시간이 많고 음식을 넉넉히 먹을 수 있다는 장점이 있었다.

"그건 네게 주고 식사하게."

세레트는 빵과 죽, 생선구이가 든 식판을 건네며 빵 통을 받아 설거지를 하러 갔다.

"오늘 열네 명이 들어온다니까 저녁 부족하지 않게 하세요."

"걱정 마시고 다녀오십시오."

식사를 마치고 지시를 내린 후, 식당에서 나왔다.

조금 쉬다가 나와도 상관없었다. 하지만 절름발이에게 1등에 관한 소문을 들었는지 모두 얼마 후에 죽을 사람처럼 대해서 불편했다.

식당을 나오자 각 감방의 죄수들이 복도를 내려가 절벽 계단으로 일을 하러 가는 모습이 보였다.

지금 함부로 움직였다간 간수들이 겨누고 있는 화살에 맞을 가능성이 높았기에 얌전히 서서 기다렸다.

죄수들이 모두 나가고 21감방으로 내려갔다.

"얼마나 있을 거냐?"

"1시간쯤 있을 것 같습니다."

"쩝! 귀찮군. 간수장님의 명령만 아니었으면······. 1시간 반 뒤에 오지."

"죄송합니다."

21감방은 나 때문에 49등이 된 35등 라돈이 방장으로 있는 감방으로 실력 향상을 위해 그와 의논하고 싶다는 내 부탁을 켈베로가 들어줬다.

"어서와, 이안."

라돈은 방 한쪽을 비워놓고 기다리고 있었다.

"얼굴 표정이 어두운데 왜 그래? 찾는 사람이 없어?"

자리에 앉자 한쪽 구석에서 자고 있는 이들이 들을까 낮은 목소리로 물었다.

난 고개를 끄덕이는 걸로 대답을 대신했다.

솔직히 지금 살짝 혼란스러운 상태였다.

엔트 할아버지가 죽었다는 걸 인정하고 나흘 뒤에 오는 배를 타고 탈출을 할 것인지 아님 다음 달까지 위험을 감수하고 좀 더 찾아볼지도 결정을 못 내리고 있었다.

"성과는 있었어요?"

마냥 인상을 쓰고 있을 순 없었다.

"마나 호흡법이 하루 이틀 만에 될 거라고 생각하진 않았지만 내 이론이 맞는지 알아내려면 적어도 1년은 족히 걸릴 것 같다. 다만 하다 보니 의문이 생겼다."

"어떤 의문이요?"

라돈에게 대단한 것을 바라고 무술에 대해 의논하는 건 아니었다.

이미 가르쳐 주는 건 내 쪽이었다. 그런데 간혹 그의 번뜩이는 생각은 나를 성장시키기에 충분했다.

가령, 나흘 동안 쉬면서 켈베로의 보고도 피할 수 없는 공격에 대해서 알아낸 것도 라돈이었다.

상대는 나의 다음 수를 빤히 알고 있는데 난 상대의 다음 수를 알 수 없을 때 가능한 공격이라는 게 그의 결론이었다. 즉, 내가 상대의 수를 완전히 알고 주먹을 뻗으면 상대는 내가 켈베로에게 느낀 것과 똑같이 느끼게 된다는 얘기였다.

그에 큰 동작을 줄이면서 공방 중 최소한 두 가지 이상으로 움직일 수 있는 초식만 사용하는 것으로 극복할 수 있었다.

"하단전 마나 호흡법엔 중단전 마나 호흡법과 달리 명확한 응축 과정이 없어."

"이해가 안 되네요."

"중단전에 마나를 받아들이다 보면 서클이 생긴다고 했지?
확실해?"

"네, 확실해요."

중단전에 대해 묻기에 마법사 친구에게 들었다는 식으로
말해줬었다.

"그럼 이걸 봐."

라돈은 물을 손가락에 찍어 바닥에 글을 쓰면서 설명을 이
었다.

"마나를 받아들이는 중단전의 경우 받아들인 마나를 응축
시켜. 그 결과가 서클이라 보면 이상할까?"

"아뇨. 타당해 보여요."

서클을 만들다 보면 받아들이는 마나의 양이 어마어마하
다는 걸 알 수 있다. 그 많은 양의 마나가 중단전으로 들어가
서 사라지는 걸 보면 타당성이 있었다.

"이번엔 하단전의 호흡법의 경우를 봐. 받아들인 마나를 단
전에 보내지만 그 다음이 없어. 응축하는 과정 자체가 없지."

"듣고 보니 그러네요. 하면 제가 가르쳐 준 마나 호흡법이
잘못된 걸까요?"

"아니. 내 생각엔 고대에 소실되었거나 응축시키는 방법을
알 필요가 없어서 개발하지 않았다고 봐. 천 년 전 인간의 마

법은 6서클이 최고였어. 그때 무술로 마스터에 이른 이들에겐 적이 없었지."

"피트에 의해 9서클이 가능하다는 걸 알게 되었을 땐 개발하려 하지 않았을까요?"

"아니지. 어렵긴 하지만 어떻게 하면 9서클에 이를 수 있는지 명확한 길이 있는 마법과 무조건 노력하다 보면 마스터에 이를 수도 있다고 말하는 무술 중 너라면 어떤 길을 택했을까?"

"마법."

"맞아. 오늘날 하단전 호흡법이 마법을 높이기 위한 도구로 전락하게 된 이유이기도 하지. 처음으로 돌아가서 우린 불완전한 하단전 호흡법으로 수련을 하고 있는 게 분명해. 만약 하단전 마나를 응축시킬 수 있다면 어마어마한 속도로 성장할 수 있을 거야. 물론 응축시키는 방법을 알아내기란 불가능하지만 말이야."

"아! 마나의 길……!"

응축시키는 방법을 알 것 같았다.

"왜? 생각나는 게 있어?"

"아, 아뇨. 라돈 형의 말이 정말인 것 같아서요. 근데 '천근'에 대해선 알아봤어요?"

"아~ 그거. 그건 몸에 무게를 싣는 걸 말하는 것 같아. 그러니까……."

할아버지의 행방 313

천근은 순간적으로 몸의 무게를 무겁게 하거나 가볍게 하는 것으로 알고 있었다. 다만 말을 돌리기 위해 물은 것뿐이었다.

말해도 될 것과 말하지 말아야 할 것을 구분하는 법은 그 말이 퍼졌을 때의 파급력을 생각해 보면 된다. 세상이 뒤집힐 만큼의 파급력이라면 그 파급력만큼 위험하다는 얘기였다.

말한 나는 물론이거니와 들은 그도 위험할 수 있었기에 입을 닫았다.

라돈과 얘기를 마치고 감방에서 나와 켈베로와의 대련을 위해 로비로 향했다.

텅 빈 로비.

습관처럼 성의 입구인 철문을 흘낏 보곤 한쪽에 위치한 의자에 앉았다.

탈출을 하려면 해보라 듯이 홀로 내버려 두는 데는 이유가 있었다. 마법 때문에 성 위로 올라가면 모를까 로비에서는 탈출이 절대 불가능했다.

몸을 풀까도 싶었지만 오늘은 할 기분이 아니었다.

멍하니 앉아 있는데 2층 계단에서 누군가 내려오는 게 느껴졌다.

발소리가 켈베로는 아니었지만 일어나 고개를 숙였다. 로비를 오가는 사람 중 나보다 지위가 낮은 사람은 없었다.

"어라? 넌!"

알은척하는 목소리에 고개를 들었다.

같이 이곳에 들어왔던 곱상한 청년이었다.

남색하는 놈에게 걸린 그나, 때리기 좋아하는 놈에게 걸린 나나 동병상련인지라 예전과 달리 인사를 했다.

"잘 지냈습니까?"

"잘 지내긴 개뿔… 죽지 못해 사는 거죠. 그러는 댁도 참, 뭐 좋은 일이 있을 거라고 아득바득 1등을 했는지… 쯧!"

그도 동병상련을 느끼는지 안타깝다는 듯 말했다.

그의 말에 내가 씁쓸히 웃자 그는 놀란 표정으로 물었다..

"뭐야! 설마 1등이 어떻게 될지 알고 있는 겁니까?"

"…네."

"쯧쯧! 견딜 수 있을 때까진 견뎌보지."

자포자기해서 1등을 했다고 생각하는 모양이었다.

"하긴, 나도 날 이곳으로 보낸 나쁜 년에게 복수를 하기 위해 버티고는 있지만 언제까지 버틸지 모르니… 자, 이거 먹고 힘내요."

그는 꼬깃꼬깃해진 종이 뭉치를 나에게 건넸다.

"뭡니까?"

"초콜릿. 난 가봐야 하니 다음에 기회 되면 봅시다."

그는 늦었는지 종종걸음으로 사라졌다.

'아! 성에서 일하는 사람이 얼마나 되는지 물어볼 것을.'

그가 떠나고 나자 비로소 그가 감방에서 지내지 않고 성에서 지낸다는 것을 생각해 냈다.

그처럼 할아버지가 혹시나 성에서 일을 하고 있지는 않을까 하는 생각이 들었다.

'일말의 가능성이라도 상관없어.'

비록 희망 고문에 불과할지라도 새로운 가능성은 처져 있던 기분을 좋게 만들었다.

초콜릿을 먹기 위해 종이 뭉치를 푸는데 익숙한 발소리가 들렸다. 얼른 종이 뭉치를 품에 감췄다.

"먹고 해도 좋다."

귀가 밝은 건지 감시를 하는 건지.

"아닙니다."

먹어봐야 토할 텐데 의미가 없었다.

"자, 오늘은 검을 사용해 보아라."

켈베로는 들고 있던 검을 나에게로 던졌다.

오랜만에 검을 잡으니 기분이 묘했다.

"잠깐 연습을 해도 되겠습니까?"

"차 한잔 마시고 있겠다."

난 켈베로의 행동을 여전히 이해하지 못하고 있었다.

대련마다 일방적인 폭행이라고 느껴질 만큼 심하게 때리지만 명백한 건 그가 나에게 무술을 가르치고 있다는 것이었다.

검술을 권술로 바꿨듯이 검을 휘두르면서 권술로 배웠던

것을 검술에 적용시켜 본다.

3년간 쉬지 않고 해오던 검술인지라 짧은 시간임에도 권술보다 훨씬 부드럽게 적용이 되었다.

"권술보다 훨씬 좋군. 슬슬 시작해 볼까? 이번에도 한쪽 눈을 감고 할 건가?"

'그리 좋으면 마나 제어 마법진도 풀어줘. 그렇다면 널 죽여줄게.'

속으로 투덜대며 전투력을 높였다.

"그럼! 가겠습니다."

시작과 함께 전력을 다해 검을 휘둘렀다.

처음에 어설프게 실력을 탐색하다가 쓸데없는 짓 한다고 얼마나 맞았던가.

켈베로는 강했다. 땀이 맺힐 때까지 공격을 퍼부었지만 옷자락도 자르지 못했다.

그러나 검을 잡은 손이 어색함에서 벗어나고 지금까지 배웠던 기술이 하나씩 녹아들면서 철벽같던 켈베로의 방어가 서서히 깨지기 시작했다.

'조금만 더 하면 놈을 벨 수 있을 것 같아!'

시간이 조금 더 지나자 할아버지에 대한 생각도, 켈베로의 몸에 그려진 마나의 길을 살피는 것도 잊었다. 오로지 모든 정신이 검 끝에 집중되었다.

우우웅!

검이 울었다.

서클의 벽을 깼을 때처럼 황홀한 기분과 함께 온몸에 힘이 넘쳤다. 그 순간 아무리 마나를 내뿜어도 두르는 것만 가능했던 검기가 쭉 길어졌다.

"하압!"

벽을 뚫었다. 검 끝에 살을 베는 느낌이 들었다.

'얕아!'

공격을 멈추지 않고 계속했다.

당장에라도 다시 벨 수 있을 거라 생각했는데 내가 강해졌다는 걸 눈치챈 켈베로도 실력을 끌어 올렸다.

또다시 실력의 벽을 친 것. 그러나 기존의 벽과는 차이가 있었다.

'싸울 만해.'

한껏 고양된 상태의 검은 살아 있는 뱀처럼 움직였고 상처를 내진 못했지만 그의 옷을 찢기에 충분했다.

공격을 흘리고 소극적이던 켈베로의 움직임이 달라졌다. 팔에 마나를 두르고 검을 막으며 적극적으로 공격을 해왔다.

힘과 힘이 부딪혔다.

쾅! 쾅! 쾅!

검과 팔이 부딪히는데 공기가 폭발하는 듯한 소리가 들렸다.

오십 합이 넘게 비등비등 이어가던 대결은 마나가 서서히 바닥을 보이면서 급격하게 불리해졌다.

아직까지 켈베로와의 맞대결은 무리였다. 그래서 부딪히는 힘을 흘리려 할 때였다.

"피하지 마라! 지금처럼 계속해라!"

'미친 새끼!'

멈추면 죽이겠다는 듯 살기를 발하는 모습에 욕을 하면서도 흘릴 수가 없었다.

"큭……!"

마나가 부족해지자 부딪힐 때마다 내부가 흔들렸다. 그리고 결국 비릿한 피 맛이 입안 가득 퍼졌다.

"하하하! 바로 이거야, 바로 이거! 핫핫핫핫!"

켈베로는 광소를 터뜨렸다. 그리고 동시에 검이 부러졌다.

난 그가 멈출 줄 알았다. 한데 뭔가에 취한 듯 그의 주먹이 가슴 쪽으로 빠르게 날아왔다.

"머, 멈춰! 이 개……!"

퍼억! 으득!

팔로 막으며 몸을 최대한 뒤로 날렸다. 그러나 이미 늦었다.

오우거의 주먹에 맞은 것처럼 팔이 부서지고 갈비뼈까지 부러뜨렸다.

"컥!"

피를 토하며 뒤로 날아갔다.

웃기게도 맞는 순간부터 세상은 마치 슬로우 마법에 걸린 것처럼 느려졌다.

환희에 찬 표정으로 웃는 켈베로, 머리의 한 부분을 빼곤 원처럼 이어진 마나의 길, 품속에 넣어뒀던 종이 뭉치가 터져 여기저기 흩어지는 모습.

'젠장, 아까 먹을걸. …자, 잠깐… 저건!'

초콜릿이 아깝다는 생각을 하던 중 풀어진 종이 뭉치로 눈길이 갔고 감고 있던 눈을 부릅떠야 했다.

종이 뭉치가 흩날리며 안쪽에 반쯤 그려진 마법진이 보였는데 아주 눈에 익은 마법진이었다.

'엔트 할아……!'

퍼억!

벽에 부딪혔다. 몸이 산산조각 나는 충격과 함께 정신을 잃었다.

『아우스:마도 시대의 시작』 4권에 계속…